ANNE STEVENS

SALZWASSER Liebe

ROMAN

ISBN: 9798842124947

ÜBER DAS BUCH

Ein Blick - und sie sind sich von Herzen feind!
Dumm nur, dass Hans und Bloem eine Mission aneinander kettet, die romantischer nicht sein könnte.

Bloem bleiben zwei Monate, um die perfekte Hochzeit zu planen. Ihre beste Freundin Jule soll all das haben, wovon Bloem schon immer träumt. Blattgoldverzierte Törtchen und Posaunenengel inklusive.
Wäre da nicht Hans, den man Bloem beratend zur Seite stellt. Der Freund des Bräutigams hält Romantik für eine Krankheit, pfeift auf himmlische Chöre und lässt auch sonst an keiner von Bloems Ideen ein gutes Haar.

Ob Bloem und Hans sich näher kommen? Und wie! Immerhin ist das ein Liebesroman und das Ende damit festgeschrieben. Allerdings sind Stolperfallen, Tränen und Humor auf dem Weg dahin nicht auszuschließen.

Der in sich abgeschlossene Roman ist Teil der Reihe Männer & Meer, die von vier Freundinnen und ihrer Suche nach Mr Right an der niederländischen Nordsee-Küste erzählt.

IMPRESSUM

Covergestaltung: Catrin Sommer, rausch-gold.com
unter Verwendung von Motiven von Shutterstock

Korrektorat: Gisela Brandtner
2. Korrektorat: Ruth Pöß - Das kleine Korrektorat

Internet:
http://www.annestevens.info

Anne Stevens
c/o Autorenbetreuung Caroline Minn
(Impressumservice)
Kapellenstraße 3
54451 Irsch

Weitere Informationen unter www.annestevens.info.
Auf meiner Webseite können Sie meinen kostenlosen Newsletter abonnieren, um künftig keine Neuerscheinung zu verpassen.

INHALT

1. KAPITEL

»Wag es nicht, Amanda. Wag das ja nicht!« Bloem Bosman, die Frau, die bei drohenden Katastrophen üblicherweise die Augen fest zusammenkniff, zwang sich, ihre Lider oben zu halten und die Braut, die ganz offenbar mit ihrem Würgereflex kämpfte, ins Visier zu nehmen.

Dieses Drama würde sie meistern. Denn natürlich war Bloem gewappnet mit Spucktüte, Ersatz-Lippenstift und einem Klemmbrett, auf dem all das stand, was aus Amanda van Houtens Hochzeit den perfekten Prinzessinnentraum machen würde.

Ja, langsam bekam Bloem als Teilzeit-Wedding-Plannerin Routine. Dass sie gerade in ihrem neunten Brautjungfernkleid steckte, kam jedenfalls nicht von ungefähr.

Also hielt sie Amanda routiniert die Tüte vors Gesicht, während sie darauf achtete, dass die kostbare elfenbeinfarbene Lotusseide – auch Buddhas heiliger Faden genannt – keine müffelnden Spritzer abbekam.

»Fertig?«, fragte Bloem und lächelte sie an. Zugegeben, es mochte ein wenig gezwungen wirken, aber man hielt schließlich nicht jeden Tag einen Beutel mit rückwärts genossenem Frühstück in Händen.

»Ich ... glaube«, sagte Amanda und blinzelte hektisch die aufsteigenden Tränen fort. »Eigentlich«, begann sie, nachdem sie sich gefangen hatte, »ist ja auch alles gut. Nur wenn ich an die vielen Leute da draußen denke ... wird mir ...« Wieder schüttelte es Amanda, dann bemühte sie eine weitere Tüte.

Die Menge der Gäste war in der Tat beachtlich. Amanda besaß sechs Schwestern. Der Bräutigam drei – plus zwei Brüder. Inklusive Eltern, Onkeln, Tanten und angeheiratetem Beifang hatten sich also gut zweihundert Personen im ausladenden Mittelschiff der Oude Jeroenskerk im Herzen Noordwijks versammelt.

An Amandas Stelle wäre Bloem vor Angst gestorben. Das zuzugeben, wäre allerdings kontraproduktiv. Also lächelte sie aufmunternd. »Erinnerst du dich an dieses Uni-Seminar zur freien Rede vor Publikum? Was haben wir da gelernt?«

»Uns ... die Leute in Unterwäsche ...?« Es war eindeutig, Amandas Hirn befand sich im Streikmodus.

Weswegen Bloem ihr auf die Sprünge half. »Einigen wir uns auf Pyjamas. Leute in Pyjamas sind ausgeschlafen und entspannt, die tun niemandem etwas. Oder hast du je von einem Amoklauf im Nachthemd gehört? Und genau darum geht es: Jeder da draußen ist dir wohlgesonnen. Lauter Leute, die dich gernhaben. Und jetzt«, Bloem zückte ein Röhrchen Mundspray aus dem Beutel, der aus dem gleichen Stoff wie das Brautjungfernkleid gearbeitet war, und drückte es Amanda in die Hand. »Nimm das hier, zaubere ein Lächeln auf dein Gesicht und pünktlich in ...« Bloem warf einen raschen Blick auf die Uhr über der Tür zum Kirchenschiff. »In fünf Minuten geben wir dem Küster das Zeichen, damit er dem Organisten Bescheid gibt. Kurz darauf setzt die Orgel ein und ihr geht los.«

»Aber ...«, begehrte Amanda auf.

Schmunzelnd schnitt Bloem ihr das Wort ab. »Kein Aber. Ich bin direkt hinter dir und habe meinen Zauberbeutel dabei.« Sie wedelte mit dem fliederfarbenen Ungetüm in der Luft.

Tatsächlich begann Amanda zu lächeln. Endlich. »Ach Bloem, was hätte ich in den letzten Wochen nur ohne dich gemacht?«

»Die Hochzeit verschoben?«, gab Bloem die Frage zurück und zwinkerte ihr zu.

Dann sah sie sich nach dem Brautvater um. Dierk van Houten war ein stets gut gelaunter Dampfplauderer, der gern im Mittelpunkt stand. Nur heute schien er sich weit wegzuwünschen. Bloem tippte darauf, dass ihm gerade dämmerte, dass er sechs weitere Töchter unter die Haube bringen musste. Viel Spaß dabei!

Sie dirigierte ihn an die Seite seiner Tochter, ehe sie die Sakristei erneut mit Blicken absuchte. »Neil? Neil? Wo ist Neil schon wieder?«

Insgeheim fürchtete sie das Schlimmste. Neil war neun, ging in Bloems Klasse und war in der ganzen Schule als Satansbraten bekannt, der ständig etwas ausheckte. Außerdem war er der älteste Neffe des Bräutigams und - er trug das kleine Samtkissen bei sich, auf dem die Eheringe festgesteckt waren.

»Neil?«, eiligen Schrittes stürmte Bloem zu der Tür, die aus der Sakristei in den Kirchhof führte, und riss sie auf. Dabei begegnete sie Amandas entsetztem Blick.

»Keine Panik, alles unter Kontrolle«, rief Bloem und rang sich ein Lächeln ab, ehe sie mit gerafftem Rock hinauseilte.

Sie fand Neil bei ein paar älteren Jungen, die sich in eine Ecke verzogen hatten und rauchten.

»Nicht cool! Her mit der Packung!« Fordernd streckte Bloem eine Hand aus, während sie mit der anderen Neils Oberarm packte. Nur gerade so fest, dass er nicht wieder abhauen konnte.

Als die anderen Jungs geflüchtet waren, fragte sie Neil: »Du magst deinen Onkel?«

Er nickte widerstrebend.

»Und du hättest gern auch nächstes Weihnachten ein hübsches Geschenk von ihm?«

Diesmal nickte er sehr eifrig.

»Fein, dann sieh zu, dass du die Ringe nicht verlierst und ruinier ihm diesen Tag nicht.« Es war fast lustig, zu sehen, wie er sich aufrechter hinstellte und sie ungläubig anguckte.

Diesen Ton kannten ihre Schüler eben nicht von Bloem. Am besten ging es ihr, wenn die Dinge um sie herum ruhig und freundlich abliefen. Keine Konfrontation, kein Streit, bitte kein Geschrei und wenn sich's einrichten ließ, auch keine abfälligen Bemerkungen.

Bloem nannte das eine positive Grundhaltung – ihre drei besten Freundinnen Anna, Jule und Mia mochten es prägnanter und attestierten ihr Harmoniesucht.

Tja, da hatte Bloem eine Überraschung für Neil, denn hier war sie nicht als Lehrerin, auch nicht als Privatperson, sondern als Frau mit einer Mission. Und diese Mission sah nun einmal vor, dass die Braut nicht aus Verzweiflung, sondern vor Rührung weinte. Nur würde Letzteres nicht passieren, solange der

Lümmel mit den Ringen in einer Ecke stand und seine Lungen teerte.

»Hast du die Ringe noch?«

Als hätte der Tabakgenuss sich nachhaltig auf Neils Stimmbänder ausgewirkt, nickte er wieder. Diesmal präsentierte er dazu eine genervte Miene, die sich weiter verdüsterte, als Bloem verlangte: »Zeig sie mir!«

Er rang mit sich. Das war nichts Neues, denn Anflüge von Rebellion waren in seinem Alter an der Tagesordnung.

Also erinnerte sie ihn lächelnd, aber nachdrücklich. »Zwei Worte: Onkel – Weihnachtsgeschenk.«

Endlich bewegte er sich, kramte aus der Tasche seines Jacketts das Kissen hervor und hielt es ihr unter die Nase.

Ihr fiel ein Stein vom Herzen, der es größentechnisch locker mit jedem Findling aufnahm.

»Prima! Also gehen wir jetzt rein und du bleibst bei mir. Eine halbe Stunde, dann hast du es hinter dir und kannst wieder losziehen.«

Einem Reflex folgend wollte sie ihm das Haar zausen. Sie mochte den für sein Alter klein geratenen, drahtigen Knirps mit den tausend Sommersprossen. Aber leider, leider ... war sie die Frau mit der Mission. Also seufzte sie, lächelte – und glättete sein Haar akribisch mit der flachen Hand, ehe sie ihn mit sich zur Sakristei zog.

Dort fand sie Amanda, die mit weit aufgerissenen Augen auf ihren plötzlich sehr blassen Vater einredete.

»Vielleicht ist es ein Zeichen, dass Neil weg ist. Was, wenn alles schiefgeht und Derek meint, er könne sich plötzlich alles herausnehmen, nur weil wir verheiratet sind?«, rief sie schrill.

Bloem hob die Hand, in der sie noch immer die Zigarettenschachtel hielt, und wedelte damit vor Amandas Gesicht.

»Das ist ein Zeichen. Und zwar ein Zeichen dafür, dass dein Bräutigam ein verdammt ernstes Wörtchen mit seinem Neffen reden sollte.« Sie gönnte Amanda ein strahlendes Lächeln. »Fein, da das nun geklärt wäre, kann der Küster dem Organisten ja endlich Bescheid geben. Sonst schlafen uns die Leute noch ein.«

Sie wartete Amandas Antwort gar nicht ab, sondern klatschte unternehmungslustig in die Hände, bevor sie dem knittrigen alten Herrn mit der silbernen Haartolle ein Zeichen machte.

Anschließend übergab sie Neil, mit der Auflage, ihn nicht loszulassen, an Amandas leichenblassen Vater – der ab heute sicher dafür plädieren würde, dass seine restlichen Töchter in wilden Ehen gut aufgehoben waren - und begann, die Röcke der Braut zu ordnen.

Dank der obersten Lage, die sich abnehmen ließ, hatte es eine drei Meter lange, reich bestickte Schleppe. Ein Kleid, das Bloem definitiv auch in ihre engere Wahl genommen hätte. Nur war sie nicht so weit, zum Altar zu schreiten. Noch nicht.

Allerdings sprach einiges dafür, dass Rouven sich nicht die obligatorischen zwei Jahre Zeit lassen würde, ehe er sie fragte.

Er war der Stoff, von dem Geschichten handelten. Wohlgemerkt Geschichten, die im Nachsatz vollmundig verkündeten, dass die Protagonisten bis in alle Ewigkeit – oder zumindest bis zu ihrem Ableben – glücklich miteinander lebten.

Bei einem Besuch in der Notaufnahme war er ihr gleich aufgefallen. Ein attraktiver, nicht zu gutaussehender und kein bisschen draufgängerischer Arzt.

Er hatte sich um Bloems Schüler mit einem so exakt austarierten Maß an Anteilnahme und Kompetenz gekümmert, dass sie gleich gewusst hatte, dass Yannick – und sie – bei dem Herrn Doktor in guten Händen waren.

Wirklich, sie war hingerissen gewesen. So sehr, dass sie Yannick, der beim Toben auf dem Schulhof vom Klettergerüst gefallen war, beinahe vergessen hätte.

Wie auch nicht? Ein Kinderchirurg, der sich bis zur Bezeichnung Oberarzt hochgedient hatte, ohne Ring am Finger und mit offenkundigem Interesse an ihr – da ging ein glatter Bruch doch wohl als Nebensache durch. Zumal Rouven wirklich kompetentes Pflegepersonal an seiner Seite gehabt hatte.

Zwei Tage später hatte Rouven im Schulsekretariat angerufen und sich mit der Lehrerin verbinden lassen, die neulich mit ihrem Schützling im *Leids Universitair Medisch Centrum* gewesen war.

Bloem hatte es gerührt, dass er sich nach Yannicks Wohlergehen erkundigte. Aber noch mehr war sie entzückt gewesen, als er sie zum Abendessen in ein schickes, vegetarisches Restaurant in Rotterdam einlud.

Rouven, das hatte sie schnell begriffen, war kein Charakter, der lang herumredete. Wenn er eine Frau auf ein Date einlud, dann, weil er ernsthaft interessiert war.

Bloem war das Herz übergelaufen. Wann traf man schon das Material seiner Träume? Einen Mann, der nicht nur eine ernsthafte Bindung suchte, sondern das auch unumwunden zugab? Zumal Rouven betont hatte, keine Zeit an Frauen zu verschwenden, die nicht auf der Suche nach etwas Wahrhaftigem waren.

Ob der schönen Erinnerung lächelnd, glättete Bloem ihr Brautjungfernkleid und legte die Hand auf die Türklinke. Als der Organist kurz darauf die ersten Takte von Mendelssohn-Bartholdys Hochzeitsmarsch anstimmte, war alles bereit – und perfekt. Auch wenn Bloem das Stück ein wenig zu abgegriffen fand. Sie würde etwas Modernes wählen, hübsch interpretiert.

Während sie sich vorstellte, wie Rouven sie zu den Klängen von Ed Sheerans Perfect am Altar erwartete, gratulierte sie sich einmal mehr stumm zu dem Zufall, der Yannick hatte vom Gerüst plumpsen lassen.

Da hatte sie jahrelang kein Speeddating ausgelassen und im Internet jede noch so unscheinbare Kennenlernplattform auf der Suche nach dem Richtigen auf Links gedreht, hatte sich unzählige Male das Herz aufgeschürft und reichlich Lehrgeld bezahlt, um ihrem Mr Right dann, keine zwanzig Autominuten von Noordwijk entfernt, in einem Schockraum vor die Füße zu stolpern.

Verrückt. Aber Bloem kam es vor, als hätte Rouven dort, zwischen Notfallliege und Überwachungsmonitoren, allein auf sie gewartet. Weil sie sich ähnlich waren. Und weil sie das Gleiche im Leben suchten.

Bloem träumte von einer Familie – wie Rouven es tat.

Sie wollte heiraten – Rouven wollte es mehr.

Bloem wollte zwei Kinder – er eher mehr.

Ihrem Traum von einem kleinen Häuschen auf dem Grundstück der Apfelplantage ihrer Familie hatte er den Plan vom Kauf einer freistehenden Dünenvilla mit Pool entgegengehalten. Was sie großmütig als Übereinstimmung gelten ließ, denn der Pool sprach eindeutig für die Idee.

Und als sie dann noch erklärt hatte, dass sie Spontanität, Machoallüren und Kreativität absolut überbewertet fand, weil sie Beständigkeit suchte, hatte er sich zurückgelehnt, ohne ihre Hände loszulassen, und genickt wie ein Hutablagendackel auf der Schlaglochstrecke.

Bloem war so in Gedanken, dass sie um ein Haar auf Amandas Schleppe getreten wäre. Sie war heute zu hibbelig, denn vielleicht war das ja das vorletzte Brautjungfernkleid, das sie ihrer Sammlung hinzufügte, ehe - als Krönung dieser kleinen Abteilung in ihrem begehbaren Schrank - ein Brautkleid hinzukam.

Doch zunächst heiratete in acht Wochen ihre Freundin Jule den Architekten Jan de Fries. Dummerweise hatte Jule sie erst vor sieben Tagen in ihre geheimen Pläne eingeweiht. Also war die Zeit für die Planung knapp bemessen. Trotzdem war es Ehrensache für Bloem, dass sie Jule und Jan eine Traumhochzeit organisierte – und in Brautjungfernkleid Nummer zehn antrat.

Natürlich würde sie auch dann noch Hochzeiten für Freundinnen planen, wenn sie selbst unter der Haube war. Ein erklärtes Hobby gab man nicht einfach so auf. Bloem hatte sogar überlegt, daraus einen Beruf zu machen. Doch dazu hing sie zu sehr an ihren Schülern. Selbst an Neil, der momentan verdächtig oft über seine Schulter Richtung Ausgang spähte.

Als sie den Altar erreichten, beugte Bloem sich hinab und zischte eindringlich: »Denk nicht mal dran, mein Freund. Es sei denn, du willst an Weihnachten bis in alle Ewigkeit leer ausgehen.«

Sein verschmitztes Lächeln sagte ihr, dass sie den Nagel auf den Kopf getroffen hatte. Er hegte tatsächlich Fluchtgedanken.

Beinahe hätte Bloem gelacht, doch der Impuls verflog, als sie den Bräutigam sah, dem bei Amandas Anblick Tränen der Rührung übers Gesicht liefen.

Bloem schmolz dahin, denn darauf kam es doch an. Auf diesen kurzen Moment spürbarer Liebe, in dem sich all die Mühe und Planungswut von Wochen und Monaten auszahlten.

Die nächsten Minuten erlebte sie wie im Rausch. Der Pfarrer redete, Neil kramte mit viel Gewese das kleine Samtkissen aus seiner Tasche, dann folgten der Ringtausch und der obligatorische Kuss, anschließend noch ein paar warme Worte des Pfarrers, ehe der Organist das stimmungsvolle Lied für den Auszug intonierte.

Unauffällig huschte Bloem weg vom Hauptgang zu einem Seitenkorridor und hinaus aus der Kirche. Dass drinnen alles perfekt lief, hieß schließlich nicht, dass auch die folgenden Programmpunkte Selbstläufer waren.

Kurz blinzelte sie gegen die Sonne an – dann fiel Bloem ein Stein vom Herzen. Die Kutsche war genau so hübsch geschmückt, wie sie es mit dem Verleiher abgesprochen hatte. Nur der Kutscher passte nicht ins Bild, denn statt einem Sakko trug er ein Karohemd und hatte auch sonst nicht viel Mühe auf seine Erscheinung verwandt.

Mein Gott, wenn man nicht alles im Vorfeld checkte, tanzte immer jemand aus der Reihe. Bloem stürmte wie eine Furie auf die Kutsche zu, ignorierte die scheuenden Schimmel und erklärte dem Kerl, dass er nur ja zusehen sollte, dem Fotografen nicht zufällig vor die Linse zu stolpern.

Kaum war sie mit ihrer Standpauke fertig, tröpfelten auch schon die ersten Gäste aus der Kirche hinaus auf den Vorplatz.

Unter ihnen ihre liebste Freundin Jule, die gekommen war, weil sie nach Inspiration für ihre eigene Hochzeit suchte.

Nur wirkte Jule nicht inspiriert, sondern ... irritiert.

»Wow, ich wusste gar nicht, dass du so ein energischer Dragoner sein kannst«, begrüßte Jule sie mit einer Umarmung. »Was hast du mit meiner sanftmütigen, harmoniesüchtigen Freundin gemacht?«

Was sollte Bloem dazu sagen? Als sie zum ersten Mal eine Hochzeit für eine Bekannte aus dem Lehrerseminar organisiert hatte, war sie ja selbst von sich überrascht gewesen. Es hatte sie ein Weilchen gekostet, zu begreifen, warum es ihr so wichtig war, dass alles perfekt lief. Zumal sie normalerweise davon überzeugt war, mit der Devise ›leben und leben lassen‹, am besten zu fahren.

Doch dann war Bloem - nach einem langen Wochenende bei der Apfelernte auf dem Hof ihrer Mutter - ein Licht aufgegangen.

Damals hatte Bloem sich mit einer Internetbekanntschaft getroffen und Carin dummerweise davon erzählt. Woraufhin ihre Mutter in die übliche Litanei verfallen war. Der Tenor: ›Lass dich nicht zu einer lockeren Beziehung hinreißen. Der Richtige, der, der dich wirklich liebt, wird sich mit nichts weniger als allem zufriedengeben.‹ Gemeint war die klassische Reihenfolge: Ring, Hochzeit, Heim und Kinder.

Bloem hatte all das hundertmal gehört, schließlich war sie mit den Lebensweisheiten ihrer alleinerziehenden Mutter aufgewachsen. Sie waren ihr schon als Kind dermaßen in Fleisch und Blut übergegangen, dass die erwachsene Bloem nie mehr hinterfragt hatte, ob der Ursprung ihrer Hochzeitsfantasien ihren eigenen Wünschen entsprach, oder ob er in der unerfüllten Sehnsucht ihrer Mutter zu finden war.

An jenem Tag war Bloem das auf einer Leiter an einem über und über vollen Säulen-Apfelbaum der Marke Sonate klargeworden – und sie hatte ihren Frieden damit gemacht. Gehirnwäsche hin, freier Wille her. Sie wollte tatsächlich alles: Das weiße Kleid, die Kutsche, den Mann! Ganz egal, wer ihr diese Idee eingepflanzt hatte.

»Und, was meinst du? Wäre die Kirche etwas für euch?«, wollte Bloem von Jule wissen.

Die biss sich auf die Lippe. Was nicht zu ihr passte. Ihre liebste Freundin war nie um Worte verlegen. Und sie hatte immer eine Meinung. Wenn sie also nichts sagte, stimmte etwas nicht.

»Was ist los?«

»Mir ist das alles eine ...«, Jule sah zu Boden und trat von einem Bein aufs andere, »... eigentlich ist es mir ... uns, ich meine natürlich Jan und mich, uns ... ist es sogar ein paar Nummern zu groß.«

»Wegen der Gäste? Das liegt daran, dass Amanda und Derek riesige Familien haben«, wischte Bloem den Einwand fort.

Jule hatte zwar auch Brüder, aber die waren jünger und würden nicht mit Frauen und Kindern erscheinen. Ihr Bräutigam Jan war ein Einzelkind, so dass auch von seiner Seite nicht mit Heerscharen zu rechnen war. »Bei euch wird es halb so voll. Höchstens«, wiegelte Bloem also ab. »Aber die Blumendeko, die könnten wir sehr ähnlich arrangieren. Und den Kutschverleiher knöpfe ich mir morgen vor, damit er dir nicht auch diesen Schlunz auf den Kutschbock setzt.«

Jule, die nach Bloems Dafürhalten nun lächeln sollte, schüttelte den Kopf.

»Tut mir leid, aber das kommt alles nicht infrage.«

»Alles?« Bloem verstand nicht, worauf Jule hinauswollte. »Wie meinst du das? Alles ... wie alles?«

»Das versuche ich ja gerade, dir zu sagen. Wir wollen nicht kirchlich heiraten. Und in eine Kutsche setze ich mich schon gar nicht. Die Blumen waren zwar hübsch, aber ... mir ein wenig zu ... zu überladen.«

Bloem kam nicht mehr mit. Sie wusste, dass sie die Gäste eigentlich zu den beiden gemieteten Bussen dirigieren sollte, damit sie auf schnellstem Weg zum knapp fünfhundert Meter entfernten Festsaal in einem schicken Hotel an der Strandpromenade kamen.

Doch gerade war sie einfach nur verwirrt. »Aber ich ... ich verstehe das nicht.« Herrje, nicht nur Jule stotterte heute, sie fing jetzt auch schon damit an. Dabei hatte sie Jules Hochzeit im Kopf längst fix und fertig geplant. Für Nervosität gab es keinen Grund.

»Das ist es, was wir seit einer Woche versuchen, dir zu erklären. Jan und ich wollen kleiner heiraten, familiär. Das Problem ist ...« Jule brach ab und rang die Hände zum Himmel. »Sollen wir nicht ein andermal darüber sprechen? Du hast dir mit dieser pompösen Feier so viel Mühe gemacht. Genieß doch erstmal diese Hochzeit.«

»Nein!«, Bloem hatte nicht geahnt, dass sie derart schrill klingen konnte. »Wir reden jetzt darüber. Ich bin mit den Planungen schon fast fertig und jetzt kommst du und ... und ruinierst alles.«

Jule runzelte die Stirn. Sie war sichtlich um Worte verlegen. »Was hältst du davon, wenn wir später reden? Auf einen Absacker in der Bar? Oder ich koche uns etwas Schönes, wenn du hier fertig bist?« Sie griff nach Bloems Händen und drückte sie. »Meine Schicht fängt gleich an. Ich muss in die Strandbar und vorher die Kinder übernehmen, weil sie mit Jans Freund Hans am Strand sind. Mach dir keine Sorgen. Unsere Wünsche bedeuten nicht mehr Arbeit für dich. Im Gegenteil. Hans wohnt seit zwei Wochen bei uns. Er versteht sich auf Veranstaltungen und hilft dir. Vor allem bei der Party am Abend.«

Bloem stieß die Luft aus, als hätte jemand einen ordentlichen Schwinger in ihre Magengrube gelandet. Ein Partyexperte? Was kommt noch? Luftschlangen und drollige Hütchen? Bloem schüttelte den Kopf, als könnte sie Jules Offenbarung damit ausradieren.

Dass sie, die erklärte Hochzeitsspezialistin, die es mit jeder professionellen Wedding Plannerin aufnahm, durch einen dahergelaufenen Freund ersetzt wurde, tat Bloem im Herzen weh. Jule war schließlich ihre beste, ihre allerbeste Freundin.

»Ich dachte ... ich soll dir bei der Planung helfen.« Bloem hörte selbst, dass sie klang, als wäre sie den Tränen nah.

»Sollst du ja auch«, Jule griff nach Bloems Händen und drückte sie. »Wirklich, ich hätte niemanden lieber an meiner Seite als dich. Nur sind unsere Vorstellungen ...« Jule biss sich auf die Lippe, als wollte sie sich davon abhalten, etwas Voreiliges zu sagen. »Sie sind ...«, nun ließ sie Bloems Hände los und breitete die Arme zu einer allumfassenden Geste aus, die von der Kutsche über die Busse bis hin zu der hübschen Kirche alles einschloss, »... nicht das hier«, erklärte Jule und zog Bloem in eine rasche Umarmung. »Hey, du machst das toll. Ganz offensichtlich wollte diese Amelie ...«

»Amanda«, fiel Bloem Jule tonlos ins Wort, als käme es auf den doofen Namen an.

»Gut, dann wollte eben Amanda so ein pompöses Fest. Wir stellen es uns einfach bodenständiger und ausgelassener vor.«

»Präzisiere bodenständiger!«, verlangte Bloem und kniff die Augen ganz fest zusammen. Ihr Reflex, wenn es galt, böse Neuigkeiten auszublenden.

»Wir wollen in meiner Strandbar feiern. Und uns auch dort trauen lassen.«

»Das geht nicht!«

»Doch«, Jule nickte, wie um dem Wörtchen Nachdruck zu verleihen. »Ich habe es noch niemandem erzählt. Aber seit einem Monat besitze ich die Zulassung der Gemeinde Noordwijk. Meine Strandbar *Nieuwe Begin* ist ab sofort ein offizieller Trauungsort. Allerdings nehme ich erst ab dem kommenden Frühjahr Buchungen an. Ich muss bis dahin noch Einiges organisieren.«

Bloem traute ihren Ohren nicht. Es war einfach zu schräg. Zugegeben, sie fühlte sich in Jules Strandbar sauwohl, denn *Nieuwe Begin* verströmte ein bunt-bodenständiges Woodstockflair. Aber wer heiratete bitte in einer Kulisse aus Hängematten und Pallettenmöbeln? Niemand! Zumindest keiner, der von einer Märchenhochzeit träumte.

Sie wollte etwas dazu sagen. Aber das ging nicht. Jule hatte in dieser Bar jedes Brett und jeden Stuhl eigenhändig lackiert. Egal wie sie es anbrachte, was Bloem dazu zu sagen hatte, würde ihre liebste Freundin verletzen. Also musste sie es erst sacken lassen und sich eine Strategie überlegen. Dann konnte sie Jule zur Vernunft bekehren. »Also gut, wir reden später.«

»Hey«, wieder nahm Jule ihre Hände. »Ich weiß, dass dir diese luxuriösen Hochzeiten viel bedeuten, weil du ein Leben lang davon geträumt hast. Wenn du keine Lust hast, eine kleine familiäre Feier mit gutem Essen für Freunde zu planen, verstehe ich das. Dann machen wir es selbst.«

Dass sie nicht lachte. Jule lief doch so schon am Limit. Seit ihr Freund Jan, ein Architekt, sein großes Bauprojekt in Amsterdam vorantrieb, arbeitete er mindestens zwölf Stunden am Tag. Also blieben die Betreuung von Jans Kindern, der Haushalt und natürlich der Betrieb ihrer gut laufenden Strandbar *Nieuwe Begin* an Jule hängen. Wenn sie nebenher eine Hochzeit mit allen Schikanen planen sollte, würde sie überschnappen. Obwohl, über die Schikanen mussten sie ja wohl noch sprechen.

»Ich kann weg, sobald der erste Gang aufgetragen wird. Dann übernimmt der Moderator und spult das Bühnenprogramm ab«, gab Bloem mit spröder Stimme zurück, während sie im Augenwinkel beobachtete, wie die Gäste Schlangen vor den Bussen bildeten. »Das ist so gegen sieben. Also kann ich um acht bei dir sein.«

Jule lächelte erleichtert. »Prima, dann bitte ich Jans Mutter, die Kinder zu hüten und er und Hans können dazukommen. Das wird unser erstes offizielles Planungstreffen.«

Bloem wusste tief in ihrem Herzen, dass Jule es gut meinte und ihr Arbeit abnehmen wollte, aber sie brauchte keinen Partyexperten, keinen ... Hans.

Sie ahnte nur noch nicht, wie sehr sie ihn schon bald verwünschen würde.

2. KAPITEL

Quietschvergnügt rekelte Hans Verhoeven sich unter dem dünnen Laken. Die Hände hinter dem Kopf verschränkt, sah er auf seine Zehen. Für einen Dreißigjährigen mochte es albern sein, aber er freute sich wie blöd, als er seine Zehen nur mit Gedankenkraft zum Wackeln brachte. Sein raues, übermütiges Lachen hallte von den Wänden des lichtdurchfluteten Raums wider.

Herrje, es war schon neun Uhr und er stand nicht auf diesen Füßen und hetzte zur Probe, sondern sah ihnen tatsächlich dabei zu, wie sie völlig entspannt auf dem Laken lagen.

Mal überlegen: Wann hatte er zuletzt so viel Zeit gehabt – ohne Termindruck im Nacken? Es musste in Madrid gewesen sein. Oder in Paris. In Berlin jedenfalls nicht, denn da hatte der polternde Mieter im Stockwerk über ihm Hans ab früh morgens um fünf ein Gefühl für die Bürde der Schichtarbeit gegeben.

Umso mehr genoss er es, endlich wieder in Noordwijk zu sein. Zumal Jan de Fries, sein bester Freund aus Jugendtagen, ihm ohne zu zögern eine tolle Wohnung zur Verfügung gestellt hatte.

Hans‘ Blick wanderte zu den angelehnten Terrassentüren. Eine kühle Brise wehte herein und bauschte die Vorhänge. So früh waren an einem Samstagmorgen in der Dünensiedlung kaum Autos unterwegs. Es war so ruhig, dass er bis hierher hörte, wie wütende Wellen tosend an Land krachten, während düstere Wolken über den Himmel jagten.

Die Jahreszeiten befanden sich im Wandel. Zwar waren die Tage noch immer warm, doch in der Nacht kühlte es empfindlich ab und auf zwei Sonnenstunden folgte eine, in der sintflutartiger Regen zu Boden ging. Fast waren die warmen Sommertage vorüber.

Hans störte das nicht. Er war in Noordwijk geboren. Wenn er in den Jahren, in denen er berufsbedingt von einer Stadt in die nächste gezogen war, eins vermisst hatte, dann die Ursprünglichkeit, die man nur am Meer fand. Oft glich das Wetter den Launen eines Cholerikers, aber es war pur, unverfälscht und beruhigend wahrhaftig. Man konnte es deuten und voraussagen, aber nicht manipulieren.

Eine buntgemusterte Kitematte, die sich über einer Dünenkrone blähte, zog Hans‘ Aufmerksamkeit auf sich. Dabei keimte ein Fünkchen Sehnsucht in seiner Brust auf. Jahrelang hatte er nicht ans Kitesurfen gedacht. Obwohl Jan und er in diesem Sport einmal wirklich gut gewesen waren. Gott, wie lange war das her? Zehn Jahre? Nein, länger. Dieser Teil ihrer Leben gehörte in die Zeit vor dem Studium, als sie sich um nichts hatten sorgen müssen.

Aber wahrscheinlich war es wie mit dem Radfahren. Einmal gelernt, immer parat. Hans hatte nicht schlecht Lust, es zu probieren, sich seinen Neoprenanzug überzustreifen und runter zum Strand zu gehen. Das alte Equipment verwahrten seine Eltern sicherlich in der Garage.

Das heißt, falls Hans' Schwester, die seit ihrer Scheidung die obere Etage ihres Elternhauses für sich und ihre beiden Söhne beanspruchte, es nicht verscherbelt hatte.

Dass sie knapp bei Kasse war, wusste er. Lintjes Ex-Mann hatte sie nicht nur während ihrer Ehe mit seinen Launen terrorisiert, er erpresste sie – seit der Trennung – mit dem Unterhalt für die Kinder.

Da war es wieder, das Ehethema, das ihn in all seinen Facetten mit der vollen Wucht der daran gekoppelten Emotionalität verfolgte, seit er zurück war. Entweder lag Lintje ihm tränenreich mit ihrer Scheidung in den Ohren. Oder Jan und Jule erzählten glücksprühend von ihren Hochzeitsplänen.

Bei besagten Plänen hielt Hans sich fein zurück, denn für seinen Geschmack gab es bereits zu viele, die Jan und Jule reinredeten. Und das, obwohl sie zwei mündige, erfolgreiche Menschen waren, die gut ohne Einmischung auskamen.

Nur war Jule eben auch eine treue Seele. Freundschaften und Familie bedeuteten ihr viel. Weswegen sie sich schwertat, wohlmeinende Ratschläge in den Wind zu schießen und einfach so zu heiraten, wie es ihr gefiel.

Dabei mochte Hans die Idee der beiden. Das Ja-Wort wollten sie sich in Jules Strandbar umringt von Freunden und Familien geben, um im Anschluss – zusammen mit ihren Lieben – ein rauschendes Fest zu feiern.

Bekochen wollte Jule ihre Gäste selbst. Etwas anderes hätte ihre Köchinnenehre nicht zugelassen. Wer sollte auch besser wissen als sie, wie man Gäste verwöhnte? Schließlich hatte Jule ihre Lehrjahre in einer deutschen Sterneküche verbracht und die Ausbildung mit Bravur bestanden.

Was die beiden nicht wollten: Ein steifes Fest, bei dem die Gäste verkleidet in Anzügen und Cocktailkleidchen erschienen. Dann erwarteten sie keine Geschenke, ihr Haushalt war komplett. Und bitte drolligen Spielchen, auf deren Höhepunkt Jule und Jan mit einer Nagelschere ein Herz aus einem Betttuch ausschnitten, um anschließend durch das Loch zu stolpern.

Entsprechend kurz war ihre Wunschliste: Gutes Essen, gute Stimmung und Livemusik. Weswegen der ursprüngliche Plan vorgesehen hatte, einfach alle in die Strandbar zu laden, laut »Überraschung!« zu rufen und im entscheidenden Moment den Standesbeamten vorzustellen.

Dummerweise waren Jan und Jule schon beim Überbringen der Einladungen gescheitert. Darauf hatte gestanden, dass sie in acht Wochen ein Grillfest zum Saisonende in Jules Bar *Nieuwe Begin* geben wollten. Doch es hatte sich herausgestellt, dass viele Gäste an diesem Wochenende bereits verplant waren. Für eine simple Grillparty wollten sie das nicht verschieben. Vor allem Jules Familie, die aus Deutschland kam, brauchte einen guten Grund, um mit Mann und Maus und Übernachtungsköfferchen an die niederländische Küste zu reisen, an der es dann nicht mehr sonnig warm, sondern rau und ungemütlich sein würde.

So hatten Jule und Jan schweren Herzens ihr Geheimnis gelüftet und genau das bekommen, was sie nicht wollten: von Erwartungen geleitete, wohlmeinende Vor- und Ratschläge, die kein Mensch brauchte. Zumindest niemand, der einen eigenen Kopf besaß.

Als das nächste Segel über den Dünen tanzte, ließ Hans das ungewohnte Nichtstun und setzte sich auf.

Es gab zwei Möglichkeiten: Entweder er bereitete sich weiter auf den Job in Amsterdam vor, den er am Montag antreten würde – oder er rief Lintje an und fragte, ob seine Kitesurfausrüstung noch in der Garage lag.

Die Entscheidung fiel nicht schwer. Hans griff zum Handy.

Lintje ließ es geschlagene sechs Mal klingeln, ehe sie ranging. Dabei war der gereizte Unterton nicht zu überhören.

»Wieso bist du schon wach? Du lebst allein!«

»Dir auch einen schönen guten Morgen. Lass mich raten, es hat gedauert, weil du den Butler schicken musstest, damit er dir das Smartphone aus dem Westflügel holt?«, fragte Hans, wobei jedes seiner Worte vor Ironie troff.

»Nicht ganz, Wim hat damit gespielt und wollte kein Leben verlieren.«

Wie ein Sechsjähriger es schaffte, eine ganze Familie zu orchestrieren, würde Hans immer ein Rätsel bleiben. Aber die Erziehung ihres Sohnes war Lintjes Problem. Hans beschränkte sich in seiner Rolle als Onkel aufs Verwöhnen.

»Weswegen ich eigentlich anrufe, ich hätte gern meine Kiteausrüstung. Komme ich da ran, oder sieht die Garage noch ebenso ...«, er verbiss sich das Wörtchen zugemüllt, »... avantgardistisch aus wie vergangene Woche?«

»Falls du mir damit sagen willst, dass ich in Papas penibel aufgeräumtem Refugium für Chaos sorge, kannst du dir das sparen. Bring du erst mal den halben Hausstand von drei Personen auf sechzehn Quadratmetern unter, dann reden wir weiter.«

»Lintje?«

»Ja?«

»Die Ausrüstung?«

Diesmal antworte sie weniger hitzig, um nicht zu sagen zögerlich. »Luuk hat sie sich geliehen. Beim Auszug habe ich nicht daran gedacht, also ...«

Sie musste den Satz nicht vollenden. Was Hans‘ pedantischer Schwager – oder war Luuk schon sein Ex-Schwager, egal – einmal in seine gierigen Finger bekam, rückte er nur unter Androhung von Folter wieder heraus.

Insgeheim grummelnd schrieb Hans die Ausrüstung ab. Aber wo er Lintje gerade schon am Telefon hatte, ohne dass ihre Söhne Wim und Gant oder ihre Eltern danebenstanden und mithörten, konnte er das Thema ansprechen, das ihm seit seiner Rückkehr unter den Nägeln brannte.

»Hast du dir überlegt, wie es für euch drei weitergehen soll? Wenn ich es richtig verstanden habe, weigert Luuk sich, aus dem Haus auszuziehen.«

Einen Moment blieb es still, dann hörte er seine Schwester seufzen, begleitet von hastigen Schritten auf knarzenden Bodendielen.

Hans kannte sein Elternhaus an der *Quarles van Uffordstraat* so gut, dass er sich einbildete, allein anhand des Knarzens sagen zu können, dass sie hinüber ins alte Bügelzimmer ihrer Mutter ging. Als die seit Ewigkeiten klemmende Tür mit einem festen Ruck geschlossen wurde, wusste er, dass er damit richtig lag.

»Sorry, dass du warten musstest, ich will das nicht vor den Jungs besprechen. Gant kriegt es noch nicht so genau mit, aber Wim ...«, sie seufzte. »Du glaubst nicht, wie viel Sechsjährige aufschnappen und begreifen. Als wir uns getrennt haben, durfte ich jeden Tag in der Schule antreten, weil er sich ständig gerauft hat. Also: Mein Anwalt hat sich gestern gemeldet. Bad News! Luuk wird das Haus nicht verlassen. Offiziell steht es noch als Eigentum seiner Eltern im Grundbuch. Dass mein ganzes Gehalt für den Umbau draufgegangen ist, ist mein Pech. Ich kann das nämlich nicht beweisen, weil Luuk sämtliche Rechnungen im Büro gehortet hat. Und was die Zukunft betrifft: Seit Gants Geburt arbeite ich halbe Tage. Davon können wir uns keine Wohnung leisten.«

»Und der Unterhalt?«, hakte Hans ungehalten nach. Eigentlich war er ein friedfertiger Mensch. Trotzdem juckte es ihn gerade unfassbar, seinem Schwager die Visage zu polieren.

»Das ist so eine Sache. Luuk ist ja selbstständig. In die Buchhaltung habe ich mich nie eingemischt. Aber mein Anwalt sagt, dass er seit zwei Jahren so gut wie keine Einkünfte mehr verzeichnet. Also ziemlich exakt ab dem Zeitpunkt, ab dem er seine Sportstudio-Einheiten ins Bett dieser silikongepimpten Harpyie verlegt hat. Er wusste, dass es aus ist, wenn ich hinter seinen Seitensprung komme. Also hat er vorgesorgt. Ich weiß, dass er ein Schweinegeld macht, aber nichts von alledem gehört offiziell ihm. Selbst der Tesla läuft auf den Namen seiner Mutter.« Lintje lachte schrill. »Die Frau ist schon überfordert, wenn sie zum Einkaufen das Rad nimmt. Mit einem Auto wäre sie eine rollende Bedrohung für die Menschheit.«

»Und wenn du einen Privatermittler einschaltest?«, schlug Hans vor. »Soll der doch in Luuks Vermögensverhältnissen herumstochern.«

Lintje zögerte. » Ich schäme mich richtig, dass ich darüber selbst schon nachgedacht habe. Aber es würde nichts nützen. Ihn abzuhören oder in sein Büro einzubrechen, wäre illegal. So etwas erkennt das Gericht nicht an. Und so dumm, dass Luuk ganz offensichtliche Fehler macht, ist er nicht.«

Hans ballte die freie Hand zur Faust. Er hatte nie begriffen, was seine Schwester an diesem gegelten Lackaffen gefunden hatte. Aber ihr das jetzt unter die Nase zu reiben wäre, als würde er jemanden treten, der ohnehin am Boden lag.

Weil er eine lange Weile still blieb, fühlte Lintje sich berufen, die Stimmung aufzuhellen. »Hey, mach dir keinen Kopf. Ich habe heute Nachmittag ein Vorstellungsgespräch in einem Hotel. Die suchen händeringend eine Rezeptionistin für die Nachtschicht.«

»Kriegst du das mit den Kindern hin?«

Sie lachte. »Mama regt sich sowieso ständig über Dads Schnarchen auf. Sie wird froh sein, nicht mehr mit ihm im Anbau schlafen zu müssen.«

Wenn sie sich da nicht täuschte. Ihr Vater war ein Gewohnheitstier und liebte seine Frau zärtlich.

»Hör mal, wenn du eine Wohnung suchst und Geld brauchst für einen Makler oder die Kaution oder ich dir etwas für die Miete vorschießen soll ... ich wollte das Thema vor den Eltern nicht anschneiden, aber ich leihe dir jederzeit etwas.« Auch wenn Hans wusste, dass er es höchstwahrscheinlich nie wiedersehen würde.

»Da schau an«, spottete Lintje. »Unser erfolgreicher Musikus weiß nicht, wohin mit seinem Geld.«

Hans hörte, wie sie schluckte.

Dann brachte sie, wesentlich bewegter, hervor: »Danke, kleiner Bruder, ich weiß das wirklich zu schätzen.« Es klang, als wollte sie vor Rührung in Tränen ausbrechen.

Das fehlte ihm gerade. Weinende Frauen machten ihn hilflos. Um nicht zu sagen panisch. Unwirsch brummte er »hm, schon gut« und wechselte das Thema.

»Was ist mit den Jungs, wenn du zum Vorstellungsgespräch musst? Du könntest sie herbringen. Ich scheuche sie zu Jans Kindern in den Garten und bewache das Tor.«

Lintje, die ihre Rührseligkeit wieder im Griff hatte, schnalzte mit der Zunge. »Na da sieh an, mein ich heirate höchstens auf dem Totenbett, damit jemand etwas von meiner Rente hat-Bruder halst sich freiwillig Verantwortung auf. Was ist passiert, sind dir die Groupies ausgegangen? Oder hat es gestern Abend mit dem Aufriss nicht geklappt?«

Ihn ärgerte das. Und zwar maßlos. Sie hatte einen Mann geheiratet, der seine Einkünfte klein rechnete und lieber eine Geliebte als seine Kinder unterhielt, und wollte ihm erzählen, er habe kein Pflichtbewusstsein.

»Weißt du, Linni, ich habe gesagt, was ich sagen wollte. Besser, wir legen auf.«

»Hey, es war nicht so ...«

»Gemeint, ich weiß«, beendete er den Satz für sie. »Trotzdem reicht mir die Überdosis Lintje für das Wochenende.« Er legte einfach auf. Und er ging auch nicht ran, als ihr Name keine zehn Sekunden später auf seinem Display aufblinkte.

Kein Bedarf auf eine Neuauflage, die ablaufen würde wie üblich: Sie entschuldigte sich. Er nahm es an. Um sich bei nächster Gelegenheit wieder anzuhören, was für ein pflichtvergessenes, beziehungsscheues Arschloch er war.

War er nicht. Kein bisschen. Aber sein Job brachte es mit sich, dass er mal hier, mal dort engagiert war.

Außerdem zog er einen Typ Frau vor, der an seine Unabhängigkeit glaubte und die Karriereleiter nicht mühsam raufgekraxelt sein wollte, um für Hans alles über Bord zu werfen und sich am Ende – um Haus und Unterhalt geprellt – im Bügelzimmer der Eltern wiederzufinden.

Tatsächlich hatte Hans einmal geglaubt, die Eine gefunden zu haben. Bis das nächste Angebot gekommen war und sie vor der Wahl gestanden hatten. Wollte er – nach ausgelaufenem Engagement – bleiben und sich mit schlecht bezahlten Jobs über Wasser halten? Oder wollte sie alles aufgeben und mit ihm in die nächste Stadt ziehen, um von vorn anzufangen? Die Entscheidung war ihnen nicht leichtgefallen. Doch letztlich hatte es sich für Hans richtig angefühlt, weiterzuziehen.

Er hätte es Lintje erklären können, nur ließ sein Stolz nicht zu, dass er sein Privatestes nach außen kehrte, um sich gegen alberne Sticheleien zu verteidigen.

Seine gute Laune war jedenfalls dahin.

Hans betrat das luxuriöse Bad. Dabei hatte Jans Ex-Freundin sich wirklich selbst übertroffen. Von der freistehenden Wanne bis zur riesigen Dusche mit Sitzgelegenheit waren alle Schikanen vorhanden. Hinzu kam, dass sie den Balkon so geschickt an der Gebäudeseite positioniert hatte, dass er von der Straße nicht einsehbar war. Hätte Hans es gewollt, er hätte nackt aus der Dampfsauna ins Freie treten können. Vielleicht würde er es irgendwann probieren.

Jetzt tat es eine Dusche. Anschließend band er sein schulterlanges Haar am Hinterkopf zu einem Knoten und trimmte seinen Vollbart. In Jeans und T-Shirt gekleidet verließ er die feudale Wohnung, die normalerweise meist leer stand.

Jan hatte ihm erklärt, dass seine Ex-Freundin Margrit der Idee, die Kinder bei ihm zu lassen, unter einer Bedingung zugestimmt hatte: Sie wollte jederzeit nach Noordwijk kommen und Zeit mit Mats und Anike verbringen können. Also hatte Jan sein Architekturbüro um eine Etage aufgestockt und für Margrit eine Wohnung geschaffen, die ihr zur Verfügung stand, wenn sie herkam. Ein Kompromiss – von dem Hans nun profitierte, denn Margrit hatte ein Projekt in Übersee und würde frühestens in sechs Monaten wieder hier sein.

Dass Jan keine Miete wollte und Jule beleidigt gewesen war, als Hans ihr Kostgeld angeboten hatte, weil sie jeden Tag für ihn mitkochte, wurmte ihn ein wenig. Er wollte nicht wie ein Schmarotzer unter dem Dach seines besten Freundes leben.

Jan und Jule hatten ihn zwar gebeten, zusammen mit ein paar befreundeten Musikern bei ihrer Hochzeit für Stimmung zu sorgen, das war ein Anfang, um sich erkenntlich zu zeigen – aber lange nicht genug, um sich für ihre Großzügigkeit wirklich zu revanchieren.

Hans lief die Außentreppe hinab und umrundete den Anbau von Jans Büro, bis er vor der Tür der imposanten Dünenvilla stand, in der Jan, Jule und die Kinder lebten.

Er klingelte und hatte die Hand kaum sinken lassen, als die Tür aufgerissen wurde.

Mit wirren blonden Locken und leuchten Augen stand Jans Tochter vor ihm. »Hallo Hans.«

»Hallo Anike. Was hast du vor? Du siehst so unternehmungslustig aus?«, fragte Hans lächelnd.

Der Kleinen blieb keine Zeit, ihm zu antworten, denn Jule kam aus der Küche geschossen. Ärgerlich wedelte sie mit dem

Kochlöffel in der Hand. »Hast du die Sprechanlage benutzt, wie wir es dir gesagt haben?«

Anike seufzte. »Aber das ist doch Hans.«

»Du konntest nicht wissen, dass er es ist«, hielt Jule nun schon milder gestimmt dagegen.

»Aber darum habe ich doch aufgemacht. Woher soll ich denn sonst wissen, wer draußen steht?«

Hans musste sich ob so viel kindlicher Logik das Grinsen verkneifen.

Jule, die ihn schmunzelnd ansah, schien es ähnlich zu gehen. »Komm rein. Magst du einen Kaffee? Ich habe auch noch ein paar von meinen frischen Ciabattas übrig und dazu köstlichen Schinken von einem Hofladen in der Nähe.«

Hans lächelte sie dankbar an. »Wäre das hier ein Hotel, würde ich nicht unter tausend Euro pro Nacht wegkommen.«

Sie winkte ab. »Sei einfach froh, dass wir dein Geld nicht wollen, und komm. Ich muss ein paar Dinge für meine Nachmittagsschicht in der Strandbar vorbereiten, weil ich gleich bei einer Hochzeit bin.«

»Wer traut sich denn? Jemand, den ich kenne?«

Jule lachte. »Jemand, den nicht mal ich kenne. Aber meine Freundin Bloem hat für ihre Kollegin die Hochzeit organisiert und meinte, dass ich mir da Einiges abgucken kann.«

Hans mochte sich irren, aber Jule sah nicht wie jemand aus, der irgendetwas kopieren wollte. »Wenn ich tippen sollte, würdest du lieber zu einer Beerdigung gehen.«

»Ich will da auch hin!« Jans Sohn Mats, der eben durch die Terrassentür in die Küche spaziert kam, zog einen Flunsch. »Darf ich zu der Beerdigung? Hochzeiten sind doof.«

Jule verdrehte entnervt die Augen. »Er war neulich mit seiner Oma bei der Trauung der Tochter ihrer ... ach, ich krieg nicht mehr zusammen, woher Helene sie kennt. Jedenfalls war Helene vorher mit den Kindern einkaufen und hat darauf bestanden, dass Mats Hemd und Krawatte trägt und Anike hat sie in ein Puppenkleidchen mit Rüschen gesteckt. Als sie die Kinder abends in der Kostümierung nach Hause gebracht hat, ist Jan ausgeflippt.«

Hans zuckte die Achseln. »Lass sie hier. Wir gehen an den Strand, wenn uns langweilig wird, buddeln wir uns gegenseitig ein und plündern anschließend die Eistheke in deiner Bar.«

Jule nagte – sichtlich unschlüssig – an ihrer Lippe. »Ehrlich, es klingt verlockend, aber wenn ich daran denke, dass du nur noch zwei freie Tage hast, ehe dein Job losgeht ...«

»Kannst du es beruhigt annehmen. Ich bin schon ein großer Junge und hätte es nicht angeboten, wenn ich es nicht so meinen würde.«

»Ernsthaft?«

»Siehst du mich lachen? Allerdings ...« Er tat, als müsste er überlegen, »ohne eine gute Grundlage, könnte es passieren, dass ich entkräftet zusammenbreche.«

Jule, die ziemlich nah bei ihm stand, legte demonstrativ den Kopf in den Nacken, als müsse sie zu einem Leuchtturm aufsehen, bevor sie den Blick langsam an ihm hinabwandern ließ. »Ehe du entkräftet zusammenbrichst, verhungert ein Bär im Hühnerstall.«

»Auch wieder wahr. Trotzdem würde ich gern auf dein Angebot mit dem Frühstück zurückkommen. Sobald du wieder da bist, kaufe ich ein und revanchiere mich.«

Jule schüttelte den Kopf. »So weit kommt es noch, dass die Gäste uns den Kühlschrank füllen. Also los, frag die beiden, ob sie mit dir an den Strand gehen wollen, auch wenn ich ziemlich sicher bin, dass sie mit fliegenden Fahnen zu dir überlaufen.«

Sie taten mehr als das, umjubelten Hans wie das biblische Goldene Kalb, dann stürmten sie nach oben, um Sachen für den Strand zusammenzusuchen.

»Was ist das für eine Freundin, die Hochzeiten organisiert?«, wollte Hans wissen, als er es sich am Küchentisch gemütlich gemacht hatte.

Jule, die sein Frühstück richtete, schnaubte leicht. »Meine beste Freundin Bloem. Ich habe dir von ihr erzählt. Die, die so nett ist und sich viel zu viel gefallen lässt. Sie träumt seit ihrer Kindheit von einer Hochzeit in Weiß. Versteh mich nicht falsch, ich mag nicht schlecht über sie reden, aber das hat sich zu einer regelrechten Manie ausgewachsen. Obwohl ...« Jule wog den Kopf von links nach rechts. »Es ist schon besser geworden. Vor ein paar Jahren war ihre Wohnung noch dekoriert ... Kennst du diesen Aha-Effekt aus Psychothrillern? Wo die Spezialeinheit die Wohnung des Serienkillers stürmt und alles ist über und über mit Bibelversen tapeziert? Stell dir ihre Küche so vor – nur mit Bildern von Brautkleidern, -sträußen, entzückendem Porzellan und festlich gedeckten Tischen. Mittlerweile hat sie es auf eine Pinnwand mit dem Kleid und der Tischdeko des Monats und Visitenkarten aller in Frage kommenden Dienstleister reduziert. Aber es war eine Zeitlang echt gruselig.«

Hans hatte miterlebt, wie Jans Mutter und künftige Schwiegermutter sie in den vergangenen Tagen am Telefon mit Vorschlägen förmlich überrannt hatten. Dabei war Jules Vorfreude immer weiter gesunken. Insofern bezweifelte er, dass diese Bloem ihr eine Hilfe wäre. Im Gegenteil, denn so wie er es verstanden hatte, stand diese beste Freundin auf genau das Hochzeitsprogramm, das Jule und Jan verabscheuten.

»Bist du sicher, dass du das willst?«, fragte er verhalten.

Sie schüttelte den Kopf. »Aber ich weiß, wie viel es Bloem bedeutet, dass ich mir ansehe, was sie da für ihre Arbeitskollegen auf die Beine gestellt hat. Also sehe ich es mir gleich in der Kirche an. Das bedeutet ihr viel. Seit einer Woche ruft sie täglich an und macht mir neue Vorschläge. Als wäre es ihr größtes Glück, mir zu meinem Glück zu verhelfen.«

Hans sah die Zwickmühle. Es war nie leicht, wohlmeinende Menschen in ihre Schranken zu weisen. Zumal er, sobald Jule von ihren Freundinnen sprach, hörte, wie sehr sie ihr am Herzen lagen.

»Wie wäre es, wenn du ihr erklärst, dass es dir herzlich leidtut, aber dass Jan mich bereits gebeten hat, eure Hochzeit zu organisieren? Damit hätten Jan und ich den Schwarzen Peter.«

»Ja, und ich hätte meine beste Freundin angelogen. Außerdem will ich ja, dass sie uns hilft. Ich kann ihr das nicht nehmen. Nur müsste ich sie ein wenig ...«

»Ausbremsen?«, half Hans Jule auf die Sprünge. Dazu schenkte er ihr ein warmes Lächeln, weil ihr Dilemma ihm wirklich leidtat. »Neuer Vorschlag: Jan hat mich ja schon gebeten, mich um das Abendprogramm zu kümmern – wie wäre es, wenn du sie bittest, die Planung gemeinsam mit mir zu übernehmen? Wir bilden einfach ein Duo, in dem jeder ein Vetorecht hat, was bedeutet, dass ich ihr den Stecker ziehen kann, wenn sie zu weit geht.«

Jule hatte ihm ein erstklassiges Frühstück bereitet. Nun nahm sie mit einem dampfenden Kaffeebecher in der Hand Hans gegenüber Platz. »Ich komme mir vor wie eine Verräterin, aber das könnte tatsächlich klappen.«

»Und wieso guckst du dann immer noch wie ein Schaf, wenn's donnert?«, wollte Hans wissen.

»Weil es nicht leicht wird, ihr das zu erklären.«

Sie sah, wie er den Mund öffnete, um noch etwas zu sagen, und winkte ab. »Nein, nein, das mache ich schon allein. Ich mag vieles sein, aber kein Feigling.«

Als Jule gegen vier in die Strandbar kam, wo Hans und die Kinder sich nach ihrem Strandtag eine Riesenportion Eis genehmigten, wirkte sie nicht mehr ganz so zuversichtlich.

»Wie war die Hochzeit?«, begrüßte Hans sie.

Jule stöhnte. »Erinnerst du dich an Lady Di in diesem pompösen Kleid und den ganzen Zirkus mit der Kutsche und der blumenüberladenden Kirche?«

Hans hatte tatsächlich keine Ahnung, aber er witterte Schlimmes. Also nickte er.

»Gut, und jetzt mal dir aus, wie das Ganze heutzutage aussehen würde. Dann hast du in ungefähr das plüschige Traumhochzeitspaket, das Bloem für Jan und michplant.« Jule rümpfte die Nase. »Nach Helenes Eigenmächtigkeit will ich mir lieber nicht vorstellen, wie Jan reagiert, wenn Bloem seine Kinder nun ebenfalls in Rüschenkleidchen und Anzug stopft. Davon, dass ich aussehen werde wie eine verkappte Prinzessin, die sich auf der Suche nach ihrem Schloss am Strand verlaufen hat, ganz zu schweigen.«

Es machte ihn tatsächlich wütend, sie so aufgelöst zu sehen. Dabei sollte sie glücklich sein. »Du hast es ihr noch nicht gesagt. Dass ich bei der Planung mit im Boot bin, meine ich.«

»Nein, aber sie kommt nach der Hochzeit her. Ich habe gesagt, dass wir uns gegen acht mit Jan und dir zusammensetzen und in Ruhe reden.«

Hans lehnte sich zurück. Er war tatsächlich gespannt auf dieses Gespräch – und auf Brautzilla nicht minder.

3. KAPITEL

Bloem strahlte. Amandas Hochzeit lief ab wie ein frisch justiertes Uhrwerk.

Die obligatorischen Spiele, bei denen die Brautleute erst einen Stamm zersägten und anschließend ein mit Beton gefülltes Fass aus dem Weg räumten, um in den Festsaal zu gelangen – abgehakt.

Tick – die fünfstöckige Torte mit dem Golddekor wurde hereingerollt.

Tack – der Fotograf erschien und machte Bilder von den Brautleuten mit und ohne und mit zerschnittener Torte.

Noch ein Tick – für die Eröffnung des schön arrangierten Kuchenbuffets.

Und ein Tack – weil keiner der Gratulanten die von Bloem vorgegebene Redezeit überschritt.

Bloem durchlebte den Tag wie im Rausch, während sie immer mehr Häkchen an die lange Liste auf ihrem Klemmbrett machte. Als endlich Punkt achtundvierzig – das Auftragen der Vorspeise – an der Reihe war, hatte sie ihre Schuldigkeit getan. Glücklich schnappte Bloem ihren Stoffbeutel, ließ ein letztes Mal den Blick durch den festlich geschmückten Saal wandern, in dessen Mitte das strahlende Brautpaar thronte, und schlüpfte durch den Notausgang ins Freie.

In ihrem viel zu dünnen Brautjungfernkleid hastete sie den Koningin Astrid Boulevard entlang in Richtung Stadtzentrum.

Bloem machte die kühle Brise, die vom Meer herüberwehte und sie frösteln ließ, nichts aus. In ihren ersten zehn Lebensjahren mochte sie mit ihren Eltern kreuz und quer durch die deutsche Heimat ihres Vaters getingelt sein.

Dann hatten sich ihre Eltern getrennt. Ihre Mutter Carin und sie waren auf den Apfelhof der Großeltern gezogen, der gleich hinter den Dünen von Noordwijkerhout lag. Seither war Bloem nur für ihr Studium weggezogen, das sie mit Meer-Sehnsucht im Herzen in Eindhoven verbracht hatte.

Nie wieder, das hatte Bloem sich bei ihrer Rückkehr geschworen, würde sie irgendwo leben, wo sie die salzige Seeluft nicht auf der Zunge schmecken oder den Möwen bei ihrem stoischen Kampf gegen die Böen zusehen konnte. Kein Tag ohne die Möglichkeit, ihren Gedanken bei einem ausgedehnten Spaziergang am endlos wirkenden Strand freien Lauf zu lassen. Sie war ein Küstenmädel durch und durch – und daran hatten zehn Jahre Kindheit zwischen Köln und München nicht das Geringste geändert.

Als sie den Schutz der Promenadenhäuser verließ und den *Palaceplein* überquerte, hob eine Böe den federleichten Organzastoff ihres fliederfarbenen Kleides an. Bloem lachte, raffte den Rock zusammen und hastete weiter.

Dabei wuchs ihre Aufregung mit jeder Minute. Gleich konnte sie Jule und Jan endlich ihre Vorschläge präsentieren. Sie musste nur das Kleid loswerden, dann würde sie die Mappe schnappen, in der sie ihre Pläne für Jules Hochzeit gesammelt hatte, und zur Strandbar fahren. Wenn sie es nur erst sahen, all die entzückenden Details und kleinen Extravaganzen, die Bloem vorbereitet hatte, würden Jan und Jule schon einsehen, dass ihnen der perfekte Tag bevorstand.

Bloem war so in Gedanken, dass sie keinen Blick für die hübsche kleine Fußgängerzone des Städtchens hatte, die sie auf dem Weg zu ihrer Wohnung durchquerte. Zügig erreichte sie das in die Jahre gekommene Apartmenthaus. Es mochte nicht schön sein, aber die Nachbarn waren nett und putzten zuverlässig, weswegen Bloem kurzerhand die Pumps von den schmerzenden Füßen streifte und den langen Gang zu ihrer Parterre-Wohnung betrat.

Sie war glücklich - und unendlich müde. Das war sie nach jeder Hochzeit. Sobald der Adrenalinrausch nachließ, blieb nichts als bleierne Schwere zurück. Aber das Glück, zu dem sie beitrug, und die Erinnerungen, die Amanda und Derek in zehn Jahren lächelnd auf ihren perfekten Tag zurückblicken lassen würden, waren es wert.

Mit einer Einschränkung: Selbst sie musste beim Gedanken an das schmalzige Lied, das Derek mit vor Rührung rauer Stimme ins Mikrofon gehaucht hatte, schmunzeln.

Doch das verging Bloem, als sie endlich ihre Wohnungstür aufschloss – und das Apartment in Licht getaucht vorfand. Entweder ihre Mutter war hier oder ... »Rouven?«

Breit lächelnd kam er aus der Küche. Um die Hüften trug er eine Schürze, darüber ein strahlend weißes Hemd, das so makellos war, wie er es am Morgen aus der Plastikhülle der chemischen Reinigung genommen hatte.

Sie beneidete ihn um seine Perfektion. Zog Bloem eine Bluse an, wirkte sie nach längstens drei Stunden, als hätte sie darin übernachtet. Rouven hingegen – ein Bild mustergültigster Perfektion. Nur dass er ein Messer in der Hand hielt, irritierte sie.

»Was tust du da?«, fragte Bloem und ließ die Schuhe auf den Boden plumpsen.

Sein Lächeln schwand. »Bist du etwa barfuß durchs Treppenhaus gelaufen? Herrje, Sweetie, weißt du, wie viele Keime da lauern? Und die trägst du jetzt alle in die Wohnung. Und was deine Frage betrifft: Danke der Nachfrage! Ich freue mich auch, dich zu sehen, Sweetie.« Er klang angesäuert.

Was Bloem innerlich zusammenzucken ließ. Sie hatte sich nie für einen penetranten Trampel gehalten – bis Rouven in ihr Leben getreten war. Er sagte immer, ausnahmslos immer das Richtige. Ihr hingegen schlüpfte ständig etwas Unbedachtes über die Lippen. Denn natürlich freute sie sich.

Bloem stellte den Brautjungfernbeutel achtlos auf die Flurkommode und fiel ihm um den Hals. »Hey, ich bin überglücklich, dich zu sehen. Ich war nur so überrascht.«

Immerhin lachte er wieder und schlang einen Arm um sie, während er die Hand mit dem Messer in die Luft reckte. »Vorsicht, nicht so stürmisch, sonst wird unser Wiedersehen zu einer blutigen Angelegenheit.«

Bloem küsste ihn. Froh und glücklich atmete sie seinen Duft. Rouven trug eine herbe männliche Note, die ihr erst schwer erschienen war. Mittlerweile fand sie, dass sie zu ihm passte, wie er überhaupt nichts um und an sich dem Zufall überließ.

»Im Notfall könntest du mich doch verarzten, Doc.« Sie hauchte noch einen Kuss auf seine Lippen.

»Nach Feierabend?« Er lachte. »Kaum. Aber ich fahre dich gern zu meinen Kollegen in die Notaufnahme und sorge dafür, dass du bevorzugt behandelt wirst.«

Irgendetwas in ihr sträubte sich bei dieser Bemerkung. Aber sie schob den Gedanken weg, ehe er sich vollends an die Oberfläche arbeitete. Schließlich war es nur ein Scherz. »Hast du gekocht?«

»Nein, ich schleife gerade deine Messer.« Er zwinkerte ihr zu. Denn natürlich war er in der Küche zugange gewesen.

Seit ihrem ersten Date vor drei Monaten verbrachten sie jede freie Minute miteinander. Ausgedehnte Strandspaziergänge, Museumsbesuche, ja, Bloem hatte ihm zuliebe sogar wieder mit dem Joggen angefangen. Und natürlich aßen sie zusammen – wobei ausnahmslos Rouven kochte.

Insgeheim war sie froh darüber, denn sie war nicht fähig zu der chirurgischen Präzision, mit der Rouven selbst schnöde Möhren in akkurate Würfel zerteilte. Ihre Stärke waren deftige Braten, wie ihre Mutter sie ihr beigebracht hatte. Nur aßen sie kein Fleisch. Anfänglich hatte sie es vermisst. Aber seit Rouven ihr erklärt hatte, dass zu jedem Bissen Gulasch von Rechts wegen ein Beipackzettel gehören müsste, auf dem vor den Risiken und Nebenwirkungen von Antibiotika gewarnt wurde, sah sie es ein. Fleisch böse. Gemüse gut.

Himmel, sie durfte gar nicht darüber nachdenken, was sie früher alles nicht bedacht hatte. Ein Glück, dass er sich nun darum kümmerte. Nur nicht heute Abend.

Bloem machte sich los und sah schuldbewusst zu ihm auf.

»Ich kann nicht mit dir essen. Eigentlich bin ich nur hier, um rasch das Kleid loszuwerden, bevor ich zu Jule fahre.« Wieder umarmte sie ihn. »Es tut mir so leid, dass du dir umsonst all die Mühe gemacht hast.«

Diesmal legte er den freien Arm nicht um sie, sondern stand stocksteif da. »Du hast gesagt, dass du die Hochzeit verlässt, bevor das Menü serviert wird.«

»Das habe ich doch auch«, rief Bloem hastig und versuchte, sich an das Telefonat zu erinnern. Sie waren unterbrochen worden, weil ... »Tut mir leid, ich wollte es dir sagen, dann kam Amanda, weil sie ein Problem mit ihrer Frisur hatte und ... entschuldige, ich bin einfach nicht mehr dazu gekommen, zu erzählen, dass Jule etwas kochen will.«

Rouven versteinerte immer weiter. »In ihrer Bar? Willst du da essen? Was gibt es denn? Als ich das letzte Mal dort war, hatte sie keine vegetarischen Gerichte im Angebot. Genaugenommen standen auf der Karte lediglich Gerichte mit den Bausteinen Cholesterin, Stabilisatoren und Geschmacksverstärkern.« Er klang eiskalt.

Das war das Problem. In seinem Kosmos aus Perfektion, Verzicht und Regeln gab es wenig Verständnis für Zügellosigkeit. Deshalb liebte sie ihn ja so. Rouven war kein Typ für Ausrutscher und Seitensprünge, sondern eine kluge, treue, leuchtende Seele. Genau die Art Mensch, die man sich wünschte, um seine Kinder großzuziehen.

Dass er nun sauer war, tat ihr beinahe körperlich weh. Bloems Herz klopfte wie wild und in ihrem Magen ballte sich etwas zusammen und blieb wie ein fieser, harter Klumpen dort liegen. Sie hasste Streit. Und erst recht, wenn sie ihn mit Rouven hatte.

»Es geht mir doch gar nicht ums Essen. Hauptsächlich treffen wir uns, um endlich Nägel mit Köpfen zu machen und alles für Jules Hochzeit zu besprechen. Uns bleiben nur noch acht Wochen, das ist viel zu wenig Zeit. Ich verstehe sowieso nicht, warum die beiden es so eilig haben, aber ich brauche endlich Anhaltspunkte, damit ich die Planung festzurren kann.«

Sie fühlte, wie Rouven sich entspannte. Na ja, ein klein wenig zumindest. Das erleichterte sie. Und es wurde noch besser, als er die freie Hand auf Bloems Schulter legte und leicht darüber streichelte, weil es sich nach Versöhnung anfühlte.

»Also wird es wirklich nichts mit unserem Abendessen?« Seine Stimme klang verführerisch, als wollte er sie mit seiner Ratatouille zum Bleiben verlocken.

Aber daraus würde nichts. Schweren Herzens holte Bloem Luft. »Hör zu, ich schätze, dass ich eine Stunde brauche, vielleicht zwei. Ich rede kurz mit Jule und Jan und seinem Freund, der ...«

Rouven entzog ihr seine Hand und fragte reserviert: »Was denn für ein Freund?«

Tja, wenn sie das wüsste. »Ich habe keine Ahnung. Anscheinend ist er der Spaßexperte in unserem kleinen Planungsduo und für die Stimmung zuständig.«

»Ein Stimmungsmacher?« Rouven klang, als redete er über einen Patienten mit aussichtsloser Prognose.

Sie verstand es nicht. Kein bisschen. Und sie wusste auch nicht, wie sie damit umgehen sollte. Ihre Freundin Anna hätte ihm unter Garantie gesagt, dass ihn das einen Scheiß anging. Mia, die vierte in ihrem Freundinnenquartett, die gerade ihre Babypause auf Texel verbrachte, hätte Rouven vor die Tür gesetzt, während er von Jule zumindest eine flapsige Bemerkung kassiert hätte.

Nur war Bloem nicht so. Zu streiten oder irgendwem irgendetwas heimzuzahlen, lag nicht in ihrer DNA. Was sie brauchte, um eine emotionale Betriebstemperatur zu entwickeln, waren Harmonie und Verständnis.

Also versuchte sie, Rouven zu verstehen. Mit der Hochzeitsplanung an sich hatte er kein Problem. Was dann? Eifersucht, schoss es ihr jäh durch den Kopf. Er war ausgeschlossen von der Planung, die ihr so viel bedeutete. Und nicht nur das. Es gab da auch jemanden, mit dem sie ihre vorfreudige Erregung teilen würden.

Dass ihn das ärgerte, rührte sie. Der Knoten in ihren Eingeweiden löste sich auf, während der Taktgeber ihres Herzens in den nächsthöheren Gang schaltete.

»Hey, du musst dir keine Gedanken machen. Ich kenne diesen Typen nicht. Und wenn es nach mir geht, plane ich sowieso viel lieber allein.« Innerlich jubilierte sie. Er war eifersüchtig – eifersüchtig! Das Wörtchen summte immer wieder in ihrem Hinterkopf.

Selbst Rouvens kühler Abgang aus Küche und Wohnung konnte die Karussellfahrt dieser beglückenden Erkenntnis nicht stoppen.

Keine halbe Stunde später stürmte Bloem in Jules Strandbar. Jan war da, sein Freund nicht. Er hatte sich für acht Uhr angekündigt, war aber um viertel nach immer noch nicht da. Weswegen Jule kurzerhand das Essen auf den Tisch stellte und sie anfingen.

Es duftete köstlich. Doch direkt beim ersten Bissen fühlte Bloem sich schuldig. Nach drei Monaten salzarmer und nur gelegentlich fleischlicher Kost verursachte ihr das Steak mit seinen Röstaromen eine wahre Geschmacksexplosion. Dazu fein gesalzene Kräuterbutter, scharf abgeschmeckter Salat und eiskalte Cola. Sie wusste, dass sie Rouven, der sich so um ihre Gesundheit sorgte, damit in den Rücken fiel – konnte sich aber trotzdem nicht bremsen. Es war so köstlich, dass sie noch nicht mal der Gedanke an all das bremste, was Rouven ihr in den vergangenen Monaten über gesunde Ernährung eingetrichtert hatte. Rotes Fleisch, tierisches Fett, Zucker und als Dreingabe Koffein. Sie verspeiste gerade eine Nahrungsmittelbombe und spülte mit Feuer nach.

Aber hatte sie es sich nicht verdient? Die Hochzeit war toll gelaufen. Und hin und wieder durfte man sich etwas gönnen. Als sie das einmal klarhatte, entspannte Bloem sich immer mehr.

Jan war ein charmanter Unterhalter. Und seine kleinen Wortgefechte mit Jule hatten sie schon immer amüsiert. Hier zu sitzen, zu wissen, dass sie diesen beiden Menschen zu ihrem einzigartigen Tag verhelfen würde und dabei ein perfekt gegrilltes Stück Fleisch zu genießen, machte sie rundum glücklich. Nichts konnte das trüben.

Bis Hans Verhoeven die Strandbar betrat. Jan stand lachend auf und klopfte seinem Freund auf die Schulter – und dieser kurze Moment, in dem sie ihn unauffällig musterte, reichte, um Bloems Wohlbehagen nicht nur in Luft aufzulösen. Ihr wurden auch drei Dinge klar.

Erstens: Rouven hatte wirklich null Grund zur Eifersucht, denn Hans Verhoeven war eine Vollkatastrophe, die sich in einem 1,90 Meter großen, athletisch-kräftigen Körper manifestiert hatte.

Womit sie bei Punkt zwei war, all den kleinen Parallelen, die Bloem an den Mann erinnerten, der nicht nur ihrer Mutter, sondern auch ihr vor achtzehn Jahren das Herz gebrochen hatte. Hans Verhoeven kitzelte mit seiner bloßen Erscheinung die Erinnerung an Bloems Vater derart intensiv wach, dass sie förmlich roch, wie Georgs Duft nach Minze und abgestandenem Rauch durch die Bar waberte.

Das lag nicht etwa an Äußerlichkeiten wie Hans' zerschlissener Jeans und dem knittrigen Polohemd, mit dem er zu dem Abendessen erschienen war. Selbst das schulterlange, zu einem Man Bun zusammengenommene Haar und sein albernes Hütchen – ein Modell, das normalerweise für schöne, Tragik versprühende Jazzmusiker in Hollywood-Schmachtschinken reserviert war - schreckten sie nicht ab.

Was Bloem Unbehagen bereitete und sie an den Mann erinnerte, der sie verlassen hatte, waren Hans' grenzenloses Selbstvertrauen und diese uferlose Art, mit der er nicht nur seinen Platz am Tisch, sondern den ganzen Raum einnahm. Und das mit einer solchen Präsenz, dass sich neben ihm die Bedeutung der Dinge neu zu ordnen schien.

Hatte Bloem während des Essens immer wieder sehnsüchtig auf das schäumende Meer hinausgeschaut, so verblasste das atemberaubende Naturspektakel neben ihm zu einer peplosen Kulisse. Plötzlich schien ihr das Essen fad, weil einfach nichts mit Hans' Lebendigkeit mithielt.

Womit sie bei Erkenntnis Nummer drei des Tages war: Es gab selbst für Bloem Bosman, die Frau, die jeder ihr bekannten

Seele etwas Positives abgewann, Grenzen. Und ja, sie war tatsächlich in der Lage, einen Menschen auf den allerersten Blick nicht nur zu verurteilen – sondern ihn aus tiefstem Herzen zu verabscheuen.

»Du musst Bloem sein.« Er sah sie mit seinen klugen, grünen Augen derart gespannt an, als gäbe es nichts und niemand Spannenderes auf der Welt als sie.

Bloem spürte, wie ihre Wangen warm wurden. Mehr noch, Messer und Gabel fühlten sich in ihren Händen schwitzig an und die Härchen in ihrem Nacken richteten sich auf.

»Und mit wem habe ich das Vergnügen?« Sie klang distanziert, fast ablehnend, und es entging ihr nicht, wie Jule und Jan einen schnellen Blick wechselten.

»Hans! Nenn mich einfach Hans.« Endlich setzte er sich, so dass Bloem nicht mehr zu ihm aufsehen musste. »Ich bin ein Freund von Jan. Früher waren wir unzertrennlich, aber dann haben wir uns aus den Augen verloren. Jan ist zum Architekturstudium an die Uni gegangen und ich habe mich meiner Musik verschrieben ...«

Mit einem lauten »Rums!« schaltete ihr Hirn ab. Hans redete weiter, Bloem sah es. Nur hörte sie es nicht, denn in ihrem Gehörgang nistete sich ein schriller Pfeifton ein, der alles um sie herum übertönte.

Ein Musiker! Sie hatte es geahnt. Nein, gewusst hatte sie es. Dieses draufgängerische Wesen hatte sie an keinem Menschen erlebt, seit ihr Musikervater sie und ihre Mutter an einem tristgrauen Spätsommertag vor achtzehn Jahren an einem Bahnhof abgesetzt hatte und mit seinem verbeulten Bus davongefahren war.

Gott, dieser Bus, in dem sie gelebt hatten. Bloem hatte seit einer Ewigkeit nicht daran gedacht. Bis man ihn ausrangiert hatte, war der rostige Linienbus zwischen Bielefeld Brake und Ummeln gependelt. Dann hatte Bloems Vater Georg ihn ersteigert und mit leuchtendem Blick erklärt, was er aus diesem Gefährt machen würde. Hinten das Schlafzimmer für Carin und sich, daneben wollte er Toilette und Dusche einbauen und natürlich ein eigenes kleines Reich für seine Tochter Bloem.

Sie war fünf gewesen, als er mit dem Bus angekommen war und hatte volle vier Jahre warten müssen, bis Georg tatsächlich den letzten zerschlissenen Sitz herausgerissen hatte.

Das alles war mit einem Schlag so präsent, dass ihr ganz übel wurde. Sie schob den Teller beiseite und zwang sich, nicht mehr zurückzuschauen, sondern sich auf diesen Hans zu konzentrieren.

Ein Fehler, denn beim Reden sprudelte er förmlich, und wenn er lachte, lag ein Leuchten in seinen Augen, dass sie völlig umhaute.

Für Bloem, die nicht nur mit ihrer liebeskummerkranken Mutter, sondern auch mit liebevollen, aber verklemmten Großeltern aufgewachsen war und gelernt hatte, ihre Gefühle im Zaum zu halten, um niemandem zu nahe zu treten, war das verwirrend.

Und dann war da die Art, auf die er sich bewegte. So geschmeidig, dass sie ihn stundenlang hätte beobachten können, einfach, weil er sich offensichtlich gern bewegte und darin richtig, richtig gut war. Ob er wohl Sport trieb? Verstohlen sah Bloem zu ihm hinüber. Gut möglich, denn über den Schultern spannte das Polohemd diesen wohldosierten Hauch, der einem sagte, dass sich darunter straffe Haut und trainierte Muskeln verbargen.

Er war Gift, das stand fest. Und er verwirrte sie. Einerseits wollte Bloem, dass dieser Hans mit seinem wunderbar warm-dunklen Timbre redete. Andererseits hätte sie auf die präzisen Spitzen, mit denen Hans sie zunehmend zu einem nerdigen Braut-Groupie degradierte, gern verzichtet.

Je mehr sie – hölzern und reserviert – von ihren Plänen für die Hochzeit erzählte, je zynischer wurde er

Brauchtum war nicht sein Ding.

Klassische Hochzeiten? Nicht sein Ding!

Und bitte keins der albernen Spiele, auf deren Höhepunkt die Braut entführt wurde.

Was sie auch vorschlug, er machte kurzen Prozess damit, bis von Bloems schönem Plan nichts mehr übrig war. Jan und Jule, die aufmerksam lauschten, nickten immer wieder.

Bloem kniff ein ums andere Mal die Augen zu, doch der Horror hörte nicht auf. Und als er dann – quasi als Höhepunkt eines langen Abends voller Ärgernisse – erklärte, er wolle höchstpersönlich mit seiner Band »für Stimmung« sorgen, starrte Bloem ihn nur noch an.

Als sie es bemerkte, sah sie schnell weg. Plötzlich begann ihr Magen zu rumoren, so als wollte Rouven sich in Erinnerung rufen. Es rächte sich, wenn man über die Stränge schlug, immer.

Überhaupt wünschte sie, sie hätte ihn mitgebracht. Er wäre diesem windigen Hütchen-Musikerverschnitt gewachsen. Hach ja, Rouven. Unwillkürlich begann sie zu lächeln.

4. KAPITEL

Vor dem Besuch in *Het Amsterdamse Trouwhuis*, dem größten Brautmodenladen, den die Stadt zu bieten hatte, war Hans wild entschlossen gewesen, seinen Frieden mit Jules Freundin Bloem zu machen. Nur stieß seine Idee ganz offenbar nicht auf Gegenliebe.

Bloem – oder das Blümchen, wie Hans sie heimlich nannte – war eine Zierde; und das meinte er nach dem katastrophalen Abendessen-Schrägstrich-ersten-Planungstreffen vom Samstag ganz und gar nicht positiv.

Das Blümchen war ... tja, wo fing er da an? Von den hübschen Kleidern über den tadellos gebändigten Blondschopf bis hin zu ihrer makellosen Haut erinnerte sie Hans an eine Puppe. Hübsch und blass und so zerbrechlich, dass man sie besser hinter Glas stellte, als mit ihr zu spielen.

Ihn hätte das nicht weiter gejuckt. Jeder, wie er wollte. Zumal Bloem, sofern er Jan und Jule glaubte, nicht nur zu jedermann nett war, sondern auch von jedem gut dachte und nicht schlecht redete. Hilfsbereit, freundlich, offen. Der reinste Sonnenschein.

Außer wenn es um Hans ging.

Kaum hatte er am Samstag Jules Strandbar betreten, war Bloems Lächeln erschlaffte. Begrüßt hatte sie ihn wie den Überträger eines nässenden Ausschlags, um ihn fortan keines Blickes zu würdigen.

Gut, er war zu spät gekommen, manche Leute nahmen das persönlich. Kein optimaler Einstieg, aber nicht das Ende der Welt. Er hatte sich entschuldigt, Jule hatte abgewunken. Damit hätte es gut sein können. Für alle – aber nicht für Bloem.

Sie hatte für jeden ein nettes Wort gehabt. Außer für Hans.

Sie hatte jeden angelächelt. Außer Hans.

Anfangs hatte er sie für schüchtern gehalten, doch dann waren ihm all die kleinen mimischen Details aufgefallen, die sie keinem gegönnt hatte - nur Hans.

Gekräuselte Lippen, sobald er redete. Erhobene Brauen, wenn er scherzte. Die Höchststrafe hatte es gehagelt, sobald er sich zur Hochzeit geäußert hatte, denn dann hatte das Blümchen ihre Lider wie Jalousien herunterfahren lassen. Ein ebenso subtiler wie unmissverständlicher Wink, dass sie seinen Anblick keine Sekunde länger ertrug.

Wäre er sich einer Schuld bewusst gewesen, er hätte versucht, darüber ins Gespräch zu kommen. Doch offenbar urteilte sie ihn grundlos ab. Und das war ihm mächtig gegen den Strich gegangen.

Also hatte Hans sich revanchiert. Hier eine Spitze, da ein Stich. Es war herrlich gewesen, zu sehen, wie ihr stummes Missbilligungsrepertoire kollabierte. Zusammengekniffene Lider und gerümpfte Nase. Hektisches Blinzeln mit ansatzweiser Hyperventilation. Rote Ohren, rote Wangen, rotsehen. Kurz:

Ihr Gesicht hatte mit diesem Kartenspiel konkurriert, in dem Kinder Bilder von drollig angezogenen Körperteilen zu immer neuen Kombinationen zusammensetzten.

Hans hatte den Blick kaum abwenden können. Und das, obwohl Bloem so gar nicht sein Typ war. Hans mochte selbstbewusste Frauen mit Temperament. Oft sogar mehr Temperament als seinem Seelenheil guttat.

Das Blümchen hingegen war blutleer. Und rätselhaft. Nach dem Abendessen war er mit Jan und Jule nach Hause gegangen und die beiden waren sich einig gewesen: Ablehnung oder gar Pampigkeit lag definitiv nicht in Miss Sunshines DNA. Womit feststand, dass Bloem allein seinetwegen mimisch kollabiert war. Damit war es amtlich gewesen: Hans durfte es persönlich nehmen.

Aber heute war ein neuer Tag. Jeder konnte einen schlechten Start erwischen, doch Hans war nicht nachtragend, sondern im Gegenteil wild entschlossen, das katastrophale Abendessen aus seinem Gedächtnis zu löschen und neu anzufangen. Nur leider – Bloem schien das nicht zu wollen.

Statt sich auf dem ausladenden Sofa neben ihn zu setzen, hatte Bloem den größtmöglichen Abstand zwischen sie gebracht. Nun saß sie Hans gegenüber auf einem eigenen Dreisitzer. Getrennt waren sie durch einen niedrigen Laufsteg, an dessen einem Ende die Umkleidekabine lag, während sich am anderen ein wuchtiger Kristallglasspiegel befand.

Eine Verkäuferin, die ein Tablett mit langstieligen Gläsern balancierte, tauchte neben dem Blümchen auf. »Darf ich Ihnen ein Glas Sekt reichen?«

Hans sah den Anflug eines Leuchtens in Bloems schönen großen Augen. Doch dann - als hätte sie eine für ihn unhörbare Stimme zur Ordnung gerufen – erlosch das Leuchten. »Für uns kein Alkohol. Vielen Dank. Aber wir würden uns über Wasser freuen.«

Unsicher schaute die Frau nun Hans an.

Er grinste breit. »Oh, die Dame spricht nicht für mich. Mit uns und wir meint sie sich. Der Plural der herrschenden Klasse.« Er schenkte Bloem ein Zwinkern. »Ich nehme sehr gern ein Glas.« Er schlug einen Knöchel lässig über sein Knie und breitete die Arme über die Rückenlehne. »Ach, wissen Sie was? Ehe Sie das andere Glas zurücktragen und der Sekt schal wird, lassen Sie den ruhig auch hier. Ich kümmere mich schon darum.«

Die Frau kletterte über den Laufsteg und Hans war nicht sicher, ob sie das Tablett noch so sicher hätte tragen können, wäre sie sich Bloems mörderischen Blicks in ihrem Rücken bewusst gewesen.

Da sieh an, dachte Hans, das Blümchen war also wieder auf Betriebstemperatur und heute offenbar geneigt, ihre mimischen Kunststückchen auch an Leute zu verschwenden, die mit ihm kollaborierten.

Er trank – und warf seine guten Vorsätze in Bezug auf Bloem über Bord. Mal sehen, womit könnte er sie heute piesacken, während sie darauf warteten, dass Jule im ersten Brautkleid aus der Kabine trat? Hm, hatte das Blümchen nicht ständig zu diesem völlig überladenen Kleid rüber geschaut, das wie die textile Entsprechung eines Baisers aussah?

Hans Verhoeven gönnte sich noch einen Schluck, dann beugte er sich vor und flüsterte in Bühnenlautstärke: »Na komm schon, trau dich.«

Ihr hübscher Kopf ruckte herum. »Wie bitte?«, zischte sie feindselig.

So feindselig, dass Hans die Erkenntnis wie die sprichwörtlichen Schuppen von den Augen fiel. Das war sie. So war sie. Dieses Temperament schlummerte in ihr. Gezähmt, verschüttet, vielleicht sogar vergessen, besaß sie im Grunde ihres Herzens ein Feuer, dem ihre biedere, brave Oberfläche nicht ansatzweise gerecht wurde. Sie war ein Vulkan.

Gut, das mochte jetzt etwas ... oder auch ein wenig mehr übertrieben sein. Aber er gab die Hoffnung auf Temperament nicht auf.

Also bohrte er weiter. »Was ist nun? Hast du den Schneid? Ich stehe auch Schmiere und pfeife auf den Fingern, sobald sich eine Verkäuferin nähert.«

Bloem, die dasaß wie die personifizierte Sittsamkeit, starrte ihn mit klimpernden Lidern an. »Ich weiß überhaupt nicht, wovon du redest.«

»Na, das Kleid, das du seit fünf Minuten anstarrst, als hinge dein Leben davon ab. Wirf es dir einfach über, dann sehen wir, ob es sich lohnt.«

»Das ist ein Brautkleid«, presste sie, sich jede einzelne Silbe mühsam abringend, hervor.

Hans sah sich um, als wäre ihm bisher gar nicht aufgefallen, dass sie sich in einem Brautmodengeschäft befanden. »Stimmt, der Laden hängt voll mit den Dingern. Sie haben so viele, dass sie bestimmt ein paar davon verkaufen. Schon deswegen solltest du dich trauen.« Und als hätte er sich noch nicht genug zum Deppen gemacht, schickte er hinterher. »Hast du die feine Doppeldeutigkeit herausgehört? Sich trauen lassen – dich trauen?« Er wackelte mit den Brauen. Nur für den Fall, dass sie noch nicht mitbekommen hatte, wie grenzenlos sein Wille war, sie zu nerven.

Das Blümchen holte tief Luft, wobei sie die Augen fest zusammenkniff. »Ich werde kein Kleid probieren.«

»Warum nicht? Es gefällt dir doch.«

Sie brauchte eine kleine Ewigkeit, um die Lider wieder zu heben. »Weil man Brautkleider nicht einfach so überwirft«, imitierte sie mit ihren letzten Worten seinen lässigen Tonfall. »Für eine Frau ist das ein großer Moment. Man kauft ein Kleid, wenn die Zeit reif ist und man es braucht. Für diesen feierlichen Moment lässt man sich einen Termin geben und von den Freunden und Angehörigen beraten, an deren Urteil einem gelegen ist.« Ihr herablassender Ton ließ keinen Zweifel. Indirekt wollte sie ihn wissen lassen, dass er hier nichts zu suchen hatte, weil seine Meinung nichts zur Sache tat. Allerdings verbot ihre Höflichkeit, das klar auszusprechen.

Wenn sie sich da mal nicht irrte. »Mir ist bewusst, wie wichtig guter Rat gerade in diesem Moment ist. Deshalb hat Jule mich schließlich hierher bestellt.«

Dass es für das Blümchen kein größeres Rätsel gab, sah er ihr an. Er wünschte, er könnte aufhören, sie zu triezen. Nur kratzte es verdammt nochmal an seinem Stolz, wie abwegig sie es offenbar fand, dass Jule an seiner Meinung gelegen war.

Er legte nach: »Da wir das geklärt haben – wie steht es nun mit dem Kleid? Ich wette, du wirst aussehen wie ein mit Strass und Perlen verziertes Baiser. Einen Anwärter, der darauf brennt, dich so vor dem Altar zu empfangen, gibt es doch, wenn ich es recht verstanden habe.«

Dass er einen Nerv getroffen hatte, sah er sofort, denn diesmal kniff Miss Sunshine nicht nur die Augen fest zu, sie presste auch die Lippen aufeinander, als hätte sie an reinster Zitronensäure genippt.

Da bitte – es brodelte. Noch ein, zwei Spitzen, dann würde sie endlich explodieren.

Doch dazu kam es nicht, denn die Verkäuferin erlöste Bloem aus der angespannten Situation, indem sie den Vorhang lüftete und den Blick auf Jule freigab.

Hans klappte der Mund auf. Sie so zu sehen, schnürte ihm die Kehle zu. Der Glanz, der sich während der Hinfahrt auf Jules Züge gelegt hatte, war fort. Nun erschien sie ihm wie der unglücklichste Mensch auf Erden, während sie mit den unzähligen Rocklagen kämpfte und steif und ungelenk auf den niedrigen Laufsteg kletterte.

Selbst die Verkäuferin verzog ob ihres unharmonischen Gangs und der Schultern, die Jule vor Anspannung fast bis zu den Ohrläppchen gehoben hatte, den Mund.

Einzig Bloem wirkte ergriffen. Immer wieder hauchte sie: »Das ist es. Das ist dein Kleid!« Dazu blinzelte sie ein paar Tränen fort und sprang hektisch von dem samtbezogenen Sofa auf. »Ich hatte wirklich Angst, dass wir nichts finden, was dir passt, weil die Zeit zu knapp ist, um etwas in der richtigen Größe zu bestellen. Aber das hier müssen wir nur ein bisschen kürzen. Na ja, ein paar mehr Strasssteine im Brustbereich vielleicht, damit man ... na, du weißt schon nicht sieht. Das ist kein Hexenwerk. In siebeneinhalb Wochen schafft die Schneiderin das locker.«

Jule, die Hans noch nie zögerlich oder verlegen erlebt hatte, sah Bloem zweifelnd an. »Meinst du wirklich? Ich komme mir nackt vor.«

Fast hätte Hans gelacht, denn natürlich tat Jule das. Schließlich bestand die Korsage des Oberteils aus transparentem Stoff. Nur über den Brüsten glitzerte ein wenig Strassgedöns. Wie er Jan kannte, wäre er nicht begeistert, seine Freundin in einem Fummel zu sehen, der selbst in einer oben ohne-Bar für Furore sorgen würde.

Doch Bloem wischte den Einwand mit lässig wedelnder Hand beiseite. »Glaub mir, wenn du in zehn Jahren an diesen Tag zurückdenkst, wirst du froh sein, dich für dieses Modell entschieden zu haben.«

Jule versteifte sich weiter. »Was, wenn ich mich sofort wohlfühlen möchte?«, warf sie ein.

Wofür sie von Bloem ein Zungenschnalzen kassierte. »Sei lieber froh, dass wir deinen perfekten Prinzessinnentraum auf Anhieb gefunden haben.«

Jule sah sie lange schweigend an. Dann wandte sie sich Hans zu. »Was meinst du?«

Er zögerte nicht: »Du hasst es!«

Verspannt, wie Jule war, hätte Hans geschworen, dass sie die Schultern nicht noch weiter heben konnte, doch tatsächlich schaffte sie es. »Irgendwie ... schon.«

»Dann müssen wir nicht weiter reden. Probier ein anderes.«

Auf dem Sofa gegenüber schnappte Bloem nach Luft. »Was? Nein, nein. Nein!«, rief sie hektisch und sprang wieder auf. »Dieses Kleid ist perfekt. Absolut perfekt. Wieso willst du ein anderes anziehen?«

Hans sah sie an. Und zum ersten Mal gefiel ihm, was er da sah. Diese Bloem wusste, was sie wollte – und sie war bereit, es sich zu nehmen, ganz gleich, über wie viele Leichen sie dafür klettern musste.

Jule, die von dieser Seite offenbar auch überrascht war, klappte der Kiefer herunter. Aber sie fing sich schnell. »Du fragst mich ernsthaft: Warum? Weißt du, dass dieses verdammte Kleid eine Tonne wiegt? Der Rock hat wie viele Lagen? Zwanzig? Und dazu dieses ganze Strassgedöns. Und nicht zu vergessen die Stangen in diesem elenden Korsett. Ich kriege kaum Luft.«

»Aber du siehst toll aus«, hielt Bloem mit zweifelhafter Logik dagegen.

Hans, der mehr von Bloems Feuer wollte, schaltete sich ein. »Mir gefällst du besser, wenn du vor Atemnot nicht rot anläufst.«

»Sie ...« Bloem funkelte ihn zornig an. »Sie läuft nicht rot an. Herrje, das ist ein Hochzeitskleid. Man muss sich daran gewöhnen. Schließlich will Jule damit keinen hundert Meter-Sprint hinlegen.«

»Wer weiß«, Hans zuckte demonstrativ die Achseln und wandte sich an Jule. »Hast du vor, Jan in letzter Minute zu entwischen? Dann sind all diese Stofflagen vermutlich hinderlich.« Innerlich bebte er vor Lachen, weil Bloem schon wieder schnaubte – und die Augen zusammenkniff.

»Jule lässt niemanden sitzen. Hör nicht auf diesen ... Hans. Du wirst in die Kirche ... äh, die Bar schweben, tief Luft holen und Ja sagen. Du wirst glücklich sein und wunderbar aussehen. In. Diesem. Kleid.«

Jule, die ob des Ausbruchs noch immer schockiert wirkte, schüttelte langsam den Kopf. »Es tut mir von Herzen leid, aber ich fürchte, dieses Kleid und ich, wir sind nicht füreinander gemacht.«

»Dann finden wir dir ein anderes, das ein wenig großzügiger geschnitten ist. Weniger Strass. Und statt der vielen Tülllagen vielleicht etwas aus Seide mit einem Unterrock, der für Volumen sorgt.« Bloem zeigte auf das Kleid, das sie so sehnsüchtig angeschmachtet hatte, während Jule in der Kabine gewesen war. »Wie wäre es mit diesem?«

Hans bekam nicht mit, was Jule antwortete, denn er war wie hypnotisiert von Bloem. Falls er je eines schwerwiegenden Verbrechens angeklagt und vor Gericht gestellt wurde, wollte er eine Anwältin, die ihn mit ebenso viel Verve und Leidenschaft verteidigte wie Bloem diese Kleider.

Wo er schon dabei war, fielen ihm noch ein paar andere Dinge ein, die er mit dieser Bloem auch liebend gern getan hätte. Und nein, Blümchensex wollte er mit dem Blümchen gewiss nicht haben.

Fast beneidete er ihren Freund um diese ungezügelte Seite an ihr. Selbst wenn er dafür ihr Dauerlächeln und ihre ungesunde Güte ertragen musste.

Hans beschloss, sie noch ein bisschen zu triezen, nur damit sie sich nicht sammelte und wieder in den Grinsemodus schaltete.

Er sah Jule an. »Wie steht es denn mit dem Kleid, das du als allererstes in der Hand hattest?«, wollte er von ihr wissen. »Das mit dem Art Deco-Muster, das vorn hochgeschlossen und hinten bis zur Taille ausgeschnitten war.« Bloem hatte bei ihrem Rundgang durch den Laden mit abschätzigem Blick abgelehnt, es auch nur in die weitere Auswahl zu nehmen.

Nun kniff sie die Augen zu. Wie immer, wenn sie sich eine Überdosis Realität eingefangen hatte und die Welt aussperren wollte.

Jule nutzte diese Chance und wandte sich direkt an Hans. Flehentlich sah sie ihn an. »Das gefiel mir am besten. Glaubst du, du findest das wieder?«

Hans wollte es bejahen, doch da sprang die Verkäuferin bereits vor und nickte ihm beruhigend zu. »Ich hole das Modell. Wenn mich nicht alles täuscht, hat es sogar die richtige Größe.«

Ehe Bloem die Lider wieder hob, flüchtete Jule in die Kabine. Hans hörte sie aufatmen, während sie den Vorhang schloss.

Nur Bloem wirkte ganz und gar nicht glücklich. Vor Zorn waren nicht nur ihre Wangen rot, auch ihr einladendes Dekolleté zeigte hektische Flecken. »Was glaubst du, was du hier tust?«, zischte sie ihm zu, wobei sie sich so weit nach vorn beugte, dass sie sich mit den Händen auf dem Laufsteg abstützen musste, um nicht von der Sofakante zu plumpsen. »Glaubst du, Jule will, dass ihre Hochzeit den Menschen als der Tag in Erinnerung bleibt, an dem sie in einer Gardine losgezogen ist?«

»Es war keine Gardine«, gab Hans ausgesucht freundlich zurück, wobei er sich die größte Mühe gab, nicht in ihren Ausschnitt zu starren. Gar nicht leicht, wenn einem die Vorzüge so offenkundig dargeboten wurden. Andererseits war sie vergeben. Fest vergeben. Den Fehler, sich mit einer liierten Frau einzulassen, hatte er nur einmal gemacht. Es hatte in einer Schlägerei gegipfelt – und das, obwohl die Sache noch nicht einmal von Hans ausgegangen war und er von seinem Nebenbuhler nichts geahnt hatte.

»Weißt du, an wen dieses scheußliche Vintagekleid mich erinnert? An eine Schwarzweißfotografie meiner Uroma. Ihr Brautkleid sah diesem Art Deco-Fetzen ziemlich ähnlich. Nur herrschte damals dank der deutschen Besatzer Materialknappheit, so dass sie wirklich in ihrer guten Wohnzimmergardine geheiratet hat.«

Hans überlegte kurz. »Sah sie auf dem Foto glücklich aus?«

»Was?« Bloem blinzelte, ihr schien langsam zu dämmern, worauf er hinauswollte, denn sie rutschte aufs Sofa zurück.

»Na, ich habe dich gefragt, ob sie auf dem Bild glücklich aussah. In diesem Fall tippe ich nämlich darauf, dass sie sich ungeachtet ihres Kleides sehr gern an ihre Hochzeit zurückerinnert haben dürfte.«

Das Blümchen, wie Hans sie insgeheim immer öfter nannte, ließ die Lider herabsausen. Ohne Frage verarbeitete sie gerade einen weiteren Realitätsoverkill.

Plötzlich tat sie ihm leid. Schließlich hatte Jule ihm gesagt, wie wichtig ihr diese Sache war – und wie sehr Bloem sich auf den Kleiderkauf gefreut hatte.

Hans beugte sich vor, und weil er sie so nicht erreichte, stand er auf, überquerte mit einem großen Satz den Laufsteg, ging vor ihr in die Hocke und legte seine Hände auf ihre. Die Berührung traf ihn wie ein verdammter Schlag. Dennoch zuckte er nicht zurück.

»Hey, sieh mich an.«

Bloems Lider hoben sich nur zögerlich. »Was denn noch? Hast du ein Stilett gefunden und willst mich als Freiwillige verpflichten, um es auszuprobieren?«, fragte sie mühsam beherrscht.

Ja wirklich, sie gab sich Mühe. Trotzdem war dieser temperamentvolle Funke noch da, flackerte in ihren seelenvollen, karamellfarbenen Augen wie ein Feuer, das auf frische Nahrung wartete.

»Ich bin nicht dein Feind. Alles, was ich dir sagen möchte, ist, dass Jan und Jule ziemlich klare Vorstellungen von ihrer Trauung haben. Sie wollen ihre Liebe feiern. Ein hübsches Kleid, ein schicker Anzug, all die Menschen, die ihnen am Herzen liegen an einer langen Tafel vereint. Passt dazu ein Kleid, für das man eine Flex braucht?«

»Eine ... Flex?« Endlich klang Bloem ihm gegenüber einmal so melodisch, als würde sie mit Jule reden.

»Na, es dürfte schwer werden, in diesem Kleid auf die Toilette zu gehen, es sei denn, man reißt die Wand der Nachbarkabine ein.«

Er war nicht sicher, ob ihr Blinzeln dem Unglauben geschuldet war, oder ob sie einfach alles gab, um die Lider nicht wieder zuzukneifen.

»Für dich ist das alles nur ein Spiel, richtig? Und was tust du, wenn Jule bei ihrer Hochzeit kreuzunglücklich ist? Sie kriegt diesen Tag nicht zurück. Rätst du ihr, sich scheiden zu lassen und es einfach mit einem anderen Kerl noch einmal zu probieren?«

Hans lächelte schwach. So falsch er ihre Motive auch fand – denn für ihn stand fest, dass Bloem mehr ihre als Jules Hochzeit plante – er bewunderte ihren Kampfgeist.

»Notier dir: Falls Jule sich scheiden lässt, stehe ich ganz vorn in der Schlange als Anwärter für den nächsten Antrag. Und dabei ist es mir völlig egal, wie sie zur Hochzeit erscheint.«

»Prima, dann verschlepp sie doch gleich nach Vegas und steck sie für die Trauung in ein Showgirl-Outfit«, rief Bloem hitzig.

»Von mir aus. Elvis als Friedensrichter ...« Hans machte eine Pause, in der er tat, als müsste er nachdenken. »Wenn du mich fragst, hat das genau den Grat von Ironie, den ich brauche, um Ja zu sagen.«

Bloem schüttelte den Kopf, als könne sie es nicht glauben. »Du hast wirklich auf alles eine Antwort.«

»Na ja, du machst mir das nicht schwer, weil du die besten Steilvorlagen lieferst.« Es war lächerlich und Hans wusste es. Nur konnte er nichts tun, um sich zu bremsen. Die nächste fiese Bemerkung lag ihm bereits auf der Zunge, als der Vorhang erneut zur Seite geschoben wurde.

Er sah hin – und war völlig ergriffen, denn Jule strahlte. Das Haar hielt sie locker im Nacken zusammengenommen. Leichtfüßig kam sie mit nackten Füßen herausgeschwebt und schritt den Laufsteg entlang bis zum Spiegel. Er sah Tränen in ihren Augen glitzern.

Da verstand er es. Diesen ganzen albernen Rummel um den Kleiderkauf. Es war purste Magie. Jule war all das, von dem sie wollte, dass Jan es in ihr sah – und mehr.

Diesmal hauchte Jule vor dem Spiegel: »Das ist es.«

»Ja«, die Verkäuferin, die neben ihr in die Knie gegangen war, um den langen Rock ansprechend zu drapieren, nickte lächelnd. »Wir haben Bräute, die zwanzig und mehr Kleider probieren, aber diesen einen Moment, in dem einfach alles passt, kann kein Label und keine Planung ersetzen. Das muss man fühlen.«

Jule sah ihn an. »Was meinst du? Als Mann? Ist es zu unspektakulär?«

Lächelnd schob Hans seinen Hut ein Stück weit zurück. »Es ist perfekt. Ein Hauch Sex-Appeal, eine Prise Unschuld, deine schöne Figur kommt toll zur Geltung, und es unterstreicht deine Persönlichkeit: ruhig mit einem ordentlichen Wow-Effekt! Spätestens wenn du dich umdrehst und den Leuten diesen spektakulären Rückenausschnitt präsentierst, werden sie es kapieren. Kannst du dich gut darin bewegen?«

Strahlend nickte Jule. »Ja, es ist leicht wie eine Feder. Und dazu gibt es sogar ein Cape. Da es ziemlich kalt sein könnte, wäre das ideal.«

Dann sah er, wie sie sich sammelte, wie sie all ihren Mut zusammennahm und sich zu Bloem umdrehte, die ihre Euphorie beim ersten Kleid aufgebraucht zu haben schien. »Bloem? Was sagst du?«

»Du ... du könntest noch andere probieren.«

Hans hatte noch nie eine Frau geschlagen. Und diese drastische Maßnahme stand auch nicht auf der Liste der Dinge, die er vor seinem Ableben erledigen wollte. Dennoch wäre er gern zu ihr gegangen, hätte das Blümchen bei den Schultern gepackt und geschüttelt, damit sie einmal, nur ein einziges Mal, seit sie diesen Laden betreten hatten, nicht das Falsche sagte.

Dummerweise konnte er nicht garantieren, dass er ruhig blieb, wenn er jetzt etwas sagte.

Und auch Jule schien wie vor den Kopf gestoßen. »Du magst es nicht.«

»Doch«, beeilte Bloem sich zu sagen. »Es ist ... kleidsam, aber auch sehr langweilig.«

»Das ist es nicht, kein bisschen.« Die Verkäuferin schenkte Bloem einen vernichtenden Blick. »Das ist feinster Seidengeorgette unter einer Spitze, die aus einer kleinen Brüsseler Manufaktur stammt. Hergestellt in einem spanischen Couture-Atelier, das sich auf Brautmoden spezialisiert hat. Sehr exklusiv. Und es verbindet nicht nur Romantik und Eleganz, es ist auch leicht, bietet viel Bewegungsfreiheit und bringt die tolle Figur Ihrer Freundin bestens zur Geltung. Wenn Sie mich fragen, liegt sie damit in dieser Saison viel richtiger als mit einem so ...« Sie deutete auf das Modell an der Puppe, das es Bloem so angetan hatte, »... einem pompösen Modell. Warten Sie!« Die Frau hastete zu einem Regal, griff nach einem Blütenkranz und setzte ihn Jule aufs Haar. »Daran lässt sich ein Schleier befestigen, aber wenn Sie mich fragen ... der nähme dem Kleid die Attraktion.«

Bloem, die ihre Finger mit jedem Wort fester ineinander verhakt hatte, kniff die Augen zu.

Sollte sie. Für Hans zählte nur, dass Jules Strahlen zurückgekehrt war.

Selig, als hätte die Verkäuferin ihr nicht nur den Tag, sondern das Leben gerettet, sah Jule sie an. »Können Sie mir das bitte bis morgen zurücklegen? Ich habe im Auto festgestellt, dass ich vor lauter Aufregung mein Portmonnaie vergessen habe.«

Er sah die Ablehnung kommen, denn die Frau zuckte leicht zurück.

»Kein Problem«, er sprang auf. »Ich kümmere mich darum.«

»Aber das Kleid kostet über zweitausend Euro«, warf Jule ein. »Plus Cape.«

Wenn er überschlug, was sie und Jan in den letzten Wochen für ihn getan hatten, war es ihm ein Bedürfnis. Zumal er dank den beiden ein halbes Jahr Miete sparte.

Langsam ging er auf sie zu. Durch den zehn Zentimeter hohen Laufsteg waren sie endlich einmal auf Augenhöhe. »Ich überlege, seit ich bei euch eingezogen bin, wie ich mich erkenntlich für eure Großzügigkeit zeigen kann. Du würdest mir eine Freude machen, wenn du es annimmst. Es wäre mir sogar eine Ehre. Sieh es als Wink des Schicksals, dass du den Geldbeutel vergessen hast.«

Jule wollte ihn drücken, doch die Verkäuferin war schneller. »Vorsicht! Das sollten Sie sich verkneifen, bis sie vor den Standesbeamten getreten sind.«

Sein Herz schlug noch schneller, als Jule wieder verschwand. Tatsächlich war Hans glücklich, diesen Moment mit ihr geteilt zu haben. Beim Gedanken daran, wie Jan auf diesen Anblick reagieren würde, hoben sich Hans‘ Mundwinkel zu einem Lächeln.

Bis Bloem sich wieder einschaltete. »Bist du noch bei Sinnen? Vielleicht hätte sie es sich bis morgen anders überlegt.«

Diesmal piesackte er sie nicht, sondern hob stumm eine Braue. Für diesen einen Tag war tatsächlich alles gesagt.

5. KAPITEL

Seit zwei Wochen rannte Bloem nachmittags mit Hans herum – und sie hatten nichts. Gar nichts! Statt Orchideen wollte er Wiesenblumen. Ihre Damastdecken gedachte er durch biedere Baumwolle zu ersetzen. Windlichter statt edler Kerzenarrangements. Altpapier statt Bütten für die Tischkarten. Meist kalauerte er herum, ließ Bloem seelenruhig etwas aussuchen und rief dann breit grinsend »Veto!«. So kamen sie nicht weiter.

Bloem ärgerte das nicht nur. Es brachte in ihrem Gefühlskosmos ganz neue Seiten zum Vorschein. Hatte am oberen Ende ihrer Skala bisher das zaghafte Andeuten von Bedenken gestanden, so war es jetzt Wut. Das verwirrte sie so sehr, dass sie den ersten Wutanfall ihres Erwachsenenlebens für eine Magenverstimmung gehalten hatte – bis sie explodiert war.

Es war demütigend gewesen, so die Kontrolle zu verlieren. Noch schlimmer hatte es nur Hans‘ Reaktion gemacht. Statt zusammenzuzucken, hatte er gestrahlt. Und anstelle einer eloquenten Bemerkung, wie Rouven sie von sich gegeben hätte, hatte er gesagt: »Gott Blümchen, du ahnst nicht, wie anbetungswürdig du gerade bist.«

Die Spitze eines hohen Bergs aus Frech- und Albernheiten, die ihr den Schlaf raubte. Und den Verstand.

In der Schule war sie fahrig und unkonzentriert. Normalerweise hielt ihre Benotung von Klassenarbeiten jeder Überprüfung stand. Deshalb hatte sie gestaunt, als Neils Mutter neulich mit einer überaus erfreulichen Mathearbeit ihres Sohnes erschienen war – und sich beschwert hatte.

Vrouw Dagels hatte Bloem wissen lassen, dass die 8,5 unter Neils Arbeit (die in Deutschland eine eins bedeutet hätte) sie zwar freue. Nur sei dem Knaben nicht beizubiegen, dass alle seine Ergebnisse falsch seien und er weiterüben müsse. Wozu, habe Neil mit unschlagbarer Logik geantwortet, solle er pauken, um richtige Ergebnisse abzuliefern, wenn es für die falschen eine viel bessere Bewertung gäbe? Verschämt hatte Bloem die Arbeit nachkorrigiert, um zu einem anderen Ergebnis zu kommen: mangelhaft. Minus!

Das war allein Hans‘ Schuld. Ständig tauchte er auf und veranstaltete irgendeinen Zirkus. Seit er wusste, wo sie mit Rouven einkaufte, war Hans (»Da sieh an, so ein Zufall.«) pünktlich zur Stelle. Ging Bloem in die Strandbar, hing er dort rum. Und wenn wie neulich nachts ihr Handy klingelte? Bingo: Hans, der nur fix einen Uhrenabgleich wollte, um sicher zu sein, dass sein Smartphone richtig tickte.

Nicht, dass er sie stalkte. Was er da tat, war die pure Alberei. Vielleicht hätte Bloem sogar mitgelacht, hätten sie keine Hochzeit zu planen – und gäbe es Rouven nicht.

Rouvens Sinn für Humor war feingeistig. Politisches Kabarett ließ er sich gefallen. Reißerisch possenklopfende Comedians nicht. Und da Hans – in Rouvens Augen – noch hinter den Sprücheklopfern rangierte, lachte Rouven nie. Nicht, wenn er Hans sah.

Was Bloem nicht begriff, war Rouvens stetig sinkender Launepegel. Wenn er Hans nicht ernst nahm, wie konnte er dann eifersüchtig auf ihn sein? Sie hatte vorsichtig versucht, die Antwort auf dieses Rätsel aus ihm herauszukitzeln, war aber nicht weit gekommen, denn nach zwei Wochen reichte allein Hans' Name, um Rouven entweder versteinern oder explodieren zu lassen. Dazwischen gab es keinen Raum für ein »Hallo« oder »es reicht«.

Bloem ging das nah. Mehr, als sie wollte. Zum einen setzten ihr Rouvens Launen zu. Zum anderen war sie sich bewusst, dass sie sich selbst unentschuldbar verhielt: Hans gegenüber. Was war das? Sie wusste es nicht? Das Chaos mit der Hochzeit entschuldigte nicht, dass sie ihn als Menschen ablehnte. Hans konnte nichts dafür, dass er sie mit seiner überbordenden Präsenz an ihren Vater Georg erinnerte. Sie wusste, sie sollte sich entschuldigen, das irgendwie in den Griff kriegen. Wäre da nicht ihre Loyalität gegenüber Rouven, den Hans ja auch verhöhnte.

Niedergeschlagen betrat sie mit Rouven den Biosupermarkt und schnappte sich einen Wagen.

»Lass nur, Sweetie, den schiebe ich.« Rouven lächelte sie an. Immerhin etwas, er schien endlich wieder guter Laune zu sein.

»Weißt du«, begann Bloem zögerlich, »langsam glaube ich, dass Hans nur zugestimmt hat, bei der Planung mitzumachen, weil er mich hasst. Als wäre es sein liebster Zeitvertreib, mich auf die Palme zu bringen.«

Rouven, der den Einkaufswagen Richtung Gemüsetheke schob, verdrehte genervt die Augen. »Hör auf, Bloem. Ich hatte in den letzten Wochen eine Überdosis Hans und entwickle langsam eine echte Unverträglichkeit. Können wir uns also bitte auf unser Abendessen konzentrieren und nicht auf ihn? Was möchtest du essen?«

Bloem sah ihn mitfühlend an. Wieso hatte sie das Thema auch anschneiden müssen? Sie suchte noch nach Worten, um Rouven zu sagen, wie leid es ihr tat, als sie Hans in den Laden kommen sah. Panisch ging sie hinter einer Gondel mit aufgetürmter Ananas in Deckung.

»Entscheide du«, zischte sie in Rouvens Richtung. »Aber mach bitte schnell, damit wir gehen können.« Sie hatte kaum ausgesprochen, als Hans‘ Einkaufswagen auch schon gegen Rouvens schepperte.

Natürlich, er hatte sie entdeckt. Und nicht nur das, Hans strahlte über seine kleine Autoscootereinlage wie eine Lichterkette mit tausend Kerzen. »Schön, dass ich dich treffe, Blümchen.« Rouven ignorierte er völlig.

Leider beruhte das nicht auf Gegenseitigkeit. Bloem sah, wie Rouven tief einatmete und die Arme vor der Brust verschränkte. Mit irre würdevollem Ton ließ er Hans wissen: »Sie heißt Bloem.«

Sie nickte. Und als wäre sie ein dressierter Papagei, dem das Nachplappern ganzer Sätze noch Schwierigkeiten machte, erklärte sie: »Genau!«

Hans lächelte mild wie ein gutmütiger Lehrer angesichts einer Gruppe besonders naiver Schüler. »Fein! Und du bist ...« Er ließ eine Kunstpause und schnippte in die Luft. »Ruben, habe ich recht?« Grinsend schob er seinen Hut nach hinten.

Bloem wollte ihn schlagen! Oh, sie wollte so gern ein Netz mit Orangen greifen und alles, was sie je über Folter mit stumpfen Gegenständen gelesen hatte, an Hans ausprobieren, dass es ihr regelrecht wehtat, sich zurückzuhalten.

»Er heißt Rouven. Rou-Ven! Das habe ich dir erklärt, als du ihn neulich bei Jule kennengelernt hast.« Damit sprach Bloem das verhängnisvolle Treffen an, bei dem Hans Rouven kalt lächelnd angesehen hatte. Wahrscheinlich hatte er bereits in diesem Moment seine imaginäre Zielscheibe erweitert, so dass im Zentrum nun neben Bloems auch Rouvens Kopf lag. »Dann noch einmal, als du ihn auf der Promenade rein zufällig mit dem Rad gerammt hast. Und wieder, als du ...« Sie ließ eine Pause, in der sie sich an die Stirn tippte. »Richtig, das war ja auch hier, als du dich mit so viel Schwung gedreht hast, dass ihm dein Kartoffelnetz beinahe den Arm zertrümmert hätte.«

Hans‘ Lächeln wurde noch nachsichtiger. »Du weißt, wie tollpatschig ich sein kann, Blümchen. Jetzt bräuchte ich allerdings Entscheidungshilfe. Hast du eine Minute?«

Für ihn hatte sie keine Sekunde. Nicht, nachdem ihr sein blöder Veto-Ruf vom Nachmittag noch in den Ohren klingelte. Aber er würde keine Ruhe geben. Wenn nötig, würde er durch den halben Laden hinter ihr herrennen und auf sie einreden. Was Rouven, der verdächtig bleich war, die Laune vollends verhageln musste.

»Eine!«, presste Bloem hervor und gab ihre gebückte Haltung hinter dem Ananasregal auf. Die Idee, sich zu verstecken, war ohnehin blöd gewesen, weil Hans wie ein verdammter Detektor funktionierte. Befanden sie sich im gleichen Orbit, spürte er sie auf. Zuverlässig.

»Gut, dann komm doch mal mit zu den Lauchstangen.«

Ihr Gehirn legte eine Vollbremsung hin, unschlüssig, ob das Wort oder das Gemüse schwerer verdaulich war. Dafür funktionierte ihr Bewegungsapparat ... nun ja zumindest eingeschränkt, denn sie lief mit einer Steifheit, die an Kastanienmännchen erinnerte, hinter ihm her.

Dass andere Kunden ihr Interesse ob dieser kleinen Einlage nur schlecht verhehlen konnten, machte es nicht besser. Er machte sie zum Gespött des ganzen Ladens.

Als Hans sie ihr hinhielt, griff Bloem mit betretener Miene nach einer Lauchstange.

»Schau genau hin.« Er wedelte mit einer zweiten Stange vor Bloems Nase. »Diese hier ist zwar schön dick, aber unten ist sie nicht so schön weiß. Siehst du? Dafür ist die da«, er deutet auf die Stange in ihrer Hand, »unten wirklich hell, aber sehr dünn. Was meinst du? Wenn ich Suppe kochen will, welche bringt mich weiter?«

Bloem klappte der Mund auf, aber nichts aus ihrem üblichen Repertoire war darauf ausgelegt, ihm zu antworten. Vielleicht sollte sie sich eigens für Hans ein paar prägnante Erwiderungen zurechtlegen. Ein einfaches »Fuck!« und ein paar klarere Worte wie »Scher dich endlich zum Teufel!« würden ja schon reichen. Nur brachte sie das nicht heraus.

Selbst als Hans immer schneller mit dem Gemüse vor ihren Augen herumwedelte, blieb sie stumm.

»Blümchen? Jetzt sag schon. Heute Nachmittag hast du doch auch spontan für die Goldrandteller plädiert.«

»Ja, und du hast Veto geschrien«, rief sie hitzig und knallte ihm den verdammten Lauch vor die Brust.

Hans schnalzte milde lächelnd mit der Zunge. »Ich schreie nicht.«

»Pah, alles, was du tust, ist laut und auffällig und ... fällt aus dem Rahmen.«

»Du meinst, so wie du gerade?«

Schlagartig fühlte sie das Kribbeln in ihren Wangen, ein untrügliches Zeichen dafür, dass sie rot anlief. Sie konnte auch hektische Flecken nicht ausschließen. Bloem sah sich in der Gemüseabteilung um. Keiner der Kunden machte sich die Mühe und schaute weg. Sie waren umgeben von einem vollen Dutzend breit grinsender Honigkuchenpferde.

Unwillkürlich stellte Bloem sich vor, wie dieses kleine Scharmützel für Außenstehende aussehen mochte. Sie an Stelle der Leute würde sich kringeln. Und da musste sie plötzlich tatsächlich lachen.

»Nimm beide. Sonst wird es ein fades Süppchen.«

Strahlend schob Hans sein Hütchen ein Stück weit auf die Seite. Nun war er ein verwegener Jazzmusiker.

Sie hätte beinahe wieder gelacht, doch da fing sie Rouvens Blick auf. Wäre er ein Dampfkochtopf, dachte Bloem, müsste sich jeden Moment der rote Stift zeigen, um zu signalisieren, dass er kurz vor dem Platzen stand.

Ihr Herz schlug schneller. Irgendwann – sie hatte es ja dank Hans an sich selbst erlebt – platzte auch der beherrschtesten Natur der Kragen. Besser, sie schaffte Rouven von hier weg, ehe das passierte. Immerhin musste sie es mit Hans noch einige Wochen aushalten. Mit Rouven sogar ein Leben lang.

Sie hastete zu ihm. »Lass uns gehen. Das ist es nicht wert. In ein paar Wochen sind Jan und Jule verheiratet und wir haben nie wieder mit ihm zu tun.«

Nun nahm Rouven sie ins Visier. »Du hast gelacht.« Er klang wie der Chefankläger bei einem Terrorismusprozess.

»Doch nur, weil die Leute so drollig geguckt haben.«

»Aber du hast gelacht.«

»Rouven, lass uns bitte gehen! Sonst will er als nächstes das perfekte Himbeerkörbchen zusammenstellen.«

Grummelnd setzte er sich endlich in Bewegung und verschwand hinter dem Regal mit den rein veganen Zutaten. Als er wieder auftauchte, hatte er sich gottlob beruhigt und alles Nötige für das Abendessen zusammengesucht. Sie reihten sich in die Kassenschlange ein.

»Hey, ihr seid auch schon so weit.« Hans dunkles Timbre in ihrem Nacken verursachte Bloem Gänsehaut.

Aber sie drehte sich nicht um, sondern schlang einen Arm um Rouven und erhob sich auf die Zehenspitzen, um in sein Ohr zu flüstern. »Noch zwei Minuten«, wisperte sie. »Sobald wir durch die Kasse sind, bist du ihn los.«

»Ich verstehe nicht, wie Jule von dir verlangen kann, deine Tage mit diesem ...« Rouven schnaubte, »... diesem Kretin zu verbringen.«

Bloem zuckte bei dieser hässlichen Bezeichnung zusammen. Hans mochte eine Nervensäge sein, aber kein missgestalteter Schwachsinniger. Und selbst wenn er es wäre, war der Begriff abscheulich.

»Bitte«, sie sah Rouven an, »sag so etwas nicht. Und was Jule betrifft, zu ihr ist er sehr nett.«

»Also ist der Spießrutenlauf, den er uns bereitet, eine Art besondere Aufmerksamkeit des Hauses?« Rouven wisperte so hitzig auf sie ein, dass sie fast vergessen hätte, die Einkäufe aufs Band zu legen.

Als sie endlich an der Reihe waren, atmeten beide auf, stolperten Hals über Kopf aus dem Supermarkt und liefen zu ihren Rädern. Die paar Sachen waren schnell verstaut. Nur ließ Bloems Rad sich nicht bewegen.

»So ein Ärger. Irgendwer hat nicht aufgepasst und sein Vorderrad mit meinem zusammengekettet.«

»Soll ich reingehen und fragen, wem das Fahrrad gehört?«, bot Rouven an.

Bloem richtete sich auf, da dämmerte es ihr. Ein dunkelblaues Hollandrad, übersäht mit Schrammen und Macken und den Aufklebern einer Amsterdamer Jazzkneipe. Sie erkannte es. Und sie wusste, wem es gehörte, weil der Fahrer Rouven neulich erst gerammt hatte.

Da tauchte Hans auch schon auf und warf grinsend die Lauchstangen in den Korb. »Ups, sollte ich dich versehentlich an mich gekettet haben. Das könnte ich mich niemals verzeihen, Blümchen.«

»Bloem!«, knurrte Rouven.

»Wie auch immer«, gab Hans gut gelaunt zurück und öffnete das Schloss, um sein Rad neben Bloem, die gar nicht schnell genug wegkommen konnte, her zu schieben.

»Was soll das?«, rief Rouven hitzig.

»Was soll was?«

»Na, stalkst du uns?«

»Du meinst, ob ich euch mit bösem Vorsatz auflauere? Nein!«, erklärte Hans und schob freudestrahlend weiter sein Rad neben Bloem her. »Das Blümchen und ich wohnen nur zufällig in derselben Richtung.«

Das war eine faustdicke Lüge und Bloem wusste es, weil er bei Jan und Jule in den Dünen wohnte. Aber wozu sich aufregen? Sie waren ohnehin gleich an ihrer Wohnung und würden ihn los sein.

Tatsächlich, kaum hatte Bloem die Haustür geöffnet, schwang Hans sich in den Sattel und radelte davon.

»Siehst du?«, redete sie Rouven gut zu. »Man muss ihn einfach abtropfen lassen. Dann erledigt sich das Problem von selbst.«

Eine halbe Stunde glaubte sie fest daran. Genauer gesagt, bis sie es sich mit dampfenden Spaghetti-Tellern in der Spätnachmittagssonne auf Bloems Terrasse bequem machten. Da nämlich radelte Hans an der steinernen Brüstung vorbei und winkte ihnen, ehe er lautstark rief. »Guten Hunger! Mir fehlt Sahne.«

Seufzend begann Rouven von seinem Tag zu erzählen, als Hans wieder zurückkam und ihnen zurief. »Jetzt kann nichts mehr schiefgehen.«

Rouven platzte der Kragen. »Hol eine Schüssel mit kaltem Wasser. Wenn dieser Kretin es noch einmal wagt ...«

Weiter kam er nicht, denn Hans kam lachend und winkend zurück. »Wo habe ich nur meinen Kopf? Nachtisch!«

Für die kompletten Zutaten gönnte er sich volle drei Pendeltouren, bei denen er im Vorbeifahren die gekauften Dinge (Zucker, Butter, Vanille) minutiös auflistete.

»Ich schätze, das war die letzte Fuhre«, seufzte Bloem, nachdem sie fünf Minuten Ruhe gehabt hatten. »Hans kann einen wirklich wahnsinnig machen. Wäre er dabei nicht so nett, wäre es nicht auszuhalten. Obwohl er mich heute beim Geschirrverleiher echt Nerven gekostet hat.«

Rouven legte die Gabel beiseite und sah sie ungläubig an. »Du findest diesen Idioten nett?« Als er sah, dass sie antworten wollte, hob er entschieden die Hand. »Nein, sag es nicht. Können wir bitte einfach über etwas anderes reden als diesen Hans?«

Augenblicklich biss Bloem sich auf die Lippe. Sie verstand ja selbst nicht, wieso dieser Mann sich zu einer Manie auswuchs. Seit zwei Wochen raubte er ihr nachmittags den Nerv. Sah sie ihn nicht, dachte sie an die Hochzeitsplanung – und damit natürlich auch an Hans. Aber Rouven übertrieb.

»Ich rede nicht von ihm, sondern von diesem blöden Termin. Hans hat ...«

»Himmelherrgott«, fiel Rouven Bloem ins Wort. »Ich weiß, was er hat. Schließlich hast du es mir eben vorgebetet. Falls du es noch einmal erzählen willst, such dir einen anderen Zuhörer. Ich hatte heute eine anspruchsvolle OP und würde es vorziehen, darüber mit jemandem zu reden, der wenigstens ein Minimum an Interesse aufbringt.« Rouvens Faust donnerte so hart auf den Tisch, dass das Geschirr hüpfte.

Bloems Herz begann zu rasen. Sie hatte ihn nie so wütend erlebt. Und natürlich verstand sie ihn. Er trug viel Verantwortung – und da kam erst Hans mit seinem albernen Auftritt im Supermarkt und jetzt nervte sie ihn mit ihren Lappalien. Gut, für sie war es nicht läppisch, weil sie sich mordsmäßig über sein Veto geärgert hatte. Und so würde es weitergehen. Bis sie mit der Planung durch waren, würde er zuverlässig mittags um halb vier am Schultor stehen und mit ihren Kolleginnen schäkern, bis Bloem herauskam und er sie mit viel Gewese und einer Mordsshow in sein fürchterliches Auto verfrachtete und zu einem weiteren, einstündigen Termin in irgendeinen Laden verschleppte.

Hans hatte ihr erklärt, dass es ein Oldtimer war, den er restaurieren wollte. Er brauchte nur eine Garage. Und das passende Werkzeug nach englischer Norm. Von den Teilen, die er in der ganzen Welt zusammensuchen musste, um die elende Rostschleuder wieder flottzumachen, gar nicht zu reden. Sie würde die Fertigstellung jedenfalls nicht erleben, denn sobald Jule Ja gesagt hatte, sollte Hans sich eine andere Dumme suchen, die er verspotten konnte.

Bloem verzichtete liebend gern auf seine spaßigen Einlagen. Und erst recht brauchte sie keinen Weltmeister in Lässigkeit, der Belästigung zu einer Art Spaßkunstform erhob.

Ein Beispiel: An ihrer Tür klingelte es. Er hetzte im Sturmschritt den Gang entlang, um zu fragen, ob er in diesem Hemd (»Ich kann es umtauschen.«) zur Trauung erscheinen könne.

Dabei war offensichtlich, dass Hans kein Interesse an ihr hatte, denn er trat ihr nie zu nahe. Hans ging es lediglich darum, sie auf die Palme zu bringen. Das machte etwas mit ihr. Sie dachte weniger streng und verklemmt von ihm – sein ärgerliches Vetorecht einmal ausgenommen.

Doch zu ihrer eigenen Verwunderung störten sie nicht Hans Showeinlagen an sich. Schlimmer war, dass Rouven immer öfter laut wurde. Um nicht zu sagen fies. Als Hans ihn mit dem Rad gerammt hatte, war die Stimmung völlig eskaliert und Rouven war einfach nach Hause gefahren und hatte sich bis zum nächsten Tag nicht gemeldet.

Hätte Bloem vorher jemand erzählt, dass es so käme, sie hätte geschworen, dass sie verzweifelt sein würde. Doch das war sie nicht gewesen. Im Gegenteil hatte es ihr gutgetan, seit langer Zeit einen Abend zu verbringen, an dem sie nicht die perfekte Version ihrer selbst hervorkehren musste. Himmlisch – hätte es sich nur nicht so scheußlich angefühlt, derart über Rouven zu denken.

Seither hielt sie mehr Abstand, wenn Hans ihnen zufällig über den Weg lief. Aber das war mit dem Elefanten bei einem Porzellanverleiher leider ebenso wenig möglich gewesen wie bei der Lauchberatung. Sie sah es ja ein, sie hätte vorhin im Supermarkt erst gar nicht nachgeben dürfen.

Bloem beugte sich vor, um nach Rouvens Händen zu greifen, doch er entzog sich ihr. Ihr wurde das Herz schwer.

»Hey, ich werde ihn nie wiedersehen, wenn die Hochzeit vorbei ist. Dass ich so viel von ihm erzähle, liegt einfach daran, dass ich ein ganz mieses Gefühl habe. Nichts läuft, wie es sollte. Was, wenn alles den Bach heruntergeht und wir Jule den schlimmsten Tag ihres Lebens bereiten?

Rouvens Kiefer spannte sich. »Das ist dann wohl ihr Pech. Sie hätten ihn halt nicht ins Boot holen sollen. Es ist doch offensichtlich, dass er nichts taugt. So oft ich diesen Kretin sehe, wirkt er auf mich, als hätte er sich eben von seinem provisorischen Nachtlager auf einer Parkbank erhoben.«

Die Sache mit der Obdachlosigkeit fand Bloem weit hergeholt. Allerdings stimmte es, Hans schien eine tiefverwurzelte Aversion gegen Bügeleisen zu hegen. »Er ist eben Musiker. Da stehen gebügelte Hemden nicht hoch im Kurs.«

Rouven verspannte sich weiter. »Verteidigst du ihn gerade?«

»Was? Nein!« Himmel, Rouven wollte heute aber auch alles falsch verstehen.

»Doch, das tust du. Gerade eben habe ich dir gesagt, dass ich gern von meinem Tag erzählen würde, und seither reden wir praktisch nur von ihm.« Rouven rutschte mit dem Stuhl zurück. »Tut mir leid, mir ist der Appetit vergangen.« Er warf einen so bösen Blick auf seinen Teller, als hätte er die veganen Reisspaghetti im Verdacht, seine Cholesterinwerte durcheinander zu bringen.

»Nimm's mir nicht übel, Sweetie, aber für einen Tag hatte ich genug Stress. Ich will mir nicht auch noch etwas über deinen Ärger mit diesem Typen anhören.«

Da war sie wieder: Eifersucht. Und sie betriff es wieder nicht. Rouven war erfolgreich, sah gut aus, stand mitten im Leben und könnte selbstbewusst mit sich im Reinen sein. Trotzdem ertrug er es nicht, wenn er einmal nicht im Mittelpunkt stand.

Dabei hatte sie in den letzten Monaten alles getan, um es ihm recht zu machen. Sie lebte gesund, ging auf seine Wünsche ein, selbst ihren sonst unkontrollierten Serienkonsum hatte Bloem aufgegeben und sah mittlerweile nur noch die Abendnachrichten. Mit Geschichten aus der Schule, die ihn meist langweilten, nervte sie ihn kaum noch. War es da so schlimm, wenn sie einmal das, was sie beschäftigte, in den Vordergrund hob? Dass Hans dieses Spaßstalking veranstaltete, konnte Rouven ihr schließlich nicht vorwerfen.

Bloem überlegte, was sie sagen könnte. Doch je länger sie ihr Hirn durchforstete, umso ärgerlicher wurde sie. Rouven war schon bei der Garderobe und schnappte seine Laptoptasche. Irgendwie wirkte er zögerlich.

Das fachte ihren leise köchelnden Zorn weiter an. Manipulierte er sie jetzt auch? Erwartete er, dass sie ihn zurückhielt? Wahrscheinlich sollte sie das. Innerlich drängte es sie sogar. Nur fiel ihr beim besten Willen nicht ein, was sie sagen könnte. Sie war auch ein Teil dieser Beziehung. Warum sollte nur sie sich ständig zurücknehmen? Aber das jetzt anzusprechen, wäre wohl nicht klug.

»Ich gehe dann jetzt!«, verkündete Rouven mit Nachdruck. Doch das tat er nicht. Er stand stocksteif, während seine Miene immer finsterer wurde.

Bloem, die es aus heiterem Himmel in den Fingern juckte, ihn zu piesacken, wie Hans es immer mit ihr tat, nahm ihre Gabel, wickelte ganz langsam ein paar Spaghetti auf und schob sie zwischen ihre Lippen. Besser konnte sie nicht deutlich machen, dass sie sich weder den Appetit noch den Abend von ihm verderben ließ.

»Gut, dann ...« Rouven griff nach der Klinke. »Vielleicht ist es besser, wenn wir uns in den nächsten Tagen nicht sehen. Du bist ja ausgelastet.« Immer noch stand er da und erwartete ihre Reaktion.

Bloem fühlte, wie sie ins Wanken geriet. Da war dieser tief in ihr verwurzelte Drang, eine Begegnung nicht im Streit enden zu lassen. Sie wusste, sie würde es bereuen, wenn sie jetzt nicht aufstand und ihn zum Bleiben bewegte.

Nur kristallisierte sich aus dem diffusen Dickicht ihrer Gefühle immer stärker heraus, dass es einen Teil in ihr gab, der nicht nachgeben wollte. Wenn ihr Hans' nervtötende Gegenwart eins klargemacht hatte, dann, dass sie Grenzen ziehen musste. Für alles. Mal bekam man Aufmerksamkeit, mal verschenkte man sie.

Als sie den nächsten Bissen gründlicher als irgendetwas zuvor in ihrem Leben zerkaut und heruntergewürgt hatte, ließ sich die Antwort nicht länger aufschieben. »Fahr vorsichtig. Und melde dich, wenn du zu Hause angekommen bist.«

Rouven riss die Augen weit auf, öffnete den Mund und schloss ihn wieder, ohne zu sagen, was ihm auf den Nägeln brannte. Dann zog er die Tür auf und ließ sie mit einem derartigen Knall hinter sich zufallen, dass sie zusammenzuckte.

Bloems Herz raste. Die Hand, die die Gabel hielt, zitterte. Mit angehaltenem Atem lauschte Bloem auf seine sich entfernenden Schritte in dem endlos langen Gang, der zur Haustür führte. Als er unwiderruflich gegangen war, schob sie die widerlichen Spaghetti fort.

Darüber mussten sie sprechen, wenn wieder mit Rouven zu reden war. Vegetarisches Essen ließ sie sich gefallen. Vegane Küche war seine Stufe, für die sie definitiv nicht bereit war.

Aber erst mal würde sie etwas anderes klären. Sie rief Hans an. Seine Stimme zu hören, verursachte ihr Gänsehaut. Was nichts über Bloems Gefühle für ihn als Menschen aussagte. Sie mochte einfach dieses dunkle Timbre. Und sie mochte die leicht provokante Art, mit der er die Dinge aussprach.

»Lass mich raten, du hast einen Hochzeitsnotfall reinbekommen und weil wir so ein perfektes Duo sind, bittest du deinen guten Kumpel Hans, sich sein Hütchen zu schnappen, vorbeizukommen und dir zu helfen.«

»Nicht witzig. Übergehen wir den Schabernack mit dem Supermarkt und reden über das Geschirr.«

»Haben wir doch bereits. Und wir haben uns für das cremefarbene mit den stilisierten Blüten entschieden.«

»Das ist Steingut«, gab Bloem eisig zurück.

Woraufhin er schwieg.

»Hast du dazu gar nichts zu sagen?«

»Moment – ich lasse das Wörtchen Steingut noch durch den Kessel meines Hirns rotieren. Gleich hab‘ ich's«, kalauerte Hans munter.

Bloem schmunzelte. Himmel, wieso amüsierten sie seine blöden Sprüche dermaßen? Sie musste sich glatt ein Glucksen verkneifen. Als sie sicher war, sich im Griff zu haben, fragte sie frostig: »Hast was gleich?«

»Na, die Antwort auf die Frage, was mir das Wörtchen Steingut sagen soll.«

Bloem blies die Backen auf. »Herrje, sag das doch gleich. Es ist grob, geht schnell kaputt und hat kein bisschen Charme.«

»Blümchen?«

Es widerstrebte ihr, auf den Namen zu reagieren, weil es der Spitzname ihres Vaters für sie gewesen war. Aber wenn sie nicht reagierte, würden sie morgen noch telefonieren. »Ja?«

»Wir leihen es für einen Tag, da ist ›schnell kaputt‹ kein Kriterium. Und grob finde ich gut. Es passt in die Bar«, erklärte Hans.

So sehr es sie ärgerte, seine Argumente waren gut. Dabei hatte ihr das elfenbeinfarbene Porzellan mit dem Goldrand viel besser gefallen. Es war edel und feminin und ... nichts für die Art Hochzeit, die Jule wollte.

»Kann ich dir mit sonst etwas behilflich sein? Nicht dass der Medizinmann sauer wird, weil eure Heilkräuter und der Kressetee kalt werden.«

Bloem fühlte das Brodeln. Es war immer noch da. Nur stieg es jetzt rasant höher. Diesmal hielt sie sich nicht für eine Magenverstimmung - und sie genoss dieses unerwartet überschäumende, wütende Brodeln, das nur Hans aus ihr herauskitzelte. Als wüsste er etwas über sie, das die anderen nicht sahen.

»Himmel, sei nicht so selbstgerecht. Dir würden ein paar gesunde Mahlzeiten auch nicht schaden«, blaffte sie ihn an.

»Wieso? Bist du mit meiner Figur unzufrieden?« Der selbstbewusste Klang seiner Stimme verlieh der Frage eine absurde Note.

Trotzdem lockte er sie damit aus der Reserve. »Was? Nein, natürlich nicht.«

Sie sah sein breites Grinsen förmlich vor sich, als er nachlegte. »Dann gefalle ich dir?«

»Jetzt fantasierst du aber.«

»Hm, ich glaube eher, dass du es bist, die gerade Fantasien von mir hat.« Sein dunkles Lachen jagte einen angenehmen Schauer über Bloems Rücken.

Würde die Planung nicht von ihm abhängen – sie fände es verdammt leicht, ihn zu mögen. Nur war sie damit nicht allein. Sein lässiger Charme verfing bei der Supermarktkassiererin ebenso wie bei ihren Kolleginnen.

»Wirst du je aufhören, mich zu veraschen?«

»Ich nenne es necken. Und ich könnte damit aufhören, würdest du mir endlich offen sagen ...« Die Worte blieben in der Luft hängen, weil Hans abbrach.

Dennoch fühlte Bloem die Stimmung kippen.

Jetzt wollte sie es auch wissen. »Sag schon. Du hältst dich doch sonst nicht zurück.

»Oh, ich glaube, du ahnst nicht, wie sehr ich mich zurückhalte. Und was deine Frage betrifft: Vielleicht überlege ich es mir, wenn du offen und ehrlich sagst, was du gegen mich hast«.

Sie brauste auf. »Quatsch. Was sollte ich gegen dich ...«

»Tu das nicht!«, unterbrach Hans sie. »Lüg mich nicht an. Du magst ein paar Macken haben. Aber bisher warst du mir gegenüber immer ehrlich.«

Sie wusste, dass er recht hatte. Je öfter sie ihn traf, umso zerrissener war sie, denn die Parallelen zu Georg lagen wirklich auf der Hand. Es war so leicht, sie zu mögen, diese lächelnden Puppenspieler mit den kindischen Machoallüren. Und genau das ebnete ihnen den Weg, andere zu verletzen. Selbst wenn sie es gar nicht beabsichtigten.

Bloem mochte erst zehn gewesen sein, als ihre Eltern sich getrennt hatten. Trotzdem hatte sie sehr genau registriert, was schiefgelaufen war.

Der charmante Georg, der zwischen Schützenzelten und Stadtteilfesten hin und her getingelt war. Überall hatte er mit seiner hingebungsvollen Begeisterungsfähigkeit Bewunderinnen gefunden. Und nicht selten hatte Bloem ihre Mutter im hinteren Teil des Busses weinen hören, weil er nach dem Auftritt – mal wieder – woanders übernachtet hatte.

War es fair, Hans das vorzuwerfen? Vermutlich nicht.

Bloem kniff die Augen fest zusammen. Vielleicht würde er ja etwas sagen, das Thema übergehen, sie aus diesem unguten Schweigen entlassen. Doch diesmal blieb der Mann, der seine Frotzeleien sonst für keine fünf Minuten unterbrach, stumm.

Klar könnte sie es sich leicht machen und auflegen. Aber so war sie nicht. Meist sanft, Streitereien nicht gewachsen – nur ein Feigling war sie nicht. Also fasste sie sich ein Herz. »Ich rede nicht darüber.«

»Also gibt es etwas zu sagen?«, ließ Hans nicht locker.

»Du kannst verdammt stur sein, weißt du das?«

»Und du verdammt verstockt.« Er verfiel in Schweigen.

Was nicht dazu führte, dass sie sich besser fühlte, denn Bloem wusste einfach, dass das Thema für ihn nicht abgehakt war. Dazu war er viel zu hartnäckig.

»Wieso legen wird nicht einfach auf und reden morgen ...«

»Ruhig jetzt!«, fiel Hans ihr so gebieterisch ins Wort, dass sie den Hörer vom Ohr nahm und das Smartphone groß ansah. Wieso zum dreifach vermaledeiten Kuckuck ließ sie so mit sich reden? »Hast du mich gerade etwa verbal in die Ecke geschickt?«

»Nein. Ich denke nach. Du weißt schon: Wie lange brauche ich für die Dusche? Plus Fahrtweg zu dir. Plus meine Überredungskünste, um dich dazu zu bringen, die Tür zu öffnen. Noch ein paar Minuten, bis ich dich überzeugt habe, mit an den Strand zu kommen, damit wir in Ruhe reden können, ohne uns Blumendeko anzusehen oder probeweise auf Leihmobiliar zu sitzen. Das wird eine völlig neue Erfahrung. Hm ...« Wieder ließ er eine kurze Pause. »Ich würde sagen, rechne damit, dass es in ziemlich genau vierunddreißig Minuten an deiner Wohnungstür klingelt.«

Bloem, die bisher nie in Echtzeit miterlebt hatte, wie jemand dem Wahnsinn verfiel, schätzte, dass sie nun auch diesen Punkt auf ihrer Lebensliste abhaken konnte.

Aber wie redete man mit frisch Verrückten? Verständnisvoll? Oder brauchte Hans jetzt eine strenge Hand? Ganz ehrlich, sie wusste es nicht. Also schwieg sie planlos weiter, bis ihr der Kragen platzte.

»Ist dir in den Sinn gekommen, dass ich etwas vorhaben könnte?«

»Klar. Aber weil dein Medizinmann sich nicht geräuspert hat, habe ich die Vermutung vor ziemlich exakt fünfzehn Minuten abgehakt.«

»Du sollst ihn nicht so nennen. Ich mag das nicht. Das habe ich dir schon öfter gesagt«, schalt Bloem ihn. »Außerdem ist er höflich und zuvorkommend und räuspert sich nicht, wenn ich rede.«

»Oh, und wie er das tut. Der Doc ist ein Räusperer. Immer, wenn du dich länger unterhältst und dabei vergisst, ihn anzuhimmeln, macht er diese affigen Geräusche.«

Langsam wurde sie wirklich böse. »Hör auf, auf ihm herumzuhacken.«

Hans lachte dieses leise, unwiderstehliche Lachen. Sie sah förmlich vor sich, wie sein Adamsapfel hüpfte und seine schönen, grünen Augen leuchteten. »Das klären wir später. Leg dir schon mal ein paar Antworten zurecht. Und stopp die Zeit: Vierunddreißig Minuten ab jetzt.« Es klickte und das Gespräch war unterbrochen.

Pah, der würde sich wundern. Von ihr aus konnte er klingeln, bis die Haut von seinen blutigen Fingerkuppen hing. Hatte er denn nie gehört, dass man Schellen abstellen konnte? Ärgerlich trug Bloem die Teller in die Küche und fegte den veganen Mist in den Abfall. Nachdem sie das Geschirr in die Maschine gestellt hatte, blieb ihr nichts zu tun, denn natürlich hatte Rouven die Küche aufgeräumt, als müsste er jederzeit für eine improvisierte Not-OP gewappnet sein.

Schon wahr, er hatte einen Sauberkeitsfimmel. Aber er war kein Räusperer. Obwohl, hin und wieder ging er schon dazwischen, wenn sie sich mit Freunden unterhielt. Bloem ließ sich in den Sessel plumpsen, hob die Füße auf den Couchtisch und dachte nach.

Hans übertrieb maßlos. Rouvens Aufmerksamkeit tat ihr gut. Wieso sollte er sich umgekehrt mit weniger zufriedengeben? Sie musste wirklich aufhören, sich so verunsichern zu lassen.

Das Problem war, dass sich um sie herum plötzlich jeder einmischte. Neulich hatte Anna bei einem Treffen in Jules Bar Anspielungen über Bloems neue Unselbstständigkeit gemacht. In der Woche darauf hatte Jule sich nach einem gemeinsamen Abendessen beklagt, Rouven rede nur von sich. Dass er in Jules Essen herumgestochert hatte, als wäre der eigens für ihn gemachte Gemüsekuchen mit Pflanzengiften verseucht, hatte selbst Jan ihm übelgenommen.

Na und? Jan hatte selbst Macken. Und Annas Freund Ben war nicht besser. Die Mädels sollten einfach mit diesen Anspielungen aufhören. Bloem würde sie zur Rede stellen. Gut, das war vielleicht hoch gepokert, denn Bloem stellte niemanden zur Rede, weil ihr das viel zu konfrontativ war. Aber zumindest konnte sie mit ihnen reden und ihnen klipp und klar sagen, wie bereichernd Rouven für ihr Leben war.

Rouven war eben gesundheitsbewusst. Und er hatte einen Job, in dem er viel erlebte. Das wollte geteilt und verarbeitet werden. Tja, und da packst du dir vielleicht mal an die eigene Nase. Vorhin hat sein Job dich nämlich nicht interessiert.

Von ihrer inneren Stimme angestachelt, drückte Bloem die Kurzwahltaste auf ihrem Handy, nur um gleich nach dem ersten Klingeln an die Mailbox weitergereicht zu werden.

Ob sie hinfahren sollte? Bloem kniff die Augen zu. Sie hasste solche Entscheidungen. Er hatte gesagt, dass er Abstand wollte – dem stand ihr Harmoniebedürfnis entgegen. Sie wollte nicht schlafen gehen, ohne vorher mit Rouven ins Reine gekommen zu sein.

Wem gab sie den Vorzug? Ihren oder seinen Wünschen?

Bloem sprang auf, lief auf und ab, bis sie eine akzeptable Lösung hatte. »Noch ein Anruf. Wenn er mich dann wieder an die Mailbox weiterreicht, schlägt sein Ruhebedürfnis mein schlechtes Gewissen.«

Dass sie Selbstgespräche führte, wenn er nicht da war, war auch so eine Sache, über die sie nachdenken sollte. Aber erst der Anruf, der ... ins Leere lief.

Ärgerlich legte sie das Handy beiseite. Das war doch keine Art, einfach abzuhauen. Selbst ihre Grundschüler wussten, dass man reden musste, wenn man vorankommen wollte.

Natürlich könnte sie einen Serienmarathon einläuten. Aber sie hatte keinen Hugo. Und keine Schokolade. Selbst das Studentenfutter hatte Rouven als schädlich entsorgt.

Als es klingelte, raste ihr Herz. Sie war so erleichtert, dass Rouven zurück war, dass sie zur Tür stürmte und ihm aufdrückte. Rouven! Ihm ging es also auch nicht besser als ihr. Hibbelig stand sie auf der Fußmatte und wartete.

Doch der Mann, der mit geschmeidigen Schritten den Gang entlang schlenderte, war dunkelhaarig. Und ein gutes Stück breiter als Rouven. Außerdem besaß er ein Lächeln, das ihr Magenflattern verursachte.

»Entweder du hattest alle Hände voll damit zu tun, die Zeit zu stoppen«, begrüßte Hans sie.

»Oder?«, wollte Bloem wissen.

»Oder du kennst die Kleiderordnung für einen frühabendlichen Spätsommerspaziergang am Stand nicht. So kannst du auf jeden Fall nicht gehen. Da weht dir der Rock um die Ohren und du holst dir den Tod.«

Sie kniff die Lider zu. So fest, dass feine Lichtpunkte vor ihren geschlossenen Augen flirrten. »Ich habe tatsächlich gehofft, dass du mal wieder einen deiner Scherze machst.«

Hans lachte. »Und mir die Chance entgehen lasse, endlich hinter deine Motive zu kommen? Vergiss es!« Er strahlte sie an und das traf sie so tief ins Herz, dass ihr ganz schwindelig wurde.

6. KAPITEL

Hans war sich bewusst, dass er exakt das Verhalten imitierte, das er vor siebzehn Jahren Swantje Vermeulen gegenüber an den Tag gelegt hatte. Damals war er auch ständig mit dem Rad an ihrem Haus vorbeigefahren. Und er hatte ihr im Vorbeigehen den Rock hochgezogen, um einen Blick auf ihren Wochentagsslip zu erhaschen.

Nur war er damals ein pickliger Teenager gewesen, der vor lauter Liebe keinen klaren Satz herausgebracht hatte. Also hatte er stümperhafte Stücke für sie komponiert, sie auf CD gebrannt und seine Musik für sich sprechen lassen. Nicht, dass es bei Swantje sonderlich gut angekommen wäre. Das zumindest hatte ihr Vater behauptet, als er mit Wut im Blick und einem Pappkarton voller gesammelter Werke bei seinen Eltern aufgetaucht war, um ihm jedes im Liebesrausch dahinfabulierte Gedicht und jede CD auf den Wohnzimmertisch zu knallen.

Noch peinlicher war nur die tränenreiche Rührung seiner Mutter gewesen, die es sich nicht hatte nehmen lassen, seine Gedichte zu lesen, um sicherzugehen, dass ihr Sohn nichts Vulgäres verbrach.

Heute amüsierte ihn die Erinnerung an sein früheres Ich. Zumal er seine Wahl auch heute noch gut nachvollziehen konnte. Schließlich funkelte nichts so hübsch auf perlweißen Zähnen wie eine Zahnspange. Und wenn die dann noch zum silbern glänzenden Brillengestell passte, war es doch perfekt, dachte er grinsend.

Was Bloem natürlich in den falschen Hals bekam. »Sag mal, machst du dich gerade lustig über mich?«

»Überhaupt nicht«, Hans schob sie beiseite und betrat ihre Wohnung, wobei er demonstrativ einatmete. »Was hattet ihr zum Abendessen? Kohlsuppe?«

»Spaghetti?«

»Mit Kohl?« Hans wackelte mit den Brauen, weil er wusste, wie schwer es Bloem fiel, dabei ernst zu bleiben. »Also was jetzt? Willst du mir im Sturm deine Unterwäsche präsentieren, oder findet sich in deinem Schrank etwas, das sich nicht bei der leisesten Böe erhebt? Übrigens ist es sieben Uhr – und saukalt.«

Sie verzog das Gesicht. »Du wirst nicht gehen? Richtig? Und wenn ich die Polizei rufe, wirst du denen erklären, dass sie wieder gehen können, da wir nur eine kleine häusliche Dissonanz haben, weil du mir Kohl zu meinen Spaghetti serviert hast.«

»So weit war ich in meinen Überlegungen noch nicht – aber die Ausrede ist gekauft. Und jetzt ... Hosen?«

Bloem seufzte. »Wasser ist im Kühlschrank. Gläser findest du in der Vitrine. Ich bin in fünf Minuten zurück.«

Zufrieden beobachtete er, wie sie vor sich hin grummelnd verschwand.

Tatsächlich hatte er Bloem in den vergangenen zweieinhalb Wochen nur in Kleidern und Röcken gesehen. Hübsche Beine hatte sie, keine Frage, aber irgendwie argwöhnte er, dass sie den ganzen Pastellschnickschnack nur trug, um ihr sorgfältig konstruiertes Selbstbild vom biederen Mädchen nach außen zu kehren.

Langsam schlenderte er in die Küche. Er wollte zwar kein Wasser, aber wo sie ihm quasi erlaubt hatte, den Kühlschrank zu öffnen, gönnte er sich halt einen Blick.

Im ersten Moment war er verwirrt. Im zweiten nicht minder. Am unauffälligsten war noch der obere Glasboden, auf dem in Reih und Glied Gläser standen, die er noch nie gesehen hatte. »Knallerbse« - Protein-Aufstrich Erbse Basilikum las er und direkt daneben »Muckibohne«, wobei es sich um eine Mischung aus weißen Bohnen und Senf handelte. Schon beim Lesen hob es ihm den Magen um. Und Trost war nicht in Sicht, denn unter diesem Glasboden erstreckte sich die ausgewogene Vielfalt eines gut sortierten Hofladens.

Hans zählte drei Sorten Äpfel. Gleich daneben fand er Birnen (zwei Sorten) und darunter Paprika (alle Farbrichtungen), Avocados, Zucchinis, Lauch und Sellerie, vier verschiedene Salate und Wasser, Wasser, Wasser. Entweder Bloem war besessen von ihrem Essen, oder sie hatte eine Allergie gegen alles, was gut und lecker war.

Hans warf die Tür des Kühlschranks zu und zog die des nächsten Schranks auf. Vegane Spaghetti, Mandelmousse, gepuffter Amarant und getrocknete Tofu-Flocken. Langsam bekam er wirklich Angst.

»Darf ich fragen, was du da machst?« Das Blümchen klang eisig.

Ja. Ihm wäre es auch peinlich, mit so einem Mist in den Schränken erwischt zu werden. Lächelnd drehte er sich zu ihr um. »Ich suche den geheimen Vorrat.«

»Was?«

»Na, neulich bei Jule hast du ein Stück Fleisch verputzt und dabei pausenlos vor Glück geseufzt. Dazu Cola und Butter, die, soweit ich weiß, auch als tierisches Produkt gilt.«

Bloem winkte ab. »Das war eine Ausnahme. Normalerweise versuche ich, so etwas zu vermeiden.«

Für ihn hörte sich das falsch an. So als steckte mehr dahinter, aber wenn er das jetzt vertiefte, würden sie wieder nicht über das sprechen, was ihn wirklich interessierte.

Also hielt er seine Antwort kurz. »Sehr vernünftig. Können wir dann gehen?«

»Muss ich betonen, dass ich nur unter Protest mitkomme?«

»Zur Kenntnis genommen. Schnapp deine Schlüssel und komm.« Lässig schlenderte er an ihr vorbei, wobei er sie ausgiebig betrachtete.

Die Jeans betonte ihre wohlgerundeten Hüften perfekt. Der flauschige Pulli saß eng, aber nicht so sehr, dass es der Fantasie den Spielraum nahm. Darüber trug sie eine dünne Wetterjacke. Gut gegen Wind, aber nicht zu warm. Viel praktischer als die Sachen, die sie sonst anhatte – außerdem verriet es ihm, dass sie gern bei Wind und Wetter draußen war.

»Wollen wir zum Strand radeln oder laufen?«, fragte Bloem.

»Weder noch. Ich bin mit dem Wagen hier«, erklärte Hans.

Bloem, die ihm aus der Wohnung folgte, gab ein leises Kichern von sich. »Sind die Leute vom APK nicht lachend zusammengebrochen, als du für diese Rostschleuder eine Plakette haben wolltest?«

»Hey, der Wagen ist ohne Beanstandungen durchgekommen. Also pass besser auf, was du sagst, wenn dieses Baby erst mal fertig ist, wirst du darum betteln, mitfahren zu dürfen. Es ist ein Klassiker.«

»Bis der fertig ist, brauche ich einen Rollator und der passt nicht in dein Miniatur-Auto.« Sie lachte. »Ha, ha, ich sehe es vor mir, wie ich deine altersschwache Rostlaube mit meinem Gehwägelchen überhole.«

Hans, der die Fahrertür erreicht hatte, verzog den Mund. »Musst du so abwertend über ihn reden? Wenn du so weitermachst, springt er nicht an.«

»Entschuldige mal, hast du mir nicht eben noch gesagt, der Wagen sei mängelfrei?«

»Gerade so eben. Wenn du seiner Seele Schaden zufügst, bringt das alles aus dem Gleichgewicht.«

Bloem schloss die Augen. Wahrscheinlich hatte er ihr mal wieder eine Überdosis Realität verabreicht.

»Steig schon ein. Ich habe bei Jule für neun Uhr einen Tisch reserviert.«

»Du hast was?«

»Ich dachte, nach unserem Gespräch kannst du vielleicht eine Stärkung brauchen. Sie reserviert uns auch den Platz in der Ecke, den mit den beiden Hängesesseln.«

Mit einem Kopfschütteln ließ sie sich auf den Beifahrersitz sinken. So vorsichtig, als befürchte sie, der Sitz könne durchs Bodenblech brechen.

Ihr Sicherheitsbedürfnis grenzte fast an Besessenheit. Noch ein Thema, das Hans vertiefen könnte, aber lieber abhakte. Er wollte endlich wissen, was sie gegen ihn hatte.

Jemand, der zu jedem nett und freundlich war und ihn praktisch ab der ersten Sekunde instinktiv abgelehnt hatte – das konnte nicht von ungefähr kommen. Bloem war kein launischer Mensch. In den letzten Wochen waren sie nonstop auf der Suche nach Ausstattungsdetails für Jules Hochzeit gewesen. Und nie, nicht einmal bei den unverschämtesten Händlern, hatte Bloem ihre freundliche Maske fallenlassen.

Anfangs hatte ihm das Rätsel aufgegeben. Mittlerweile verletzte es ihn. Und deshalb würden sie das jetzt ein für alle Mal klären.

»Schnall dich ruhig an. Das hält der Gurt aus.«

»Du denkst, du seist witzig. Stimmt's?«

»Ich bin witzig – das war allerdings mein Ernst.«

Schweigend fuhren sie zu dem Parkplatz, von dem ein Weg abging, der sich durch die Dünen schlängelte.

Das Blümchen stopfte die Hände in die Taschen, während sie über die groben Holzbohlen liefen, die den Weg markierten. Unterwegs begegneten sie niemandem. Ein sicheres Indiz dafür, dass sich die Saison dem Ende zuneigte. Bald wären auch die letzten Touristen fort.

Als sie an Jules Strandbar vorbeiliefen, riskierte Hans einen Blick. Draußen lagen keine Polster auf den Pallettenbänken, nur ein paar Hartgesottene hatten es sich mit Decken in den Nylon-Hängematten bequem gemacht. Dafür brummte der Betrieb im Inneren.

Dass die Bar kein Selbstläufer war, hatte Jan ihm erzählt. Jule hatte ihre erste Bar aufgeben müssen und war hierher übergesiedelt. *Nieuwe Begin* lag ein wenig abseits der schicken Strandpromenade, die Touristen magisch anzog. Trotzdem war es ihr gelungen, sich mit ihrem Woodstockflair und der guten Küche eine Stammkundschaft aufzubauen.

Bloem lief stur an der Bar vorbei und kämpfte sich durch den feinen, weißen Sand. Während der Wind ihr Haar hin und her peitschte, hielt sie den Kopf erhoben und wirkte entschlossen wie selten. Unten am Wasser blieb sie stehen und breitete die Arme aus.

»Willst du es mit den Elementen aufnehmen?«, fragte Hans, als er neben sie trat.

Prompt ließ sie die Arme wieder sinken und sah ihn an, als wäre es ihr peinlich, dass Hans sie so sah.

Sie hatte ja keine Ahnung, wie majestätisch er sie in dieser Pose gefunden hatte. Und er würde es ihr auch nicht sagen, weil sie bestimmt keinen Wert auf sein Urteil legte.

Stumm deutete er in die Richtung, in der das benachbarte Küstenstädtchen Katwijk lag, und lief dann los. Immerhin ging er so gemächlich, dass Bloem kein Problem hatte, mit ihm Schritt zu halten. Dabei hing seine Frage wie eine unsichtbare Barriere zwischen ihnen. Hans wusste, dass er sie nicht wiederholen musste. Bloem redete, wenn sie dazu bereit war – oder gar nicht.

Tatsächlich zählte er zweitausendvier Schritte, bis sie endlich loslegte.

»Du erinnerst mich an meinen Vater.«

Er hätte auf einen Ex-Freund getippt, aber auch die Bemerkung verkniff er sich. Sie sollte die Stille zwischen ihnen füllen.

Und das tat sie. Ganze sechshundertzwei Schritte später zupfte sie an seiner Jacke und bedeutete Hans, stehen zu bleiben. »Ich will nicht gegen das Tosen der Wellen anschreien.« Sie deutete landeinwärts zu den Dünen. »Lass uns dort hinsetzen.«

Ohne auf die Antwort zu warten, stapfte sie vorweg auf ein windgeschütztes Fleckchen zu, das von Dünengras und mageren Büschen umgeben war. Dort ließ sie sich im Sand nieder.

In Hans' Magen regte sich etwas. Ja, selbst sein Herz erhöhte die Taktfrequenz. Was, wenn ihm nicht gefiel, was sie zu sagen hatte? War es einmal ausgesprochen, gab es kein zurück.

Dabei hatte er sich in den letzten zweieinhalb Wochen wirklich an sie gewöhnt. Auf ihre eigene, verschrobene Art war sie ein Lichtblick in einem Leben, in dem er sich gerade neu einrichtete. Doch um zurückzurudern, war es zu spät.

Also wartete er und beobachtete ein paar Möwen, die ganz in der Nähe um die Hinterlassenschaften eines Picknicks zankten.

»Mein Vater ist Musiker, habe ich dir das erzählt? Ich glaube, dass ich nie etwas Näheres über deinen Beruf wissen wollte, und sogar abgeblockt habe, wenn du damit angefangen hast, liegt daran. Es gibt ohnehin genug Parallelen zwischen euch.«

Kopfschüttelnd runzelte Hans die Stirn.

Traurig lächelnd sah Bloem wieder hinaus aufs Meer, das der Wind heute unbarmherzig gen Land trieb. Weiße Gischt krönte die Brecher, die sich brachen, den Küstenstreifen eroberten, dann immer zahmer über den Sand, ehe sie jede Kraft verloren, zurückflossen und wieder aufgingen in dieser endlos scheinenden, wogenden Welt aus Wasser.

»Meine Mutter hat sich damals Hals über Kopf in ihn verliebt. Er ist in Amsterdam aufgetreten, bei irgendeinem Festival. Es hieß ... keine Ahnung. Jedenfalls war sie gerade achtzehn. Das erste Mal, dass sie allein von zu Hause wegdurfte. Meine Großeltern waren schon ziemlich alt, als sie geboren wurde und ein wenig ... streng ist nicht das Richtige Wort. Sittsam und überbesorgt trifft es eher. Was jetzt nicht so klingen soll, als wären sie keine liebevollen Menschen. Für Carin – so heißt meine Mutter – war Georg wie ein Ausflug in eine fremde Welt. Sie wollte mehr davon. Also hat meine Mutter ihre Sachen gepackt, ist nachts aus dem Fenster geklettert und Hals über Kopf mit ihm losgezogen. Eine Weile sind sie kreuz und quer durch Deutschland gefahren. Das nächste, was meine Großeltern hörten, war, dass meine Mutter mit mir schwanger ist.« Bloem strich ein paar blonde Strähnen zurück, doch im nächsten Moment zupfte der Wind erneut daran und blies sie nach vorn.

»Meine Großeltern sind nach Deutschland gefahren, um sie abzuholen. Sie fanden, dass ein umgebauter Leichenwagen nicht der richtige Platz ist, um ein Kind großzuziehen.«

»Kann man ihnen kaum verdenken«, warf Hans ein, weil Bloem ihn fragend ansah. »Aber deine Mutter wollte nicht?«, animierte er das Blümchen zum Weiterreden.

»Ich bin mir nicht sicher, ob nicht vieles anders gekommen wäre, hätten sie ihr damals nicht die Pistole auf die Brust gesetzt. Aber nach Monaten der Freiheit und des Herumreisens war der Druck zu viel. Sie hat dichtgemacht und jeden weiteren Kontaktversuch abgeblockt.«

Hans wusste, er sollte sich die flapsige Bemerkung verkneifen, aber er konnte nicht: »Bitte sag mir, dass du das Licht der Welt nicht während eines Autobahnstaus in diesem Leichenwagen erblickt hast. Mein Gott, sie haben dich doch nicht in einen Sarg statt in eine Wiege gelegt.«

»Ha, ha«, erklärte Bloem humorlos.

Aber Hans sah den Schalk in ihren Augen aufblitzen.

»Ich bin in einem Krankenhaus am Bodensee geboren worden. Mein Vater hat mit seiner Coverband auf einem Schützenfest gespielt, während meine Mutter in den Wehen lag. Er hat noch Jahre später herumgeulkt, mit mir hätte sie den Schützenvogel buchstäblich abgeschossen.« Sie seufzte. »Ich kann nicht darüber lachen, weil ich finde, dass es viel über die Beziehung meiner Eltern aussagt. Mein Vater war ...« Zum ersten Mal, seit sie zu sprechen begonnen hatte, sah sie Hans direkt an.

Ihm stockte der Atem. Sie wirkte traurig und zugleich so entschlossen, wie er sie zuletzt beim Brautkleidkauf gesehen hatte. Und es wurde nicht besser, als Bloem weitersprach.

»Er war wie du. Dieses einnehmende Wesen, mit dem ihr die Leute wie Marionetten an ihren Fäden dirigiert. Diese Leichtigkeit, mit der ihr nie irgendetwas wirklich ernst nehmt. Am schlimmsten ist es, wenn du dieses Hütchen trägst, denn dann ähnelst du ihm sogar äußerlich. Ich kenne sonst niemanden, der so etwas aufsetzt. Dann hatte er die gleiche maskuline Statur. Und wie du hatte er auf alles eine Antwort.«

Ihm gefielen diese Parallelen nicht. Aber er hatte ja auch nicht darum gebeten, dass sie ihm eine Geschichte erzählte, die er mögen konnte. Hans hatte die Wahrheit gewollt. Und die bekam er nun.

»Es klingt, als würdest du ihn nicht sonderlich mögen.«

»Oh, ich habe ihn mit aller Inbrunst geliebt, zu der ein Kind fähig ist. Meine Erinnerungen an ihn sind toll. Er ist nie laut geworden, hat mich noch nicht mal geschimpft, als ich die Fenster im Bus von innen mit schwarzer Fingerfarbe bemalt habe. Meine Mutter war da viel ... nun ja, sie ist mit alten Eltern aufgewachsen. Die haben ihr nicht viel durchgehen lassen und sie hat an mich weitergegeben, was sie selbst gelernt hatte: Ordnung und Angepasstsein, das war ihr trotz Freiheitsdrang wichtig. Obwohl ...« Bloem schüttelte den Kopf. »Das ist so nicht richtig. Carin wollte nie frei sein. Ihr war nur alles recht, um bei meinem Vater zu bleiben. Aber insgeheim braucht sie Regeln. Die geben ihr Halt. Um aufzufallen oder gegen Regeln zu verstoßen, ist sie nicht gemacht. Immer hübsch in der Reihe laufen und nett sein.«

Hans war es, als lege sich eine Faust um sein Herz. Ob ihr klar war, was sie da eben gesagt hatte? Ob sie ahnte, dass sie noch immer versuchte, so zu sein, wie ihre Mutter es ihr eingetrichtert hatte?

»Ich will auch gar nicht jammern. Meine Mutter ist nett. Sie liebt mich ohne jeden Vorbehalt. Nur ist sie halt anders als mein Vater. Und da lag das Problem. Sie wollte nicht einsehen, dass er nicht für eine Familie geschaffen war. Stell es dir vor: Sie hatte ihre Freunde, ihr Zuhause, die Eltern für ihn aufgegeben. Eigentlich hätte sie einen Studienplatz gehabt, aber den hat sie sausen lassen. Alles, um mit ihm zusammen zu sein.«

»Und er wollte im Gegenzug nichts von dem aufgeben, das ihm wichtig war«, legte Hans schnell nach, damit sie nur ja nicht aufhörte, mit dieser schönen, traurigen, melodiösen Stimme zu erzählen.

»Das Traurige ist, dass es ihm egal war. Er mochte sie. Aber er liebte seine Freiheit. Wenn ich ihm etwas zugutehalte, dann, dass er es wirklich mit uns versucht hat. Er hat sogar einen Bus gekauft, in dem wir alle Platz hatten. Und er hat sich immer viel Zeit für mich genommen. Waren wir pleite, hat er seine Gitarre geschnappt, sein Hütchen aufgesetzt und mit mir die Fußgängerzonen abgeklappert. Es war toll. Wenn er es drauf angelegt hat, konnte er eine täuschend echte John Lennon-Kopie von Imagine abliefern. An diesen Tagen habe ich mit dem Hut echt viel Geld gesammelt. So habe ich zählen gelernt.« Unvermittelt legte sich ein Lächeln auf Bloems Züge.

Hans sah sie an – und hatte das Gefühl, sie zum ersten Mal bewusst zu sehen. Die großen, schokoladig braunen Augen, die sie gern vor der Wirklichkeit verschloss. Ihre Nase, die am Ende einen leichten Aufschwung nahm. Zu wenig, um als niedliches Stupsnäschen durchzugehen. Aber genug, um ihrem Profil eine weiche Note zu geben. Dazu hohe Wangenknochen, ein herzförmiger Mund, den sie zu einer schmalen Linie zusammenpresste, wenn sie ihn wieder einmal ihre Missbilligung sehen lassen wollte – oder sich eine Bemerkung verkniff.

Sie war mehr als hübsch. Bloem war außergewöhnlich. Und dass er diesen kostbaren Moment der Offenheit mit ihr teilen durfte, gab Hans ein gutes Gefühl.

»Trotzdem seid ihr zurückgekommen.«

»Ja, trotzdem hat mein Vater uns - als ich zehn war - an einem Bahnsteig in Köln aus dem Bus gelassen. Es ging nicht mehr. Er wollte seine Freiheit, meine Mutter wollte ein Familienleben. Sie haben ständig gestritten. Meist ging es um seine Seitensprünge. Kurz bevor sie sich getrennt haben, ist er manchmal tagelang weggeblieben.«

»Aber er hat nicht nur deine Mutter allein gelassen, sondern auch dich«, stellte Hans nüchtern fest und verbot sich, das Blümchen wissen zu lassen, was er davon hielt.

»Irgendwann ließ sich nichts mehr kitten. Selbst ihre übliche Strategie versagte.«

»Worin bestand die?«, wollte Hans wissen.

Was Bloem bitter auflachen ließ. »Sie haben mich zu ihrem Mittelpunkt erkoren. »Blümchen, hast du Lust, einkaufen zu gehen? Vielleicht will die Mama ja auch mitkommen? Bloem, ich glaube, dein Vater hat nicht genug Geld in der Tasche. Erinnere ihn daran, bevor er dich in den Supermarkt schleppt.« Sie zuckte die Achseln. »Sowas halt. Ich war ihr Mittelmann, bis der Ärger verraucht war und sie wieder miteinander gesprochen haben. Weißt du, das ist das Miese an Scheidungen. Als wäre es unter dem Strich nicht schon eine Katastrophe, dass Eltern sich trennen, sind Kinder gezwungen, Dinge zu fühlen, die gar nicht für sie bestimmt sind. Ich habe alles durch. Die Eifersucht meiner Mutter, die Wut meines Vaters. Geldnöte und verletzte Eitelkeit. Und dann natürlich ihre ständige Sorge, vom Schicksal nicht das zu bekommen, was sie eigentlich verdienen. Hätten sie sich nur einmal klargemacht, dass sie ganz unterschiedliche Dinge vom Leben erwarten, wäre es leicht gewesen. Sie hätten sich im Guten trennen können. So hat mein Vater immer weiter sein Charisma ausgespielt und auf jedem Dorffest eine neue Trulla abgeschleppt, während meine Mutter sich als Ikone der Sittsamkeit stilisiert und ihn immer mehr in die Enge getrieben hat. Rückblickend kommen sie mir vor wie zwei mittelmäßige Komödianten, die völlig überzogen stereotype Rollen gespielt haben.«

Hans verstand das. Es war nie leicht, wenn einer mehr liebte und abgehängt wurde. Nur erklärte es Bloems Groll auf ihren Vater nicht – den sie ja irgendwie auch auf ihn übertrug. »Aber du und dein Vater hattet ein gutes Verhältnis.«

»Habe ich zumindest geglaubt«, stieß sie mit einem Ton bitteren Zorns hervor.

»Was hat dir diesen Glauben genommen?«

»Die Tatsache, dass er mich an meinem zehnten Lebensjahr aus seinem Bus und aus seinem Leben gekickt hat. Rechne nach: Das macht achtzehn Jahre Sendepause. Und komm jetzt nicht auf die Idee, mir zu sagen, dass er nicht wusste, wo er mich finden konnte. Wir haben auf dem Apfelhof meiner Großeltern gelebt, bis ich fürs Studium weggezogen bin.« Sie stand auf, so stürmisch, dass sie beinahe vornüberfiel. Dann klopfte sie den Sand von ihren Jeans.

Da Hans auf Augenhöhe mit ihrem Hinterteil saß, konnte er nicht umhin, ihren knackigen Po zu bewundern.

Langsam rappelte er sich hoch, als Bloem auch schon losstapfte. »Komm schon«, rief sie über ihre Schulter. »Es wird dunkel und ich habe keine Lust, über ein Stück Treibholz zu stolpern.«

»Und wenn schon. Wir befinden uns in einem riesigen Sandkasten. Du landest weich«, sagte Hans leichthin.

Ebenso abrupt, wie sie losgelaufen war, machte sie an der Uferlinie halt. »Ich weiß, dass ich ungerecht bin«, sagte das Blümchen zum Meer. »Zu dir, meine ich. Trotzdem kann ich einfach nicht aus meiner Haut. Ich treffe dich und sehe ihn. Dass du Musiker bist, scheinbar auch nie lange an einem Ort bleibst und ich keine Ahnung habe, womit genau du dein Geld verdienst, macht es mir nicht leichter, dir zu vertrauen.«

»Ich kann es dir gern erzählen.«

»Nein!«, rief sie viel zu schnell. »Bitte nicht – noch mehr Parallelen und ich habe mich gar nicht mehr im Griff.«

Hans war enttäuscht. Zog sie denn gar nicht in Erwägung, dass er besser sein könnte, als ihr Vater? Wieso beharrte sie darauf, an dem schlechten Bild von ihm festzuhalten?

Das war ein Punkt, der eindeutig für ihren Herrn Kräuterdoktor sprach, denn der war die zuverlässige Bank in Person. Bloem musste Hans das nicht unter die Nase reiben, er kapierte es auch so. Und das brachte ihn in Rage. Aufgrund eines Vergleichs mit einem ihm völlig Unbekannten verurteilte sie ihn und hielt dann das Abziehbild von Mister Saubermann daneben. Dabei konnte Hans nur schlecht wegkommen.

Diesmal war er derjenige, der einfach loslief. Es dauerte exakt sechshundertzwei Schritte, bis Bloem zu ihm aufschloss.

»Danke!«, sagte Hans.

»Wofür?«, gab sie zurück.

»Dass du ehrlich zu mir warst. Ich schätze, du hast das noch nicht allzu oft erzählt.«

»Noch nie.«

Er blieb stehen. »Aber was ist mit Dr. Saubermann? Ich denke, du und er ...« Auszusprechen, dass sie ein Paar waren, widerstrebte Hans plötzlich.

»Ich weiß nicht, wie er darüber denkt, dass ich aus ... aus so einer kaputten Familie komme.«

Kaputte Familie? Das war ja wohl etwas harsch. Hans wollte nachhaken, doch dann begriff er. »Du hast mir nicht alles erzählt.«

Wieder richtete Bloem ihren Blick aufs Meer. Dank der fortschreitenden Dämmerung und der düsteren Wolken über ihren Köpfen wirkte es beinahe grau.

»Das war alles, was du wissen musst. Du hast eine Erklärung verdient, weil ich weiß, ich war unfair. Vom ersten Augenblick an. Aber das sitzt so tief ... Alles, was mich an meinen Vater erinnert, tut weh.«

Hans widerstand dem Drang, sie in den Arm zu nehmen. »Glaubst du, eine anständige Portion Fritten und eine große Schüssel Vla zum Nachtisch könnten helfen?«

»Hm, bekomme ich dazu eine Frikandel?«

»Sogar Spezial!«

»Du bist wirklich ein Frauenversteher.«

»Und du leicht bestechlich. Aber das gefällt mir. Ich hatte schon gefürchtet, ich müsste mir ein Bein ausreißen, damit du wieder lachst. So gefällst du mir nämlich am besten, Blümchen.«

Er sah, wie sie zusammenzuckte.

Aber Hans ruderte nicht zurück. »In Gedanken streite ich ziemlich viel mit dir – und dabei nenne ich dich Blümchen. Nicht, um dich hochzunehmen oder zu ärgern, sondern weil ich finde, dass es passt.« Er stupste leicht mit dem Ellbogen in ihre Seite. »Klingt nicht so hart wie: Du spinnst, Bloem.«

Langsam fanden sie wieder in ihren Rhythmus und liefen weiter. »Mein Vater hat mich so genannt.«

»Ja, das hast du vorhin gesagt. Und ich nenne dich so.« Hans rechnete damit, dass sie ihm das ausreden würde, jetzt, wo er ihre Geschichte kannte und sie es begründen konnte. Doch sie nickte nur.

Durchgefroren, mit vom Wind geröteten Wangen erreichten sie schließlich Jules Bar. Hans war erstaunt, sie hinter dem Tresen zu sehen.

»Sollte nicht eigentlich deine Geheimwaffe Huub die Spätschicht haben?«

»Hat er auch. Aber er hat sich die Windpocken eingefangen.« Sie verdrehte die Augen. »Frag nicht. Anscheinend ist das bei Erwachsenen eine überaus schwerwiegende Krankheit mit Schmerzen und hohem Fieber. Der arme Kerl fällt noch mindestens eine Woche aus.«

»Sollen wir dir helfen?« Hans sah sich um. Die Bar war noch immer ziemlich voll. Es hätte ihm nichts ausgemacht, den Kellner zu spielen. Nur wollte er Bloem nach diesem Gespräch nicht mit einer Portion Fritten in die Ecke verfrachten.

Jule, die ein gutes Gespür für Stimmungen besaß, ließ den Blick zum Blümchen wandern. »Du hast zu tun, schätze ich. Außerdem sind Solveig und Kenny da, um zu helfen. Also verschwinde. Und gib mir vorher deine Bestellung.«

Hans tat es und ging zu Bloem, die in einem schaukelnden Sessel saß und mit einem Lächeln auf den Lippen hinaus in die Dunkelheit sah.

Plötzlich wünschte er, sie könnten zurück zu diesem Spielerischen. Der Ebene, auf der er nichts über sie wusste und sie nach Herzenslust hochnahm – und in der sie ihn auf Abstand hielt.

7. KAPITEL

Bloem riss langsam der Geduldsfaden. Seit Jahren hatten sie kaum ein Wort über ihren Vater verloren. Jetzt war er plötzlich überall. Nicht in Persona. Tatsächlich hatte Bloem keine Ahnung, wo Georg sich herumtrieb. Aber jeder schien über ihn reden zu wollen. Nun also ihre Mutter, die sie gebeten hatte, zu Kaffee und Kuchen auf den Apfelhof zu kommen, und nun über sie herfiel.

Bloem bemühte sich, zu ihrer alten Ausgeglichenheit zurückzufinden. In letzter Zeit fiel ihr das immer schwerer, was verwirrend war. »Wie kommst du auf die Idee, dass ich Kontakt zu ihm will?«

»Weil er angerufen hat.« Carin Bosman nahm sie ins Visier. Dazu verschränkte sie die Arme vor der Brust, als müsste sie sich vor einem Angriff wappnen.

So ein Unfug. »Wenn er angerufen hat, muss er doch etwas gesagt haben.«

»Ja, dass er dich sprechen will.« Auf dem schönen Gesicht ihrer Mutter zeigten sich tiefe Kummerfalten.

»Und warum?«

»Das weiß ich doch nicht. Er hat gemeint, dass du dich melden sollst.«

Bloem zuckte die Achseln. Langsam wurde es ihr zu viel. Sie kam momentan mit ihren eigenen Gefühlen kaum klar. Wie sollte sie diesem Wahnsinn gewachsen sein? Das hier war so dünnes Eis, dass sie es im Geiste knacken hörte. Ein falscher Schritt, ein unbedachtes Wort und sie war geliefert.

»Okay, du hast es mir ausgerichtet.« Bloem fand, dass man in diese Worte nichts hineininterpretieren konnte. Es klang desinteressiert und unverbindlich.

Nur impliziertes es für ihre Mutter nicht genug Distanz. »Also hast du seine Nummer!« Keine Frage, eine Feststellung.

»Natürlich nicht. Wie kommst du darauf?«, begehrte Bloem auf.

»Du hast nicht nach seiner Nummer gefragt. Also wirst du sie wohl haben.«

Es wurde immer verrückter. »Mama, ich habe nicht gefragt, weil ich ihn nicht sprechen will.«

»Aber er hat gesagt, du sollst dich melden. Da muss er ja wohl davon ausgehen, dass du ...«

»Nein!« Bloem rang die Hände zur Decke, überrascht von ihrem eigenen, harschen Ton. »War die Nummer auf deinem Display zu sehen?«

»Also soll ich sie dir jetzt doch geben!« Ein triumphierendes Funkeln trat in Carins Augen. Endlich saß die Missetäterin in der Falle.

Zumindest fast. »Wenn du seine Nummer gesehen hast, geht er wohl davon aus, dass du sie mir gibst. Ist aber nicht nötig, weil – ich wiederhole– ich null Bedarf habe.« Kaum war es heraus, wusste Bloem, dass es eine Lüge war. Eine so faustdicke, dass ihr Magen zu grummeln begann.

In ihrem Erwachsenenleben besaß Georg vielleicht nicht mehr die gleiche Zauberkraft wie in ihrer Kindheit. Aber sie hatte nie aufgehört, ihn zu vermissen. Und dieser Drang, der verzweifelte, von Sehnsucht getriebene Wunsch zu hören, dass es ihm genauso ging, war ihr ständiger Begleiter.

Sie musste raus hier. Flugs griff sie sich ihre Tasche von der Stuhllehne, drückte ihrer Mutter einen Kuss auf die Schläfe und hastete zur Tür.

Sie wollte weg sein, ehe ihre Großmutter etwas von diesem Drama mitbekam, denn Fanny Bosman hatte Bloems Vater nie vergeben. Wenn sie hörte, dass er – wenn auch nur telefonisch – wiederaufgetaucht war, würde sie mordsmäßig schimpfen.

Carins selbstsichere Miene bekam Risse. »Jetzt warte doch. Ich muss wissen, ob du morgen kommst und uns bei der Ernte hilfst. Ein paar Sorten müssen dringend vom Baum und Thijs ...« Carin brach ab und ballte die Hände zu Fäusten.

Aber sie musste auch gar nicht weiterreden, denn Bloem wusste, wie es um ihren Großvater stand. Hetzte man ihn eine Leiter hoch, konnte es gut passieren, dass er oben ankam und nicht mehr wusste, was er da eigentlich sollte.

»Ich komme. Und ich bringe Rouven mit. Er hat sich das Wochenende extra freigehalten, um mit anzufassen.«

Endlich lächelte ihre Mutter wieder. Das tat sie viel zu selten. Dabei ließ es sie um Jahre jünger wirken. Es hatte eine Zeit gegeben, da hatte Bloem ihr geraten, Georg endlich loszulassen und sich umzusehen. Sechsundvierzig war nicht zu alt, um sich neu zu verlieben. Nur hatte ihre Mutter es nie gut aufgenommen.

»Halt deinen Rouven gut fest. So jemanden findest du kein zweites Mal.« Carins Lächeln explodierte förmlich. »Jede Wette, dass er sich kein Jahr Zeit lässt, um dich zu fragen. Du bist fast am Ziel.«

»Ich weiß, Mama.« Das tat sie wirklich. Nach einer langen Woche der Sendepause hatte sie Rouven vermisst wie die Luft zum Atmen. Als er endlich wieder aufgetaucht war, hatten sie sich ausgesprochen. Ein reinigendes Gewitter, nun wussten sie, wo sie standen – und was sie wollten.

Keine drolligen Streiche von Hans an der Gemüsetheke, keine Radfahrdemonstration vor ihrer Tür. Sie hatte ihm klipp und klar gesagt, dass er damit aufhören musste, weil sie sich auf Rouven konzentrieren wollte. Auf ihre Zukunft.

Als Bloem sich das im Auto vorsagte, klang es absolut vernünftig. Nur war da ein leises Stimmchen in ihrem Hinterkopf, das ihr einredete, sie vermisse Hans.

»So ein Blödsinn! Wir sehen uns fast jeden Tag.« Dass er nicht mehr mit drolligen Showeinlagen im Supermarkt auftrat, hieß noch lange nicht, dass er sie nicht auf andere Weise triezte.

Seine neue Waffe hieß Zucker: Trafen sie sich beim Tischverleiher, um das Mobiliar für Jules Hochzeitsessen auszuwählen, kramte er eine Tüte Gummibärchen hervor.

Bei der Wahl der Süßspeisen für das Kuchenbuffet hatte er sage und schreibe vierzehn Torten in die engere Wahl genommen – und Bloem von jeder einzelnen kosten lassen. Am nächsten Tag war er mit Eis erschienen, um über die Farben der Deko zu reden.

Es war Verrat, Bloem wusste das. Natürlich durfte jeder frei entscheiden, wie er sich ernährte. Aber Rouven sorgte sich um sie. Er wollte mit ihr alt werden und nicht dabei zusehen, wie sie ins Zuckerkoma fiel. Dass sie ihre Naschsucht vor ihm verheimlichte, war erbärmlich.

Sie war gespannt, was Hans heute auf Lager hatte. Da Jule ihnen vor drei Tagen eine Liste mit den Speisen gegeben hatte, die sie auf dem Hochzeitsbuffet anrichten wollte, konnten sie endlich den Wein auswählen. Hans würde sie gegen sieben mit dem Taxi abholen.

Apropos – sie wählte Rouvens Nummer.

»Hi Sweetie«, meldete er sich. »Ich bin noch in der Klinik. Da du mir den Abend freigegeben hast, kann ich ein paar Gutachten diktieren.« Seine Stimme klang seltsam gepresst.

»Du hörst dich an, als würdest du mit dem Kopf nach unten sprechen.«

»Sehr witzig. Ich krame in Aktenbergen. Vielleicht liegt es daran.«

»Du fehlst mir.«

»Hm ... du mir auch.« Er war wirklich nicht bei der Sache. Aber das kannte sie. Seine Arbeit war ihm heilig. Rief sie zur falschen Zeit an, hörte er nur mit halbem Ohr hin.

Bloem wollte gerade vorschlagen, ein paar Flaschen Wein mitzubringen, als ihr einfiel, dass Rouven nicht trank. Und wenn doch, dann alkoholfreien Biowein, den er von einem Gut in der Toskana bezog.

»Okay, dann lasse ich dich weiterarbeiten. Soll ich dich morgen früh zu Hause abholen?«

»Morgen?«, Rouven wirkte irritiert.

»Du hast gesagt, dass du beim Ernten hilfst«, erinnerte Bloem ihn.

Rouven fluchte leise. »Die Station ist voll, zwei Kollegen sind krank. Also habe ich mich für den Wochenenddienst gemeldet. Als Chef sollte ich mit gutem Beispiel vorangehen. Ich kann ja schlecht jemanden aus dem Urlaub zurückbeordern, weil ich Äpfel pflücken muss.«

Da war es schon wieder - Rouven ließ es klingen, als wäre die Ernte ihrer Mutter eine Art lästiges Hobby. Es mochte ja sein, dass Carin keine Leben rettete. Aber sie arbeitete hart. Dass Rouven das nicht sah, ärgerte sie. Aber sie mochte jetzt nicht streiten. Dazu war Bloem der wiedergewonnene Friede viel zu kostbar.

»Schon gut«, erklärte sie. »Meine Mutter wird es verstehen.« Begeistert, wie Carin von ihm war, würde sie das wahrscheinlich wirklich.

»Wie wäre es, wenn wir uns nach der Arbeit sehen? Ich kaufe ein. Aber rechne nicht vor fünf mit mir.« Dann hauchte er noch einen Kuss ins Telefon und die Leitung war tot.

Just in diesem Moment entdeckte Bloem einen Parkplatz genau vor ihrer Tür. »Als hätte Rouven es geahnt«, murmelte sie lächelnd und verfrachtete ihren Mini in die Lücke.

Sie öffnete die Tür, sprintete durch den langen Gang, wurde ihr Kleid los und schlüpfe in eine bequeme Leggings, dazu warf sie einen flauschigen Oversized Pullover über und kramte die

Booties aus dem Schrank. Langsam wurde es abends empfindlich kalt.

Nachdem Bloem sich das Haar locker aufgesteckt und frischen Lippenstift aufgetragen hatte, begutachtete sie ihr Spiegelbild. Es sah fremd aus, wie jedes Jahr zum Herbstbeginn, weil sie dann von Röcken auf Hosen umstieg. Sie wusste, dass es Hans gefiel.

»Und genau deshalb solltest du ein Kleid anziehen und dich nicht auch noch anmalen!«, machte ihre innere Stimme sich Luft.

Als es schellte, zuckte sie die Achseln. Das Timing war ja wohl ein Zeichen, nichts mehr zu ändern. Sie griff eine kleine Umhängetasche vom Garderobenhaken, warf Schlüssel und Portmonnaie hinein und hetzte nach draußen, um den Taxameter nicht übermäßig zu strapazieren.

Doch als sie aus dem Haus treten wollte, versperrte Hans ihr mit lässiger Pose den Weg. »Gut, dass du keins deiner schlagsahnigen Kleider trägst. Du würdest dir den Tod holen?«

»Schlagsahnig?«

»Du trägst Rüschen. In Rosa. Mehr Schlagsahne geht nicht.«

»Kann das denn nicht egal sein in einem Taxi?«

»Nicht ganz, um genau zu sein, fahren wir heute mit einer Taxi-Rikscha. Ha«, rief er triumphierend und wackelte mit den Brauen. »Ich wollte mich schon immer in so ein Ding setzen.«

Sie verdrehte die Augen. Das war doch albern. Rouven würde ihr so etwas niemals antun. »Willst du dich wie ein Tourist in Amsterdam fühlen?«

»Und wenn?«

»Dann ist es wahrscheinlich unhöflich, wenn wir den Mann wider wegschicken.«

»Zumal ich die ganze Fahrt schon bezahlt habe.«

Bloem seufzte. »Gut, dann übernehme ich die Rückfahrt. In einem Taxi mit Türen!«

»Soll mir recht sein. Solange wir loskommen. Ich habe da nämlich etwas arrangiert.« Er strahlte.

Gott, er war so anbetungswürdig schön, wenn er das tat. Dann endlich fiel ihr auf, was heute anders war. »Du hast dich rasiert.« Der Vollbart war einer stylischen Fünf-Tage-Rasur gewichen. Endlich konnte sie seine markante Kinnpartie nicht mehr nur erahnen.

»Es gefällt dir?«

»Was?« Wieso konnte er ihr jeden Gedanken vom Gesicht ablesen. Vor allem dann, wenn sie ihn lieber nicht wissen lassen wollte, was in ihr vorging. »Es ist ... jedenfalls nicht schlechter als vorher.«

»Also besser?«

»Das ... habe ich nicht gesagt. Können wir jetzt endlich einsteigen? Der Mann hat heute bestimmt noch etwas anderes zu tun«, erklärte Bloem.

Was der Rikscha-Fahrer, ein mageres Männlein um die dreißig, als Einladung verstand, sich am Gespräch zu beteiligen. »Hören Sie auf Ihre Freundin. Zeit ist Geld! Sonst müssen Sie nachzahlen. Mit oder ohne Bart.« Er lachte.

Hans seufzte. »Da ist das letzte Wort noch nicht gesprochen. Ich brenne darauf, deine Meinung zu hören. Schließlich weiß ich, wie pingelig du sein kannst.«

Er ließ ihr den Vortritt und rutschte dann neben Bloem auf die Bank.

»Dann bringen Sie das Blümchen und mich mal zum Weinhändler. Und tüchtig trampeln. Wir sind spät dran.«

Bloem knuffte Hans den Arm in die Seite. »Sei nicht so unhöflich. Der Händler hat gesagt, dass er bis halb neun da ist.«

»Da wusste er auch noch nichts von meiner Überraschung.«

Noch eine Überraschung? Dabei reichte ihr die ihres Vaters für eine ganze Woche.

Bloem rutsche an den äußeren Rand der Bank und spähte unter dem seltsamen Vordach hinaus in die Dämmerung. Dabei hing sie in Gedanken dem Gespräch mit ihrer Mutter nach. Ihrer schönen, traurigen, einsamen Mutter, die vermutlich gerade zu Hause saß und überlegte, wie sie Georg zurückgewinnen konnte. Es war verrückt. In den letzten fünf Jahren im Bus hatten sie nur gestritten. Nach der Trennung hatte Georg sich gar nicht mehr gemeldet.

Trotzdem konnte Carin ihn nicht vergessen. Mehr noch, damals war sie vor Sehnsucht regelrecht krank geworden. Bloem hatte es früh begreifen müssen. Liebeskummer konnte einen Menschen ebenso lähmen wie eine handfeste Depression. Bloem erinnerte sich, als wäre es gestern gewesen, wie das geendet hatte.

Heute, zehn Jahre nach ihrem letzten wirklich schlimmen Zusammenbruch, hatte Carin sich im Griff. Aber jede noch so kleine Nachricht von Georg gab ihrer hoffnungslosen Liebe Nahrung. Und wenn sie nur eine Ankündigung für einen Auftritt seiner Band im Netz fand.

Zugegeben, vorhin hatte Bloem nur weggewollt. Aber jetzt fühlte sie sich schlecht deswegen. Carin war aufgewühlt. Das war nie gut. Und Bloems Großmutter war zu alt, um sie diesem Wahnsinn auszusetzen – mal abgesehen davon, dass Fanny sich aufopferungsvoll um Thijs und seinen schwindenden Verstand sorgte und damit ausgelastet war.

»Was ist los, Blümchen?« Hans sah sie unverwandt von der Seite an.

Sie unterdrückte den Impuls, ihm zu sagen, dass alles okay war. Er hatte ein gutes Gespür für Stimmungen und würde ihr ohnehin nicht glauben. Also sagte sie ihm, was sie beschäftigte. »Können wir zurück tatsächlich ein richtiges Taxi nehmen, oder fahren wir auch mit diesem Vehikel zurück?«

»Nein, das war mein Ernst. Ich dachte, wir lassen ihm Zeit, seine Waden zu pflegen.«

»Zu freundlich«, schallte es prompt von vorne.

»Keine Ursache!«, rief Hans, ehe er sich wieder Bloem widmete. »Was ist los?«

»Es ist nichts«, sagte sie reflexhaft, so sehr war sie daran gewöhnt, das Dilemma ihrer Eltern anderen gegenüber kleinzureden. Aber Hans wusste, was passiert war. Mit ihm konnte sie offen reden. Das zu wissen, tat so unendlich gut, dass sie vor lauter Erleichterung kurz die Augen schloss. Dann neigte sie den Kopf in seine Richtung. »Mein Vater hat sich aus heiterem Himmel bei Carin gemeldet. Ich fürchte, meiner Mutter tut das nicht gut. Es wäre schön, wenn wir später kurz auf unserem Hof vorbeischauen könnten. Nur, damit ich sicher sein kann, dass sie okay ist.«

Hans‘ Blick wurde mitfühlend. »Wir können die Weinprobe auch verschieben und jetzt gleich hinfahren«, bot er an.

Aber das war Bloem nicht recht. »Jule vertraut uns so sehr. Schon dass wir alles allein aussuchen dürfen, zeigt doch, dass ihr das Wasser gerade bis zum Hals steht. Wir können sie nicht enttäuschen.«

Außerdem war da noch Rouven, der nicht begeistert wäre, das Weinthema erneut durchzukauen. Er hatte arge Bedenken geäußert, sie könne gepanschtes Zeug erwischen. Und das würde er wieder tun, wenn sie die Probe verschoben. Also musste sie den Alkoholexzess heute hinter ich bringen.

»Dann bleibt es bei unserem Ziel?«, der Fahrer japste.

»Und wie!«, gab Hans flapsig zurück. »Macht auch nichts, wenn's schnell geht.«

»Ihre Nerven ...« Den Rest des Satzes nuschelte der Mann so leise in seinen Bart, dass sie ihn nicht hörten.

Bloem sah hinaus. Es war seltsam. Sie kannte das Städtchen wie ihre Westentasche. Aber so langsam war sie noch nie herumkutschiert worden. Eine völlig neue Perspektive. Und sie gefiel ihr. Wäre sie eine Touristin. Sie würde sich vom Fleck weg in ihre charmante kleine Heimatstadt verlieben.

»Was überlegst du, Blümchen?«, wollte Hans wissen.

»Dass es hier schön ist. Ich mag es, den Ort neu zu sehen.«

»Du fährst Fahrrad.«

»Du meinst wegen der Geschwindigkeit? Stimmt. Aber beim Radeln konzentriere ich mich auf den Verkehr. Gerade komme ich mir vor wie eine Touristin, die alles zum ersten Mal sieht.«

Er lachte leise. »Also war meine Idee doch nicht so schlecht?«

Was war das denn? Fischte er nach Komplimenten? Als hätte er das nötig.

Nur ließ Hans nicht locker und knuffte sie schon wieder in ihre Seite.

»Sag mal, geht's noch? Immer die gleiche Stelle. Wenn ich morgen aussehe, als hätte mich jemand für sein Sparring missbraucht, kannst du dich warm anziehen.«

»Du sollst mich loben. Ich bin gerade in Stimmung, es anzunehmen.«

»Okay: Du hattest eine großartige Idee.«

»Und?«

Sie seufzte. »Was denn noch?«

»Herrje, Blümchen, wo hast du gelernt, Komplimente zu machen. Das Lob war die Pflicht. Für die Kür könntest du dir etwas – Achtung, Wortwitz - Blumigeres einfallen lassen. Dass du dir keinen angenehmeren Sitznachbarn vorstellen kannst. Oder dass du mit mir bis ans Ende der Welt fahren würdest ...«

»Nicht heute Abend!«, kam es rigoros von vorn, ehe der Mann wieder in Keuchen ausbrach.

Herrje, mittlerweile klang er wie ein Walross. Wenn er bloß nicht auf dem Sattel kollabierte.

»Du bekommst keine Kür. Wir sind nämlich da.«

Hans seufzte. »Also gut, betrinken wir uns!«

Gemeinsam betraten sie die Weinscheune, in der ein Fass bereitstand, das mit Kerzen und einer Decke hübsch eingedeckt war. Außerdem stand da ein ... Moment. Sie war schon mehrmals zu Weinproben hier gewesen, aber noch nie hatte es so etwas gegeben. »Seit wann servieren sie hier Pizza?«

»Hatte ich's nicht gesagt?« Hans hob die Hände auf Ohrhöhe und wedelte damit wie ein Showgirl anno 1950. »Überraschung! Das ist die Grundlage für unser kleines Besäufnis.«

Sie holte tief Luft. »Bei dir klingt es, als wollten wir uns unter den Tisch trinken.«

»Klar tun wir das. Es ist gratis, wenn wir anschließend etwas bestellen.« Hans hatte so viel Spaß an seiner bestechenden Logik, dass er von einem Ohr zum anderen grinste.«

Aber war sie besser? Sie wusste, wie viele Kalorien und ungesundes Weißmehl und ungesättigte Fettsäuren und wusste der Geier was noch alles Pizza enthielt. Und es war ihr sowas von egal. Sehnsüchtig schnupperte sie. Hm, geschmolzener Käse, Champignons, Salami und Mais. »Du bist unmöglich.«

»Sagt die Frau, die sich nicht im Griff hat.«

»Na hör mal, natürlich habe ich das. Ich will keine Pizza«, gab Bloem kühl zurück.

Was Hans quittierte, indem er an seinen Mundwinkel tippte.

Also gut, würde sie eben fragen, was das sollte, damit sie hier vorankamen. »Erklär mir deine Pantomime!«

Er strahlte. »Du hast da was, wenn mich nicht alles täuscht, ist es Sabber, weil du so gierig auf die Pizza bist.«

Warum? Warum immer sie? Sie wusste, sie hätte nicht fragen sollen. Trotzdem ging sie ihm seit Wochen bei jedem einzelnen seiner blöden Späße auf den Leim.

»Also gut, ich habe Heißhunger. Aber das ändert nichts daran, dass ich weiß, dass ich mich zurückhalten sollte.«

»Warum?«

»Du fragst mich ... Ich ... es ist ungesund.«

»Aber du lebst gesund. Du rauchst nicht. Du gehst mit dem Gesunddoktor laufen. Du isst sogar sein widerlich gesundes sein Hasenfutter. Du genehmigst dir selten Alkohol und Süßigkeiten nur, wenn ich sie dir unter die Nase halte. Was bitte soll an einem Stück Pizza verkehrt sein?« Als wollte Hans seinen Worten Nachdruck verleihen, griff er sich ein Stück und biss genüsslich ab.

Und er hatte recht. Wieder einmal. Wenn sie ein schlechtes Gewissen hatte, dann, weil sie nicht aus besserer Einsicht verzichtete, sondern weil sie Rouven sonst in den Rücken fiel. Nur konnte sie Hans das nicht sagen, ohne dass er wieder auf ihm herumhackte.

»Ich schlage dir einen Deal vor: Ich nehme mir ein Stück, wenn du es nicht länger kommentierst. Meine Ernährung. Meine Angelegenheit.«

»Wow, heute klingst du endlich mal wieder wie eine Frau, die weiß, was sie will. Deal!«

Tatsächlich brauchten sie nicht lange, um die benötigten Weine auszuwählen. Dazu ein Jahrgangschampagner, um mit dem Brautpaar anzustoßen. Ein guter Kornbrand für diejenigen, die sich am Hochzeitsbuffet überfressen hatten, und zwei gute Liköre. Bloem hatte an den Gläsern zwar nur genippt, trotzdem fühlte sie sich beschwipst.

»Wir haben es. Wie lange brauchen Sie, bis die Bestellung komplett ist?«, wandte Hans sich an den Händler und klärte die Formalitäten.

In der Zwischenzeit rief Bloem ein Taxi. Als sie sich zu ihm vor die Scheune gesellte, sah er sie ernst an.

»Wenn es dir nicht recht ist, dass ich mit zu deiner Mutter fahre, bestelle ich einen zweiten Wagen.«

»Was? Gott, nein, bei uns im Haus gehen die Leute ständig ein und aus. Meine Großeltern leben dort. Und natürlich gibt es einen Verwalter und ein paar Angestellte. Der Hof ist ziemlich groß. Allerdings ...« Bloem biss sich auf die Lippe. Sie wollte Hans nicht verletzten. Aber es musste gesagt werden. »Meine Mutter hat ... sie leidet unter Stimmungsschwankungen. Ziemlich heftig sogar. Deshalb wäre es schön, wenn du dich mit deinen Bemerkungen ein bisschen zurückhalten könntest.« Sie sah ihn an. Himmel, der Hut. Bloem tippte an ihre Schläfe. »Den musst du abnehmen. Versteck ihn hinter dem Rücken, wenn wir reingehen.«

»Du sorgst dich, dass ich sie ebenfalls an deinen Vater erinnere.«

Ja, das würde er. Ohne den Vollbart umso mehr. »Sag ihr bitte nicht, dass du Musiker bist. Wenn sie dich fragt, erzähl ihr ...« Sie hatte keine Ahnung, wofür Hans sich privat interessierte. Oder doch. »Sag ihr, dass du Autos restaurierst. Das ist super, denn damit kennt sie sich nicht aus. Also wird sie nicht fragen. Und du musst noch nicht einmal lügen.« All das war aus ihr hervorgesprudelt wie eine Fontäne. Sie war immer hektischer geworden, ohne eigentlich zu wissen, weshalb.

Erst als sie Hans verletzten Blick auffing, ging es ihr auf.

Sie ergriff zum ersten Mal aus Eigeninitiative seine Hand. Die Berührung traf sie wie ein Schlag. Seine Wärme war ... auf verwirrende Weise sinnlich. Sie ließ Bloem an tausend Dinge denken, die nicht das Geringste gemein hatten mit der Förmlichkeit und dem Trost eines einfachen Händedrucks.

Das traf sie so unvorbereitet, beinahe hätte sie vergessen, was sie eigentlich sagen wollte.

»Es liegt nicht daran, dass ich ein Problem damit habe, dass du ein arbeitsloser Musiker bist. Sie soll nur nicht an meinen Vater erinnert werden, weil sie auch nach all den Jahren nicht loslassen kann.«

Einen Moment ruhte sein Blick noch ernst und forschend auf ihrem Gesicht, dann entspannte Hans sich. Statt ihr seine Hand zu entziehen, strich er federleicht mit dem Daumen über ihren Handrücken.

Bloem zuckte zurück. Es war der hilflose Versuch, sich davon abzuhalten, es Hans gleich zu tun.

Das hier lief in die völlig falsche Richtung. Sie sollten nicht Händchenhalten und einander streicheln. Acht Wochen, eine klare Aufgabe. Mehr verband sie nicht. Und das würde es auch nie. Hans hatte es ihr gesagt. Länger als sechs Monate war er in den vergangenen Jahren an keinem Ort geblieben. Und das würde sich auch nicht ändern. Neulich hatte Bloem sein Geplänkel mit Jule aufgeschnappt, die ihn gefragt hatte, wohin es ihn von Amsterdam aus zog. Hans hatte geantwortet, er wisse es nicht, aber es spräche viel für die Vereinigten Staaten.

Bloem musste sich wirklich hüten, ihn den viel zitierten Schritt zu weit in ihr Leben machen zu lassen. Neue Stadt, neue Menschen. Hans würde zurechtkommen. Es war so leicht, sich an seine hemdsärmelig selbstbewusste Art und seine Späße zu gewöhnen, dass er überall Freunde finden würde. Noch ein paar Monate, dann würde er sie ebenso abhängen, wie Georg es mit ihrer Mutter getan hatte.

Nur einen feinen Unterschied gab es: Bloem war nicht in Hans verliebt.

8. KAPITEL

Hans schnappte seine Instrumente und die Notenmappe und verließ sein Büro. Er verspürte eine angenehme Aufregung, wie so häufig, seit er diesen Job hatte.

Ständig betrat er Neuland, gab Seminare, arbeitete mit Meisterschülern, leitete Klarinetten- und Saxofonensembles an und staunte immer wieder über die Vielseitigkeit seiner Lehrtätigkeit. Trotzdem kostete es ihn Kraft und Konzentration, denn er musste in diese Rolle hineinwachsen. Es war etwas völlig anderes, ob man in einem Orchester die erste Klarinette spielte oder einen Haufen Studenten unterrichtete.

Das Angebot des *Conservatoriums* hatte Hans überrascht. Aber es war ihm nicht ungelegen gekommen.

Hans‘ Spielzeit bei den Berliner Philharmonikern war gerade zu Ende gegangen. Er war noch unschlüssig gewesen, ob er anschließend zurück nach Paris oder zur Abwechslung einmal nach Wien gehen sollte. Beide Angebote hatten ihn interessiert. Aber innerlich hatte es ihn schon lange zurück an die Küste gezogen. Nur eine Sache gab es, die er mehr wollte: New York. Doch das hatte nicht zur Debatte gestanden.

Insofern hatte ihm die angebotene Lehrtätigkeit seiner alten Uni nicht nur geschmeichelt, sie hatte eine verlockende Alternative dargestellt. Er hing am *Conservatorium*. Und er liebte seine Musik. Also hatte er aus dem Bauch heraus entschieden. Wohlwissend, dass das Unterrichten ihm eine völlig neue Perspektive abverlangte.

Hatte er früher stundenlang an schwierigen Passagen getüftelt und Befriedigung verspürt, wenn er sich immer weiter verbesserte, brauchte er nun Geduld und statt der eigenen Fingerfertigkeit Worte, um seine Studierenden anzuleiten.

Hans hastete den langen Glaskorridor entlang, der zu den Unterrichtsräumen führte.

Ob ihm der Job gefiel? Ja.

Nur das Orchester fehlte ihm, dieser vollendete Organismus aus Tönen, Takt, Rücksichtnahme und Einklang, der sein Leben bestimmt hatte, seit Hans die Leidenschaft für die Musik mit sechs Jahren in einem Kinderorchester gepackt hatte.

Allerdings war er nicht so undankbar, zu übersehen, was er an der Uni im Gegenzug bekam. Es war großartig zu sehen, wie junge, talentierte Musiker sich entwickelten. Das verschaffte ihm tatsächlich Befriedigung.

Dann waren da die Freundschaft mit Jan und die Herzlichkeit, mit der Jule ihn willkommen geheißen hatte.

Und natürlich seine eigene Familie. Er hatte ihren Kontakt – gemessen an seiner Herumreiserei – immer für intensiv gehalten. Doch jetzt war er hier. Und das mit einer ganz anderen Wahrnehmung, als er sie bei seinem Wegzug mit zwanzig gehabt hatte. Hans erkannte, wie weit sie sich tatsächlich voneinander weg entwickelt hatten. Einander nah zu bleiben, bedingte wohl, nicht nur die Erfolge, sondern auch das Scheitern des anderen mitzuerleben. Ohne all diese Facetten kratzte man nur an der Oberfläche.

Besonders krumm nahm ihm das Lintje. Sie war die ganze Zeit hier gewesen. Ihre Eltern hatten das Drama ihrer Ehe hautnah miterlebt, während der erfolgreiche Hans für sie immer mehr zur Lichtgestalt geworden war. Klar, kein erwachsener Mensch rief seine Eltern aus Paris an, um ihnen zu sagen, dass er bei einem Vorspiel abgeblitzt war. Stattdessen hatten sie seine Hochs miterlebt, wenn er ihnen Karten für eine gloriose Premiere in der Pariser Oper geschickt hatte.

Aber nun, nach zehn Jahren des Herumtingelns, war er zurück. Mit Sorgen, Nöten, Problemen, die er ganz offen ansprach. Sie lernten einander neu kennen. Ging er wieder, wäre es wie vor seiner Rückkehr. Sie würden sich aus den Augen verlieren – und wieder darauf beschränken, die mitteilenswerten Highlights ihrer Leben per Videochat zu teilen.

Gerade bei Lintje täte ihm das leid. In den vergangenen Wochen hatte er viel mit seiner vier Jahre älteren Schwester geredet. Sie waren sich nähergekommen. Dank Jans Kontakten hatte er sogar eine Wohnung für Lintje und die Kinder in Aussicht. Etwas für Linni und damit auch für seine Eltern – die nicht wagten, zu sagen, dass sie ihr Schlafzimmer zurück wollten - tun zu können, gab ihm ein gutes Gefühl.

Mehr noch. Er war zurück am Meer. Seit er bei Jan wohnte, verging kein Tag, an dem er sich morgens nicht einen ausgiebigen Lauf am Strand gegönnt hatte. Die Hektik der Großstadt am

Tag, die träge, beruhigende Überschaubarkeit des Küstenstädtchens nach Feierabend – es war das Beste aus beiden Welten.

Und nun musste er schon wieder entscheiden, ob er bleiben oder gehen wollte. Die Direktion des *Conservatoriums* hatte Hans bereits wissen lassen, dass sie seinen Halbjahresvertrag verlängern wollte. Ein fester Lehrstuhl im Studiengang für Jazzmusik winkte ihm. Dazu ein hervorragendes Jahresgehalt nebst Zulagen. Lange Ferienzeiten, in denen er eigene Projekte vorantreiben konnte. Nicht zu vergessen seine alte Jazzband, die sich seit seiner Rückkehr an jedem Sonntag traf und besser harmonierte als je zuvor. Er musste nur den Vertrag unterschreiben und sagen, dass er blieb. Und dass er seinen Traum von New York endgültig begrub. Hans wusste nicht, ob er dazu bereit war.

Er hatte seine Klasse eben erreicht, als das Handy in seiner Hosentasche zu vibrieren begann. Hans kickte die Tür auf, legte die flachen Koffer mit seinen Klarinetten auf den Schreibtisch, warf die Notenmappe dazu und nahm den Rucksack mit seinem kostbaren Tenorsaxofon vom Rücken.

»Fünf Minuten, Leute. Stellt euch auf Swing ein. Wir improvisieren.« Endlich fischte er das Handy aus der Tasche und ging wieder vor die Tür.

Gerechnet hatte er mit dem Blümchen – doch er bekam Jule.

»Hey, sag nicht, dass du die Hochzeit abbläst.«

Jule lachte. »Doch, das hatte ich eigentlich vor.«

»Tja, Pech gehabt. Du hast ein Kleid, einen Standesbeamten, die denkbar beste Location und mehr Mietstühle als ein Parteitag der Democraten. Du wirst heiraten. Zur Not mich.«

»Hm, gut, dass wir das geklärt haben. Dann kann ich ja zum zweiten Grund für meinen Anruf kommen: Wieso denkt Bloem, dass du arbeitslos bist?«

»Weil sie es glauben will.«

»Moment, ihr seht euch jeden Tag und du hattest keine Gelegenheit, mit ihr zu reden?«

Hans stöhnte. »Frag nicht. Anfangs hat sie kaum den Mund aufgekriegt. Als sie endlich in Plauderlaune war, haben wir unsere Gespräche auf die Hochzeit konzentriert. Stell es dir so vor. Ich hole sie um halb vier von der Schule ab, wir fahren zum Termin beim Floristen. Sie sucht etwas Überkandideltes aus. Ich rufe Veto. Dann einigen wir uns auf einen Kompromiss und ich setze sie zu Hause ab. Merkst du was? Ich komme in diesem Ablauf nicht vor. Also schätze ich, sie geht davon aus, dass ich morgens nach Amsterdam pendle, um in der Fußgängerzone Musik zu machen.«

»So wie du spielst? Du könntest reich werden.«

»Wieso geht jeder davon aus, dass man geldgeil wird, nur weil man ein Talent hat? Gegenfrage: Es gibt hübsche Frauen, die sich nicht im Rotlichtviertel anbieten – woran meinst du, liegt das?«

Jule seufzte. »Ist ja schon gut. Wir wissen, dass du Prinzipien hast. Alles, was ich sagen will, ist, dass ich nicht begreife, wieso jemand, der so hart für seinen Erfolg arbeitet, das nicht erzählt. Du kannst stolz auf dich sein. Bloem wäre stolz auf dich.«

Wäre sie das? Schon möglich. Aber hier ging es um seinen Stolz und der ließ nicht zu, dass Hans die Erfolgskarte ausspielte, um ansehensmäßig mit dem Kräuterdoktor auf einer Stufe zu stehen.

Das Blümchen sollte ihn mögen, weil er witzig war. Weil er sie so nahm, wie sie war, ohne sie mit albernem Vegankram und Verboten vollzustopfen. Und weil ihm für sie kein Scheiß zu albern oder peinlich war. Ihn als Menschen – und nicht den Mann, der gut verdiente.

Dabei kam ihm ein Gedanke. »Spannend, was redet ihr denn noch so über mich?«

»Wieso sollte ich das erzählen? Komm stattdessen einfach rüber, wenn wir uns das nächste Mal die Haare aufdrehen und die Nägel machen. Dann kannst du direkt mitreden«, nahm Jule ihn hoch. Denn tatsächlich war keine der Freundinnen der Typ für solche Treffen.

»Ich stelle fest: Wir haben ein klassisches Patt. Du bist verschwiegen. Ich bin es auch. Lass uns auflegen. Auf mich warten ein paar Swingimprovisationen.«

»Hey, nicht so hastig. Wieso sagst du ihr nicht einfach, dass sie falsch von dir denkt?«

»Ganz ehrlich? Ich weiß es nicht.«

»So, so.« Jule klang nicht, als glaubte sie ihm. »Heute Abend gibt es Burger mit meinen selbstgebackenen Parmesan-Oregano-Buns. Punkt sieben unten auf der Terrasse.«

»Hm ...« Hans tat, als müsste er ernsthaft überlegen. »Kriege ich zwei?«

»Jan ist in London. Er muss sich langsam um Investoren für sein neues Projekt bemühen, wenn die Finanzierung bis zum nächsten Sommer stehen soll. Du bist also als Grillmeister eingeplant. Da zweigst du schon was für dich ab. Wobei mir einfällt: Du gibst doch samstags nur diesen einen Kurs. Könntest du nach der Uni Bloem abholen? Dann muss ich die Kinder nicht ins Auto werfen. Sie ist auf dem Apfelhof. Ich bin nicht so richtig schlau aus ihrem Hilferuf geworden, irgendwas mit einem Traktor, der ihren Mini gerammt hat.«

Insgeheim fluchte Hans. Er hatte gestern Abend nach der Weinprobe das Vergnügen mit Carin Bosman gehabt. Oder sollte er sagen: Missvergnügen? Die Frau hatte ihn behandelt wie den Präsidenten einer Leprakolonie. Egal, was er gesagt hatte, sie war ihm ins Wort gefallen. Nicht, dass es ihn gestört hätte, sich immer wieder anzuhören, wie viel Glück ihre Tochter mit dem abwesenden Herrn Biodoktor hatte.

Wirklich verletzt hatte es ihn, zu sehen, wie Bloem immer kleiner geworden war. Geschrumpft zu einem angepassten, freundlichen Mäuschen, das es jedem recht machen wollte, war sie ihm völlig fremd erschienen.

Die Taxifahrt nach Hause hatten sie schweigend hinter sich gebracht. Und da bis Montag kein weiterer Termin in Sachen Hochzeitsplanung anstand, hatte Hans tatsächlich gehofft, sich am Wochenende zurücklehnen und dieses ganze Drama mit dem Blümchen, das in seinem Leben schon viel zu viel Raum einnahm, einfach ausblenden zu können.

»Was ist denn mit Rouven? Wieso holt er sie nicht ab?«

»Keine Ahnung. Vielleicht kontrolliert er seine Blutwerte und muss sich Körperfettmessungen unterziehen«, gab Jule cool zurück.

Das war neu. »Du magst ihn nicht.«

»Sagen wir, er wäre mir egal.«

»Aaaaber ...«, animierte Hans sie, zum Punkt zu kommen.

»Jetzt frag doch nicht so scheinheilig. Du siehst Bloem öfter als ich. Da kann dir nicht entgangen sein, dass Dr. Saubermann Gift für sie ist.«

Hans holte tief Luft, um seinen fliegenden Puls zu regulieren. »Hast du ihr das so gesagt?«

»Natürlich nicht. Anna und ich haben unsere Bedenken leise anklingen lassen, aber ... Bloem hält ihn nun mal für das Größte seit Erfindung der Wundertüte. Du weißt doch, wie das ist. Wenn dir Freunde in eine frische Beziehung reinquatschen, trennst du dich im Ernstfall nicht von der neuen Liebe, sondern von den Zweiflern. Wir dachten, bevor sie dichtmacht, versuchen wir es mit steten Tropfen.«

Hans nickte, auch wenn Jule es nicht sah. »Ich muss jetzt rein. Sonst findet der Kurs ohne mich statt.«

»Also holst du sie?«

»Was sonst?«

Als Hans am Nachmittag mit seinem Wagen auf den Apfelhof rollte, sah er die Bescherung gleich. Die komplette Fahrerseite von Bloems knallrotem Mini war eingedrückt. Sie selbst erwartete ihn schon und lehnte niedergeschlagen an der Motorhaube.

»Das wird teuer«, begrüßte Hans sie.

»Sag sowas nicht.«

»Na ja, du stehst ordnungsgemäß vor dem Haus, es dürfte als Betriebsunfall durchgehen.«

Ihre Miene hellte sich auf. »Meinst du? Auch wenn es sich um polnische Wanderarbeiter handelt, die nur auf Stundenbasis angestellt sind?«

Da war er überfragt. »Nimm dir besser einen Anwalt, der klärt das. Können wir dann los?«

»Klar.« Bloem wollte auf seinen Beifahrersitz klettern, doch da lagen die gestapelten Klarinettenkoffer. »Was ist das?«

»Instrumente.«

»Was denn? Ich dachte, du spielst Gitarre?«

Wenn er ihr jetzt sagte, dass sie ihn nie danach gefragt hatte, würde Hans verschnupft und kleinlich wirken. Überhaupt war die Stimmung zwischen ihnen nach dem gestrigen Abend verkrampft wie lange nicht.

»Ich spiele Verschiedenes. Und jetzt setz dich und nimm die Koffer auf den Schoß. Wenn ich es richtig verstanden habe, soll ich dich zu Hause absetzen?«

»Nein. Rouven hat sich gemeldet. Er bleibt über Nacht in der Klinik. Also komme ich mit zu Jule.«

Das war das Gegenteil von Abstand. Es war eine gottverdammte Überdosis. Und er wusste noch immer nicht, welche Version er auf seinen Beifahrersitz geladen hatte. Das angepasste Mäuschen? Oder die Frau, die auf dem besten Weg war, ihr Selbstbewusstsein zu entdecken?

Das Blümchen brachte Licht ins Dunkel, denn ausnahmsweise sprach sie ganz offen an, was sie umtrieb. »Wieso werde ich das Gefühl nicht los, etwas falsch gemacht zu haben? Seit der Weinprobe benimmst du dich, als wäre ich eine absolute Zumutung.«

»Quatsch, das bildest du dir ...«, schlüpfte es Hans über die Lippen. Dann brach er ab.

»Witzig. Vor ein paar Wochen hatten wir ein Ähnliches Gespräch. Da hast du mir geraten, dich nicht zu belügen. Fein, dass du es umgekehrt ebenfalls nicht tust.«

»Was?«, knurrte Hans einsilbig. Es klang, als müsste man ihn per Wort bezahlen, wenn man eine Antwort wollte. Und das ärgerte ihn.

»Na, du wolltest gerade sagen, dass ich mir das nur einbilde. Ich kann ja mal mutmaßen, wo das Problem liegt. Fangen wir an. Du behandelst mich seit gestern wie ein rohes Ei. Genaugenommen hat es angefangen, als wir bei meiner Mutter ankamen. Seither hast du dich immer mehr distanziert. Ergo: Es gefällt dir nicht, dass ich tue, was nötig ist, damit sie im Gleichgewicht bleibt.«

»Immerhin ist es dir bewusst.«

»Ich bin gern nett, aber nicht blöd. Nur weißt du im Gegensatz zu mir nicht, wie sie sein kann. Für sie bin ich der Schlüssel zu allem. Der Punkt ohne Wiederkehr. Wäre sie nicht schwanger geworden, hätte sie sich nicht so an meinen Vater geklammert. Dass ich sie ständig an ihn erinnere, macht es auch nicht besser. Also ja, ich passe mich ihr an. Denn wohin es führt, wenn ich frech und aufsässig bin, habe ich früh zu spüren bekommen.«

Irgendetwas schwang in ihren Worten mit. Eine Verletzung, die so tief saß, dass sie Bloem den Atem nahm. Der letzte Satz hatte so gepresst geklungen, dass er sie mitfühlend ansah.

»Was meinst du damit«, fragte Hans, als sie nicht von sich aus weiterredete.

»Nichts. Gar nichts!«

Hans erinnerte sich an ihr Gespräch am Strand. Da hatte es auch einen Punkt gegeben, an dem das Blümchen dichtgemacht und ihn ausgesperrt hatte. Vermutlich war das sogar gesund. Man konnte nicht jedermann in seine Seele schauen lassen. Und damit würde er sich jetzt zufriedengeben und aufhören, ihr Verhalten zu sezieren.

»Wir haben noch Zeit, bis Jule den Grill anwirft. Strand?«

»Nein. Zeig mir, was in deinen Instrumentenkoffern steckt.«

Ein hinterlistiges Grinsen breitete sich auf seinen Zügen aus. Was, wenn er Bloem ihr Vorurteil um die Ohren haute? »Vorschlag: Es sind nur noch wenige Touristen da, aber ich stelle mich in die Fußgängerzone, wenn du mit dem Hut rumgehst.«

»Das ist der Preis dafür, dass du dein Geheimnis lüftest? Oder gehst du davon aus, dass ich ablehne, weil ich mich geniere?«

»Wieso sollte ich das denken? Du selbst hast mir doch erzählt, dass du das als Kind gern gemacht hast.«

»Aber mein Vater war gut. Kannst du das auch von dir behaupten?«

»Tja, wenn du nicht einschlägst, wirst du es wohl nie erfahren. Also? Was ist nun? Bist du dabei?«

Sie biss sich auf die Lippe. Er wusste, worüber sie nachdachte. Noordwijk war ein kleines Städtchen und Bloem lebte hier. Sie kannte schon durch ihren Beruf viele Leute. Man würde sie erkennen.

»Was passiert mit dem Geld?«

»Das entscheidest du.«

»Dann ... von mir aus. Aber wir investieren es in Jules Hochzeit. Und da ich die Entscheidungsgewalt über das Geld habe, zieht dein Vetorecht nicht.«

Hm, das war clever. Und gefährlich. Das Blümchen gab sich zwar Mühe, ihre Euphorie im Zaum zu halten, aber es gab praktisch keine Entscheidung, bei der er sie nicht hatte herunterhandeln müssen von einer überkandidelten Wahl zum Normalmaß.

»Machen wir einen Kompromiss«, schlug er vor.

»Ha, ich tue praktisch seit Wochen nichts anderes. Von der Märchenhochzeit zum Hoffest. Ich kenne mich selbst kaum wieder.« Bloem lachte dieses perlende, helle Lachen, das er so mochte.

»Der Kompromiss lautet: Ich darf meine Meinung sagen – und du denkst ernsthaft darüber nach, bevor du das Geld ausgibst.«

»Du bist dir anscheinend sehr sicher, dass etwas bei deinem Konzert herumkommt.«

Er sagte nichts, sondern lächelte stumm vor sich hin. Das Blümchen hatte ja keine Ahnung.

Aber die bekam sie. Beim Auspacken seines Saxofons, machte sie große Augen und schoss eine Spitze ab. »Die Dinger sind verdammt laut. Wenn du dich schon blamierst, willst du es auch richtig wissen. Stimmt's?«

Hans nahm es gleichmütig hin, befestigte das Blättchen am Mundstück, spielte eine kurze Tonfolge und justierte immer wieder nach, bis das Blättchen richtig saß. Dann zog er es fest und setzte zum ersten Stück an, ohne das Blümchen aus den Augen zu lassen.

Songbird von Kenny G. Ein Stück, das Hans nicht wirklich mochte, aber es war populär und darum ging es bei der Straßenmusik schließlich. Drei Takte lang hielt sie es aus. Dann kniff sie die Augen fest zu.

Ganz richtig, Blümchen, bevor du das nächste Mal jemanden als obdachlosen Penner abstempelst, solltest du fragen, womit er sein Geld verdient.

Immer mehr Leute blieben stehen. Er ersparte ihnen avantgardistische Jazzinterpretationen und hielt sich an solide, bekannte Titel von Kenny G. und spielte ein paar Musicalhits und dazu Filmmusiken. Einiges musste er improvisieren und aus dem Gedächtnis spielen. Mainstream war nicht Hans‘ Ding. Trotzdem war er zufrieden mit sich – und die Leute auch. Als Hans nach einer halben Stunde aufhörte, standen die Passanten dicht gedrängt um ihn herum. Alle Tische vor dem nahegelegenen Eiscafé waren belegt. Trotzdem sah er Gant und Wim sofort, denn seine Neffen stürmten auf ihn zu.

Sie waren gerade mit ihrer Begrüßungsarie fertig, als Lintje sich zu ihnen gesellte.

»Ich wusste gar nicht, dass du dich wieder auf die Straße stellst.«

»Sagen wir, ich habe es seit einer Ewigkeit nicht gemacht. Früher habe ich es geliebt. Entweder du bist gut, dann verdienst du auch gutes Geld. Oder du sammelst deinen Hut ein und übst besser daheim weiter.«

Lintje hob die Brauen. »Ich sehe deinen Hut nicht.«

Hans konnte sich das Lächeln nicht verkneifen. »Stimmt auffallend. Jetzt habe ich nämlich eine Assistentin.« Er deutete auf das Blümchen, das durch die Reihen ging und Geld sammelte.

Woraufhin Lintje ihn fragend ansah. »Wie in aller Welt kommt Frau Bosman dazu, mit deinem Hut zu betteln?«

»Sie bettelt nicht. Ich habe gespielt. Sie kassiert meinen Lohn. Und da der Erlös für eine Hochzeit bestimmt ist, tut sie sogar noch ein gutes Werk. Was ich aber viel interessanter finde ist die Frage, woher du sie kennst.«

»Sie war eine von Wims Vorschullehrerinnen und hat sich damals sehr um ihn bemüht. Aber als das Scheidungsdrama losging, wurde es ...« Sie warf dem Sechsjährigen einen raschen Blick zu. »Sagen wir, er hatte Probleme. Es war besser, die Schule zu wechseln, weil es ein paar heftige Raufereien gab, die ihm lange nachhingen.«

Davon hatte seine Schwester bisher nichts erzählt. Aber in Wims Gegenwart mochte er das nicht vertiefen. »Hast du Jan wegen der Wohnung angerufen?«, wechselte Hans das Thema.

»Habe ich.«

»Und? Muss ich dir etwa jedes Wort einzeln aus der Nase ziehen?«

»Wieder sah sie zu Wim, der begehrlich zu der Eisdiele gegenüber schaute.«

Hans fischte ein paar Münzen aus seiner Jeans. »Jeder eine Kugel. Und ihr kommt ohne Umwege zurück«, erklärte er gespielt streng.

Kaum waren sie weg, plapperte Linni auch schon los. »Dein Freund hat sich für mich eingesetzt. Wir kriegen die Wohnung. Aber ich muss die Kaution zahlen. Und es ist keine Küche drin, was bedeutet, dass ich auf einen Schlag eine ziemliche Summe brauche.«

Hans nannte ihr eine Zahl, die Lintje leise pfeifen ließ.

»Du bekommst es zurück.«

Nein, würde er nicht. Aber das war okay. Ihre Eltern hatten seit seiner Kindheit viel Geld für Instrumente und seinen Musikunterricht hingelegt. Er schuldete ihr etwas.

»Mach dir mal keinen Kopf.«

Lintje nickte in Bloems Richtung. »Wozu auch? Wenn du in Not bist, stellst du dich einfach auf den erstbesten Platz und bist nach einer halben Stunde saniert.« Sie schluckte. »Aber ernsthaft, ich weiß wirklich zu schätzen, dass du mir hilfst.«

Hans fiel etwas ein. »Unter einer Bedingung. Du springst über deinen Schatten und organisierst einen Transporter. Morgen ist Sonntag, da hat Luuk frei. Wir fahren zu ihm und klären ein paar ganz elementare Dinge. Angefangen bei meiner Kiteausrüstung bis hin zu der Frage, wie es finanziell für euch weitergehen soll.«

Lintje blies die Backen auf. Doch ehe sie protestieren konnte, kamen die Jungs zurück und mit ihnen Bloem.

»Blümchen. Darf ich dir meine Schwester vorstellen?«

Bloem lächelte. »Wir kennen uns. Und Wim kenne ich auch. Aber dich noch nicht, junger Mann.«

Gant zog sich verschämt zurück, weswegen Lintjes antwortete. »Tut mir leid. Zu Hause steht sein Mund nicht still, aber Fremden gegenüber ist er momentan ein wenig reserviert.«

»Besser so, als wenn er Fremden gegenüber zu vertrauensselig ist.« Das Blümchen sah Hans an. »Wieso weiß ich nicht, dass du eine Schwester hast?«

»Du hast nicht gefragt.«

»Tja, zieh dich warm an. Nach diesem Tag habe ich mehr als nur eine Frage für dich.«

»Gott«, Lintje griff sich mit dramatischer Geste an die Brust. »Tun Sie das nicht. Er wird sie totquatschen mit seinen tollen Jobs und dem Kram aus der Uni. Er tut zwar, als würde es ihn nerven, hier festzuhängen. Aber heimlich liebt er es, seine Studenten zu quälen. Jede Wette, dass er sich zum Einstieg in den Job einen fetten, roten Edding besorgt hat, mit dem er ihre Hausarbeiten und Referate verschandelt.« Lintje brach in Gekicher aus.

Anstandshalber stimmte Bloem ein. Doch Hans entging ihre hochgezogene Braue nicht.

»Reichen die Einnahmen für ein Eis?«, wollte er wissen. Wenn sie genug Zucker intus hatte, war sie zahmer.

Doch diesmal schüttelte sie den Kopf. »Das Geld ist für einen guten Zweck. Du erinnerst dich: Hochzeit – Extras – vielleicht sogar ein paar luxuriöse Extravaganzen. Wir haben nämlich noch gar nicht über die Gastgeschenke geredet.«

Lintje verstand offenbar kein Wort. »Die Jungs sind am Strand verabredet. Wir wollen auch gar nicht länger stören.«

Bloem und Hans versicherten ihr, dass sie das nicht tat. Trotzdem sah Lintje zu, dass sie Land gewann.

»Feuer frei! Lass deine Fragen los.«

»Wieso hast du mich glauben lassen, dass du ein arbeitsloser Musiker bist?«

Hans lachte. »Bin ich jetzt für deine Vorurteile verantwortlich? Du hast dir das zusammengereimt und willst mich dafür verantwortlich machen.«

»Ich habe mich lächerlich gemacht. Was du gerade gemacht hast, ist kein Hobby und nichts, was du dir selbst beigebracht hast. Und was ist das mit dem Edding und den Studenten?«

»Eins nach dem anderen: Ich habe Musik und Klarinette studiert. Anschließend hatte ich Arrangements in ... so ziemlich jeder europäischen Großstadt. Momentan unterrichte ich in Amsterdam am *Conservatorium* in der Fachrichtung Jazz. Wie es danach weitergeht ...?« Er zuckte die Achseln.

»Daher weißt du, wie man Veranstaltungen plant?«

»Nicht ganz. Schließlich kümmern sich Orchestermusiker nicht um den Bühnenbau. Aber ich habe eine Band, mit der ich früher häufig aufgetreten bin. Woher man eine kleine Bühne und die nötige Ton- und Lichttechnik bekommt, weiß ich also. Für Jans und Jules Zwecke sollte es reichen. Apropos, falls das auch auf deiner langen Liste steht. Ich habe für die Hochzeit eine kleine Bühne und alles nötige Equipment reserviert.«

Er liebte es, wenn sie die Augen zusammenkniff – vor allem, weil sie tatsächlich Hoffnung zu haben schien, dass die Welt ihr dann eine Atempause gönnte.

»Wie sieht diese Bühne aus?«, presste sie hervor, ohne die Lider anzuheben.

»Sie ist schlicht. Ich wollte nämlich nicht riskieren, gegen irgendein ungeschriebenes Designgesetz zu verstoßen oder in den falschen Farben zu dekorieren. Das ist dein Job.«

Hans hatte zusammengepackt und dirigierte sie zum Auto.

9. KAPITEL

»Wow, ich würde töten, um so zu wohnen.« Mit anerkennendem Blick sah Lintje sich in Margrits Wohnung um.

»Dir auch ein fröhliches Hallo, Schwesterchen. Hast du die Kinder am Strand vergessen? Oder hattest du ein gutes Angebot pro Kopf und konntest nicht widerstehen?«

»Weder noch. Als wir angekommen sind, haben zwei Kinder im Garten gespielt. Frau Bosman war dabei und meinte, ich könnte die beiden ruhig bei ihr lassen, sie würde ein Auge auf sie haben.

Also war das Blümchen mit Jans Kindern im Garten – und nun auch mit seinen Neffen.

Hans hatte ein wenig Abstand gebraucht und war nach oben gegangen. Offiziell, um zu arbeiten. Tatsächlich lief er seit zwei Stunden Spurrillen in Margrits edles Parkett und überlegte, wie ihm das hatte passieren können.

Gut, er machte gern Späße und hatte nie ein Problem mit Frauen gehabt. Dem Blümchen näher zu kommen, war jedoch Schwerstarbeit gewesen. Er hatte sich ständig neue Dummheiten ausgedacht, um sie zum Lachen zu bringen. Und irgendwo auf diesem Weg zwischen verletztem männlichem Stolz, weil sie ihm die kalte Schulter zeigte, und ihrer sich langsam öffnenden Persönlichkeit musste es passiert sein.

Er war nicht interessiert oder ein bisschen verknallt. Es war schlimmer. Viel schlimmer. Bloem berührte etwas tief in seinem Innern, von dem er nicht geahnt hatte, dass er es in sich trug. Obwohl: Das war ihm jetzt zu verkitscht. Natürlich hatte er andere Frauen geliebt. Nur hatte es immer Grenzen und Haken gegeben. Sein Wissen, dass er weggehen würde. Seine Angst, jemand könne sich zu sehr an ihn klammern, ihm eine Verantwortung aufbürden, die er nicht wollte.

Und plötzlich war da der Wunsch, sesshaft zu werden. Nicht, weil ihn jemand überredete, sondern weil er spürte, angekommen zu sein. Und das nicht an einem Ort, sondern bei ihr, Bloem – die vergeben war. Hans Kehle wurde eng. Er musste aufhören, so an sie zu denk...

Lintjes Hand tauchte in seinem Blickfeld auf. Ein Daumen und ein Zeigfinger, die ein O formten, ehe seine Schwester empfindlich gegen seine Nase schnippte.

Hans‘ zuckte zurück. »Geht's noch? Wie alt bist du?«

»Älter als du. Und du kannst dankbar sein. Ich will dich nämlich nicht mehr an den Ohren hochheben. Dafür komme ich mit gutem Rat.«

»Rat?«

Lintje setzte ihr strahlendstes Lächeln auf. »Du bist verliehiebt! Ich seh's dir aa-haaan.«

Hans ließ sich in einen von Margrits schicken Designersesseln sinken. »Erstens: Dein Geträller ist waffenscheinpflichtig.

Sollte dich jemand für einen Chor verpflichten wollen, komm zu mir, ich schreibe dir ein Attest. Was den Inhalt des Geträllers angeht – halt dich da raus.« Seine Stimme war belegt. Er klang wie ein Bär, der sich nach endlosem Winterschlaf einsprach.

»Aber sie ist toll. Ehrlich. Jetzt, wo Wim nicht dabei ist, kann ich es ja erzählen. Während der Vorschulzeit hat er ein paar der kleineren Jungs ernstlich verletzt. Du weißt schon, den Ranzen an den Bändern gegriffen und ihn herumgeschleudert. Einem Jungen hat er dabei einen Zahn ausgeschlagen, einen anderen so unglücklich getroffen, dass er eine Gehirnerschütterung hatte. Das war ein Mordsaufstand. Ich musste beim Elternabend antreten und mir anhören, dass mein gestörtes Kind in der Schule einer psychotherapeutischen Einrichtung besser aufgehoben wäre.«

Hans war bestürzt. Er kannte Wim als einen pfiffigen, aufgeweckten Kerl, der für einen Sechsjährigen erstaunlich gelassen blieb, wenn er im Spiel mal verlor oder Lintje ihm etwas verbot. Aber wieso erzählte Lintje ihm das gerade jetzt?

»Worauf willst du hinaus?«

»Frau Bosman. Die war bei diesem Elternabend auch dabei und während die meisten Lehrerinnen sich weggeduckt haben, hat sie sich vor meinen Sohn gestellt.«

Er kapierte gar nichts mehr. »Wim war dabei?«

Lintje verdrehte die Augen. »Idiot! Natürlich war er nicht dabei. Ich meine das im übertragenen Sinne. Sie hat halt zu ihm gehalten. Sie fand seine Ausraster zwar auch bedenklich. Aber sie hat angeboten, ihn im Auge zu behalten und sich vor allem in den Pausenzeiten um ihn zu kümmern. Das rechne ich ihr hoch an.« Lintje ließ sich vor seinem Sessel im Schneidersitz nieder und verschränkte die Arme. »Und jetzt sagst du mir, warum sie bei dir so hoch im Kurs steht.«

»Ernsthaft?« Da gab es tausend Gründe und keinen. Sie war ... ein liebenswerter Mensch. Nur eben anders liebenswert, als die meisten Leute ahnten. Sie hatte Temperament, ohne damit durch die Welt zu poltern. Sie sah die kleinen Dinge. Sie opferte sich für ihre Freunde auf. Sie ... war vergeben.

»Lintje, sie ist mit jemandem zusammen.«

»Oh, das war Luuk auch. Und sieh dir an, wohin es geführt hat. Er ist jetzt nicht mehr mit mir zusammen – und er ist glücklich.«

Hans rieb sich über das Gesicht. »Ehrlich, Schwesterchen, das ist selbst für dich schräg. Du stellst den Mann, der dich betrogen hat, als leuchtendes Beispiel für eine geglückte Trennung hin?«

»Irgendwie ...« Sie sah zu den Terrassentüren. Draußen leuchtete der Himmel in einem strahlenden Blau. Nur wenige, ausgefranste Wolken trieben gemächlich über den Horizont. »Mit ein wenig Abstand sehe ich vieles anders. Luuk und ich haben uns schon lange nicht mehr gutgetan. Hätte ich die Kinder nicht gehabt und ein wenig mehr Zeit für mich – ich schätze, ich wäre auch ausgebrochen und hätte mir jemanden gesucht, der besser zu mir passt. Natürlich ist es schöner, wenn man sich erst trennt, die eine Sache gut zu Ende bringt und dann weiterzieht. Aber so spielt das Leben eben nicht. Nicht immer. Wenn man Kinder hat, geht es nicht mehr um den richtigen Zeitpunkt fürs Aufhören, sondern ums Funktionieren. Wenn ich ehrlich bin, habe ich mich seit Gants Geburt einen Scheiß um Luuk gekümmert. Seine Hemden waren gebügelt, das Essen stand pünktlich auf dem Tisch. Das war so ziemlich alles, was er von mir erwarten durfte. Insofern kann ich ihn mit ein bisschen Abstand sogar verstehen. Mir hat das Gefühl, für einen anderen Menschen wichtig und schön zu sein, auch gefehlt. Dass er das woanders gefunden hat, werfe ich ihm nicht vor. Wütend macht mich, dass er sich nicht um die Kinder kümmert und mir nicht wenigstens das auszahlt, was ich in das verdammte Haus gesteckt habe. Und ich ...« Ein verlegenes Lächeln spielte um ihre Mundwinkel. »... kann selber kaum glauben, dass ich dir gerade gesagt habe, dass ich ihn verstehe.« Der letzte Satz klang flapsig und nahm dem zuvor Gesagten die Schwere.

Hans erleichterte das, denn anscheinend begriff Lintje endlich, dass diese Art Gespräch definitiv nichts war, womit er sich wohlfühlte.

Er griff den einzigen, pragmatischen Punkt auf. »Das mit dem Auszahlen kannst du ihm morgen so sagen.«

Sie nagte an ihrer Unterlippe und sah wieder nach draußen. »Du willst das tatsächlich durchziehen und ihm die Pistole auf die Brust setzen?«

»So drastisch würde ich es nicht ausdrücken, aber im Prinzip ... Wir fahren hin und du erklärst ihm, dass du es für deine moralische Pflicht hältst, seine Geschäftspartner darüber aufzuklären, dass Luuks Firma keinen Gewinn macht und er – laut Büchern – alles andere als solide dasteht. Das dürfte viele abschrecken. Immerhin verwaltet er die Vermögenswerte seiner Klienten. Natürlich kann er es drauf ankommen lassen.«

»Oder?«

»Oder er legt offen, was er wirklich verdient, führt seine Bücher ab jetzt ordentlich, zahlt dich aus und kümmert sich um den Unterhalt und eine vernünftige Besuchsregelung für die Jungs.«

Lintje gestattete sich ein kurzes Lächeln, ehe sie wieder ernst wurde. »Ist das nicht Erpressung?«

Hans überlegte kurz. »Ich bin kein Jurist, aber ich schätze, es ist eher eine Grauzone. Du willst dir schließlich keinen Vorteil erschleichen, sondern lediglich das, was dir zusteht. Und natürlich meine Kiteausrüstung! Über die verhandeln wir zuallererst.«

»Du bist ein Kindskopf.«

»Hey, das Equipment hat über dreitausend Mäuse gekostet. Und ich soll es jemandem überlassen, der stümperhaft kitet und den ich nicht mal ausstehen kann? Ehrlich, Linni, wer ist hier kindisch?«

Hans sah, wie sie lächelte. Dabei sollten sie es bewenden lassen. Der morgige Tag würde anstrengend genug. Er würde Jule um den Schlüssel für den Transporter der Bar bitten. Wenn sie fertig waren, konnte er das Ding zum Dank volltanken und ihm die erste Waschanlagenfahrt des Jahres gönnen.

»Können Mama und Papa morgen früh die Jungs hüten?«

»Das ist kein Problem. Schwieriger wird es, wenn wir ausziehen und sie loslassen sollen. Ich habe mich noch nicht getraut, ihnen zu sagen, dass ich die Wohnung bekomme.«

»Klug von dir. So schonst du ihre Nerven, falls es doch nicht klappt. Unterschreib erst mal den Vertrag. Und jetzt«, er stand auf und bot ihr seine Hand an, um sie vom Boden hochzuziehen, »lass uns nach unten gehen. Ich habe Dienst am Grill.«

Sie richtete ihre Bluse und sah ihn verschmitzt an. »Das ist so ein Männerding, richtig?«

Hans nickte und dirigierte sie zur Wohnungstür. »Feuer, rohes Fleisch – wer käme da nicht ins Schwärmen?«

Auf dem Weg nach unten überlegte er, wie anders Bloems Leben verlaufen wäre, besäße ihre Mutter die gleiche Abgeklärtheit wie Lintje. Seine Schwester war gestolpert, hatte sich das Herz aufgeschürft und geweint – nun ging sie weiter. Und er war stolz, dass sie ihre Sache so gut machte. Soweit er es beurteilen konnte, hatten sich Wims Wutanfälle gelegt. Beide Neffen wirkten auf ihn zufrieden und ausgeglichen.

»Du machst das toll, Linni«, sagte er, nachdem sie die Außentreppe hinter sich gelassen hatten.

Und weil seine Schwester ihn stirnrunzelnd ansah, bekräftigte er seine Worte noch einmal: »Keine Phrase, ich meine das ganz ehrlich. Dass die Jungs dich haben, ist in diesem ganzen, verfahrenen Ehescheiß das größte Glück.«

Jule rührte bereits den dritten Dip an, während Bloem in der Terrassentür stand und mit einem Auge die Kinder im Blick behielt.

»Was ist mit den beiden Jungs? Essen sie mit uns?«

»Hans‘ Neffen? Keine Ahnung. Das musst du ihn fragen. Oder seine Schwester. Sofern ich Wim richtig verstanden habe, ist das kein geplanter Besuch, sie kamen vom Strand und wollten Hans kurz Hallo sagen.«

Jule zuckte die Achseln. »Also ja.«

Bloem blinzelte. Was hatte sie gesagt, dass darauf schließen ließ? »Äh ... dir ist klar, dass ich es nicht weiß.«

»Stell dir vor, du hast zwei Kinder und kommst nach einem langen Tag vom Strand. Hättest du Lust zu kochen?«

»Dein kombinatorisches Geschick ist wie immer unschlagbar.« Bloem sah zu den Kindern und lächelte, weil Anike die Jungs wie die Orgelpfeifen strammstehen ließ. Mit ihren hübschen blonden Locken und den großen blauen Kulleraugen wickelte sie jeden Erwachsenen um den Finger. Aber dass sie auch kleine Jungs im Griff hatte, war ihr neu.

Sie verstand nicht, wie Margrit immer wieder weggehen konnte. Wären das ihre Kinder, Bloem brächte es nicht über ihr Herz.

»Was sagt Margrit eigentlich dazu, dass ihr heiratet?«, wollte Bloem wissen. »Es muss doch schwer für sie sein, dass die Kinder dich ohne Zögern als Muttersatz angenommen haben.«

Jule schüttelte langsam den Kopf. »Sie fand es sehr okay. Sie merkt ja selbst, wie fordernd die beiden sind, wenn sie zu Besuch kommt. Und sie gibt offen zu, dass ihr das emotional schnell zu viel wird. Also haben wir ihren Segen. Nur adoptieren darf ich die beiden nicht. Das schließt sie kategorisch aus.«

»Und wie kommst du damit zurecht?«

Jule hackte Kräuter und wog den Kopf von links nach rechts. »Eine Adoption würde nichts ändern. Wir sind uns nahe und gehören zusammen. Und da ich bei der Hochzeit Jans Namen annehme, heißen wir demnächst auch alle gleich, so dass es nicht zu blöden Fragen kommt. Alles andere haben wir notariell geregelt.«

»Ihr habt was?« Bloem sah Jule irritiert an.

»Na, ich habe eine Vollmacht, um mit ihnen zum Arzt zu gehen. Oder um ihnen Medikamente zu verabreichen, wenn sie krank sind. Dürfte ich sonst alles nicht. Kurz: Alles, wozu ich sonst Margrits Zustimmung bräuchte, ist festgelegt. Das erleichtert uns das Leben ungemein.«

Bloem, in deren Klasse es einige Schüler mit alleinerziehenden Elternteilen gab, hatte noch nie so weit gedacht. Stand eine Klassenfahrt an, teilte sie die Einwilligungserklärungen aus und bekam sie – doppelt unterschrieben – zurück. Mehr hatte sie nie interessiert.

»Manchmal klingt es, als wärt ihr längst verheiratet.«

Jule lachte. »Schön wär's. Aber mal ernsthaft: Was passiert, wenn Jan morgen auf der Baustelle ein Ziegel auf den Kopf fällt? Gebe ich die Kinder dann ins Heim, bis Margrit Zeit findet, sie abzuholen?« Sie schüttelte den Kopf. »Das musste sein. Aber wo du es schon ansprichst? Was macht unsere Hochzeit?«

Bloem runzelte die Stirn. Eigentlich hatte sie geglaubt, Jule sei bestens im Bilde. »Erzählt Hans dir nichts? Ich meine, wo er schon hier wohnt ...«

Jule ließ das Messer sinken. »Wenn ich ihn frage, macht er sich einen Spaß daraus, mir zu erklären, dass du knallpinkfarbenen Tüll zur Basis deiner Deko gemacht hast. Passende Stuhlhussen, dazu Orchideen mit pink angesprühtem Schleierkraut. Wir kriegen rustikales Porzellan mit Jagdmotiv und statt mit seiner Band zu spielen, hast du auf einen schwitzenden, schnaufenden Alleinunterhalter mit einer Orgel bestanden. Einen mehrfarbig blinkenden Lichtschlauch als Bühnendeko hast du ihm angeblich umsonst aus dem Kreuz geleiert.« Sie hielt kurz inne. »Ach stimmt, ich darf mich ja darauf freuen, dich, Mia und Anna in pinkfarbenen Pailletten zu sehen.«

Ob dieser grauenvollen Aufzählung hatte Bloem reflexhaft die Augen geschlossen. Nun hob sie die Lider wieder und sah, wie genervt Jule war. Bloem brach in lautes Gelächter aus. »Das ist nicht fair.«

»Was?«

»Na, dass er dir all die schönen Details verraten hat. Dabei habe ich mir bei dieser geschmackvollen Auswahl so viel Mühe gegeben. Du ahnst nicht, wie viel Überzeugungsarbeit es mich gekostet hat, Mia in ...« Sie prustete, bis ihr die Tränen kamen. »Stell dir das vor: Mia in Pailletten. Und dann auch noch in Pink. Sie würde erst mich töten und dann dich, weil du mir freie Hand gelassen hast.«

Mittlerweile hatte Jule das Messer beiseitegelegt und hielt sich den Bauch vor Lachen. »Ernsthaft: Was kostet so ein Glitzerfummel. Wenn er nicht zu teuer ist, ist es mir den Spaß wert. Und noch einmal fünf Mäuse dafür, dass du hinfährst und ihr erklärst, dass sie ihn tragen muss.« Jule lachte sich schief. »Wenn du es schaffst, ein Video von diesem Moment zu drehen. Ist sogar noch mal ein Zehner drin.«

Bloem, die Mias Kleiderschrank kannte, der die volle Palette der Blau- und Grautöne aufwies, lachte noch lauter. »Daraus wird nichts, weil sie mich killt, bevor ich dir die Aufnahmen schicken kann. Aber was sagt es eigentlich über Hans aus, dass er sich das zusammenreimt?«

»Weiß nicht«, Jule griff erneut zum Messer. »Vielleicht, dass er einen heimlichen Fetisch für Youtube-Videos von Vegas-Hochzeiten hat.«

»Etwas Ähnliches habe ich ihm auch mal unterstellt.«

Jule sah auf. »Und was hat er dazu gemeint?«

»Dass er bei seiner Hochzeit sehr gern einen Friedensrichter im Elvis-Look hätte, weil der dem Ganzen eine schön ironische Note verleiht.«

»Daraus wird nichts«, Hans dunkles Timbre.

Wie auf Kommando erhoben sich die feinen Härchen in Bloems Nacken. »Du schleichst dich an.«

»Schleichen? Ihr habt so laut gekichert, dass eine Armee von Invasoren den Strand hätte in Besitz nehmen können, ohne das ihr etwas davon mitkriegt. Außerdem«, er streckte den Zeigefinger aus und deutete ganz ungeniert auf Bloem, »war das Hochverrat. Du hättest sehen sollen, wie schön verzweifelt Jule morgens über ihrem Kaffee gebrütet hat, weil ich ihr das in den schillerndsten Farben ausgemalt habe. Nur sie, Jan und Barbies Traumhochzeit.«

Jule wedelte mit dem Messer in der Luft herum. »Du elender Spinner. Kein Wort habe ich dir geglaubt. Wenn ich verzweifelt war, dann höchstens, weil ich dachte, dass du den Verstand verlierst.«

»Hast du nicht: ›Oh bitte, Hans, tu uns das nicht an. Stoppt das. Wir wollen es schlicht. Ich flehe dich an.‹«, imitierte er ihre Stimme. »Klingt dir das vertraut?«

Jule verzog den Mund. »Gut, ich gebe zu, dass du mich anfangs wirklich nervös gemacht hast. Aber du bist nicht so schwer zu durchschauen, wie du vielleicht denkst.«

Bloem, die still im Türrahmen stand, während Hans immer näherkam, sog seinen Duft in sich auf.

Ein Fehler. Bloem wusste ja, dass er gut roch. Schließlich waren sie oft genug in seinem engen Auto umhergefahren. Aber jetzt pferchte sie nichts zusammen. Sie standen freiwillig nah beieinander. Das verlieh dem Moment eine unerwartete Nähe. Und nichts, wirklich gar nichts in Bloems bisherigem Leben hatte sie darauf vorbereitet, dass der ureigene Duft eines Menschen, gepaart mit einem Aftershave aus Oud und Moos, sie derart aus der Bahn werfen könnte. Sie musste sich regelrecht zwingen, nicht wieder an ihm zu schnuppern.

Das war das Kreuz mit Hans. Neben ihm kam sie sich ... blass und unscheinbar vor. Wo Bloem eine Dimension fehlte, besaß er entschieden zu viele. Höhe mal Tiefe mal Breite plus Duft und Seele. Wer käme bei so viel Naturgewalt nicht aus dem Tritt?

Mit gesenktem Blick huschte sie durch die Küche in den Flur, wobei sie murmelte: »Ich bin ... gleich zurück.« Dann flüchtete sie in Richtung Bad und schlug die Tür so heftig hinter sich zu, dass der Knall in ihren Ohren widerhallte.

Wenn sie die Situation gestern mit ihrer Mutter für dünnes Eis gehalten hatte – was war das gerade dann bitte gewesen? Wenn sie so weiter machte, leckte sie Hans nächste Woche an, damit sie ihn behalten durfte. Wohlgemerkt Hans – nicht Rouven.

Das war auf so viele Arten verkehrt, dass sie gar nicht wusste, wo sie anfangen sollte.

Treue: Das hatten Rouven und sie sich doch geschworen. Und dazu gehörte auch, dass sie nicht wie ein gottverdammter Bluthund durch die Gegend lief und fremde Witterung aufnahm.

Ehrlichkeit: Das Thema war noch heikler, denn sie wusste ziemlich sicher, dass sie Rouven nicht wahrheitsgemäß antworten würde, wenn er sie fragte, ob sie Interesse an Hans hatte.

Und natürlich sollte sie über ihre Verwirrung nachdenken, denn die ritt sie gerade in Teufels Küche. Dabei war klar, dass aus ihr und Hans niemals etwas werden konnte. Er war gar nicht ihr Typ. Und er war auch nicht ernsthaft genug für eine Beziehung. Und selbst wenn die Punkte eins und zwei keine Ausschlusskriterien wären, sie hatte neulich ja selbst mitangehört, dass er Jule gegenüber von einer Zukunft in Amerika geredet hatte. Und damit hatte Hans nicht das beschauliche Amerika im deutschen Bundesstaat Sachsen gemeint, sondern die verdammten, zig Milliarden Kilometer entfernten Vereinigten Staaten.

Sich über so jemanden das Hirn zu zermartern, war Wahnsinn.

Wohin das führte, hatte sie doch erst gestern wieder sehr eindrucksvoll an ihrer Mutter gesehen. Ließ man sich auf so etwas ein, war man schnell reif für eine Therapie. Couch und medikamentöse Behandlung inklusive.

Bloem sah in den Spiegel und rieb sich über das Gesicht. Sie konnte jetzt unmöglich gehen, um daheim in Ruhe nachzudenken. Aber mehr als ein Burger war nicht drin. Danach brauchte sie Hans-Distanz – und eine ordentliche Dosis Rouven.

10. KAPITEL

Irgendetwas hatte sich beim Essen verschoben. Als hätte die Welt eine Vollbremsung hingelegt und die Dinge neu geordnet. Wo Hans sich normalerweise in Endlosschleife über sie amüsierte – vor allem, wenn sie Fleisch aß - ignorierte er sie nun. Er konzentrierte sich stur auf Lintje und ihre Kinder.

Im Gegenzug trank Bloem bereits das zweite Bier und redete allein mit Jule. Dabei tat sie, als wäre Hans gar nicht da. Was Quatsch war. Seine Präsenz war zu spüren, auch wenn sie ihn nicht sah. Das war so anstrengend, dass sie kaum erwarten konnte, endlich aufzubrechen.

Eine Stunde später war es so weit, Lintjes Kinder gähnten ohne Unterlass. Sie verabschiedete sich.

Bloem sprang ebenfalls auf. »Das ist dann wohl auch mein Stichwort.«

»Du willst schon gehen?« Jule schüttelte den Kopf. »Es ist neun Uhr. Hat dir der Herr Doktor jetzt auch noch feste Schlafenszeiten verordnet?«

Da war er wieder, dieser gereizte Unterton, wenn es um Rouven ging. Aber Bloem mochte nicht mit Jule streiten. Also überging sie es und schnappte ihre Tasche. »Das war ein langer

Tag. Ich bin schließlich nicht mehr ans Ernten gewöhnt. Rouven hat Bereitschaft und schläft in der Klinik. Wenn er morgen früh kommt, will ich fit sein.« Knapp verabschiedete Bloem sich von Hans, ein wenig herzlicher von Lintje. »Es tut mir wirklich leid, dass es für Wim bei uns an der Schule nicht gepasst hat. Aber er scheint seine Ausgeglichenheit wiedergewonnen zu haben. Das ist schön zu sehen.«

Lintje nickte und erzählte von seinen Fortschritten.

Aber Bloem hörte nur mit halbem Ohr hin. Ihre wahre Aufmerksamkeit galt Hans, der sich im Stuhl zurückgelehnt hatte und sie unverwandt ansah.

Es war verrückt, wenn er sie so ansah, fühlte sie sich ... richtig. Lebendig. Während sie sich bei Rouven pausenlos fragte, ob ihre Bluse knittrig war oder sie ihren Lippenstift nachziehen sollte, gab Hans ihr das Gefühl, dass sie nicht besser sein könnte.

Das musste aufhören. Es war unfair Rouven gegenüber. Und es tat ihr nicht gut. Wenn sie so weitermachte, sich auf diese seltsame Mischung aus Nähe und Neckereien einließ, würde sie sich darin verlieren. Und das, obwohl Hans durchs nichts signalisiert hatte, dass er ebenso über sie dachte.

Als Bloem fünf Minuten später das Gartentor hinter sich zuzog, spürte sie eine angenehme Benommenheit. Sie war nicht so beschwipst wie gestern nach der Weinprobe, aber doch deutlich angeheitert. Genau die richtige Stimmung, um Rouven anzurufen und ihn aufzuheitern.

Bloem lief rasch hinab ins Stadtzentrum. Daheim kickte sie die Schuhe von den Füßen, huschte ins Bad und warf anschließend ihr Schlafshirt über. Dann kuschelte sie sich unter die Decke und wählte seine Nummer.

Nach dem ersten Klingeln war er dran. »Hey Sweetie, ist es was Wichtiges?«

Sie hatte sich nicht überlegt, was sie sagen würde, aber er klang definitiv nicht, als wäre er in Stimmung für seichtes Geplänkel. Also schob sie den Unfall vor. »Mein Wagen ist von vorn bis hinten verbeult.«

»O, o, das klingt nicht gut. Was ist passiert?«

Bloem erzählte ihm von dem Crash, doch es fühlte sich falsch an. Viel lieber wollte sie diese kleinen Dinge von einem leeren Bett und vom Vermissen sagen. Nur war sie plötzlich unsicher, ob das in seinen Augen als wichtiges Thema durchging. Zumal er sich auf den Unfall einschoss.

»Das ist so typisch. Kommen in unser Land, nehmen unseren Leuten die Jobs weg, setzen sich großkotzig in einen Traktor, verursachen Schäden, die in die Tausende gehen, und ehe man einen Anwalt einschalten kann, sind sie wieder in Polen und du bleibst auf der Werkstattrechnung sitzen.« Er klang so aufgebracht, dass Bloem zusammenzuckte.

Noch mehr als der Ton entsetze sie der Tenor. Die Wanderarbeiter waren keine Schmarotzer, sie arbeiteten hart für ihr Geld. Einige kamen seit mehr als zehn Jahren zur Erntesaison auf den Hof ihrer Mutter. Sie stahlen auch niemandem den Job, sondern verrichteten Arbeiten, für die sich kein Einheimischer fand.

»Ich glaube, da täuschst du dich gewaltig. So sind sie nicht«, erklärte Bloem.

Dabei hatte sie mit sich zu kämpfen, um ruhig zu bleiben, weil diese unberechenbare Wut, die Hans in den Tiefen ihres Gefühlskosmos entdeckt und freigelegt hatte, in ihr zu brodeln begann.

Auf der anderen Seite war da dieser fragile Friede mit Rouven. Sie hatten sich doch eben erst wieder vertragen. Jetzt erneut zu streiten, widerstrebte ihr. Während sie darauf wartete, dass Rouven etwas sagte, wuchs in ihr der dringende Wunsch, er möge zurückrudern und diese blöden Vorurteile zurücknehmen.

Doch das tat er nicht. Stattdessen lachte er leise. »Ach Sweetie, du denkst einfach zu gut von den Menschen. Warten wir einfach ab, was euer Anwalt sagt. Du schaltest doch einen Anwalt ...« Er brach ab, weil irgendjemand etwas zu ihm sagte, das Bloem nicht verstand.

Als er weitersprach, klang er geschäftig. »Ich muss runter in die Notaufnahme. Morgen zum Frühstück bin ich bei dir.« Er hauchte einen Kuss in den Hörer. »Schlaf gut, Sweetie. Und träum von mir.«

Sie hauchte ebenfalls einen Kuss ins Telefon. Dann ließ sie es sinken. Nur wurde sie dieses Gespräch nicht los. Rouven sprach selten von Politik oder Wirtschaft. Tat er es doch, dann meist oberflächlich, wobei er einen jeder ist seines Glückes Schmied-Standpunkt vertrat. Unser Land. Unsere Jobs. So etwas hatte er noch nie gesagt. Und sie wünschte, er hätte es auch jetzt nicht getan.

Ruhelos lag sie da und wälzte sich von einer Seite auf die andere, bis der erlösende Schlaf endlich kam.

Als Bloem die Augen aufschlug, weil ihr der Duft von kräftigem Tee in die Nase waberte, sah sie direkt in Rouvens Augen. Verschmitzt lächelnd saß er auf der Bettkante und sah umwerfend aus.

Jedes seiner im zwei Wochen-Rhythmus gekürzten Haare lag, als wäre er ein Superstar, an dem Stylisten herumgezupft hatten. Dazu sein makelloses Hemd. Und natürlich war er frisch rasiert und duftete nach diesem schweren Aftershave, das Bloem anfangs gehasst hatte. Mittlerweile fand sie es okay.

Sie wollte nicht weiter darüber nachdenken, doch da spielte ihr Duftgedächtnis ihr einen Streich. Warme, leicht verschwitzte Männerhaut, Oud und Moos beschwor es herauf. Dazu sah sie Hans‘ unnachahmliches Lächeln vor sich und diesen stets hungrig-verschmitzten Blick, der Frauen unweigerlich an Sex denken ließ.

»Jetzt mach nicht so große Augen. Es ist schon nach elf, Schlafmütze. Raus aus den Federn.«

Bloem zwang sich, auf Rouven einzugehen. Was brachten ihr Träume von Hans? Er war real. Und er war nicht nur jetzt hier, er würde bleiben. Ein Anflug von Dankbarkeit überkam sie. Lächelnd setzte Bloem sich auf und schlang die Arme um seinen Hals. Sie wollte ihn küssen.

Doch Rouven zuckte zurück. »Mein Gott, hast du gestern etwa schon wieder Alkohol getrunken?« Er stand von der Bettkante auf.

Sie hasste es, weil er nun auf sie herabsah, als wäre er der Richter in einem mittelalterlichen Saal, der hoch oben thronte, während der Abzuurteilende auf dem Boden der Tatsachen weilte.

»Langsam glaube ich ernsthaft, dass Jule dir nicht guttut. Das gilt übrigens auch für Anna.«

»Aber ...«

Er hob gebieterisch die Hand, deutete dann auf die dampfende Teetasse. »Nein, lass gut sein. Trink deinen Tee. Ich kümmere mich ums Frühstück. Möchtest du Banane in dein Müsli? Sonst haben wir auch Himbeeren da.«

Sie war ärgerlich. Wirklich ärgerlich. Nicht ganz so wütend wie gestern, als er all diese widerlichen Dinge über die Saisonarbeiter gesagt hatte, aber nah dran.

Zu Lächeln war Schwerstarbeit. »Mir ist beides recht.«

Zufrieden nickend verließ er ihr Schlafzimmer.

Bloem ließ sich zurücksinken und zog das Kissen über ihren Kopf. Klar hatte er das Recht, ihr nach zwei Flaschen Bier zu sagen, dass sie schlecht roch. Zumal sie gestern beim Lesen eingeschlafen war und sich die Zähne nicht geputzt hatte. Doch man konnte das auch netter sagen – weniger demütigend.

Und wieso hackte er überhaupt auf Jule herum? Sie hatte ihr das Bier schließlich nicht eingeflößt. Mit schamroten Wangen trollte Bloem sich ins Bad, gönnte sich eine ausgiebige Dusche und anschließend eine Zahnpflege mit so viel von Rouvens Biominzmundwasser, dass sie den ätzenden Geschmack für den restlichen Tag nicht loswerden würde. Aber immerhin war sie die Fahne los.

Nach dem Frühstück rief sie ihre Mutter an. »Wenn du magst, sind wir gegen zwölf da und helfen mit.«

»Nett von dir, es anzubieten. Aber das wird nicht nötig sein. Wir sind gestern weit gekommen. Den Rest schaffen wir heute ohne euch.« Bloem beendete das Gespräch.

»Hast du gehört? Wir sind offiziell von der Landarbeit freigestellt«, erklärte sie gespielt übermütig. »Wie wäre es, wenn wir ein bisschen am Strand spazieren gehen?«

»Spazieren?«, Rouven hob die Brauen. »Ich würde lieber joggen. Ist auch gut für dich. Da schwitzt du den Restalkohol aus.«

Noch eine Spitze, die ihr Herz zusammenzucken ließ. Wieso taten seine kleinen Sticheleien ihr so weh? Hans neckte sie dauernd. Das steckte sie doch auch weg. Neuerdings lachte sie sogar darüber. Bloem kam es vor wie ein Ungleichgewicht auf der Waage. Je mehr sie Hans' charmante Lockerheit zuließ, umso weiter verschloss sie sich vor Rouven. Dabei meinte er es gut mit ihr. Herrje, er kümmerte sich um sie und sie hatte nichts Besseres zu tun, als dem Spaßmacher auf den Leim zu gehen.

Bloem zwang sich, zu lächeln. »Stimmt, ich sollte mich bewegen.« Dass sie bei der Gelegenheit auch all das Brot und die Burger abtrainieren konnte, verschwieg sie lieber, weil sie nicht noch mehr Öl ins Feuer gießen wollte.

Rouven nickte wohlgefällig. »Machen wir die große Runde. Durch die Stadt bis Noorwijkerhout, weiter durch die Dünen zum Strand. Dann laufen wir bis Katwijk und über Rijnsoever zurück.« Nun strahlte er.

Bloem wurde es leicht mulmig. Eigentlich hatte sie das Laufen immer gehasst. Sie hatte ein paar Anläufe unternommen, aber die Laufschuhe immer wieder schnell an den Nagel gehängt. Wenn sie es jetzt tat, dann, um Zeit mit Rouven zu verbringen. Aber das war eine anspruchsvolle Strecke. So weit war sie noch nicht.

»Glaubst du wirklich, dass ich das schaffe?« Sie sah ihn zweifelnd an.

»Klar. Zur Not drosseln wir das Tempo, aber ich glaube«, endlich zog er sie an sich, »das wird nicht nötig sein.« Er küsste sie. Leidenschaftlich und fordernd.

Wäre es nach Bloem gegangen, sie hätte die Sporteinheit ins Bett verlegt. Seit dieser seltsame Reigen aus Streitereien und Notdiensten begonnen hatte – die Hochzeitsplanung nicht zu vergessen – kam ihr Sexleben viel zu kurz.

Nicht, dass Rouven zuvor ein unersättlicher, omnipotenter Liebhaber gewesen wäre. Aber sie hatte seine Nähe genossen, das wunderbare Gefühl, seine warme Haut an ihrer zu spüren. Diese Momente fehlten ihr. Als wären sie ein Gratmesser dafür, dass bei ihnen alles okay war.

Andererseits würde der Lauf nicht ewig dauern. Sie konnten gemeinsam duschen und sehen, wohin das führte – falls sie danach überhaupt noch Energie übrighatte.

Als sie fünfzehn Minuten später hinaustraten in den gleißenden Sonnenschein, sog Bloem den Duft des milden Herbsttags in sich auf. Frisch gefallenes Laub und salzige Seeluft, gepaart mit Rouvens schwerem Aftershave.

»Also gut: Wir traben langsam los und beginnen am Strand mit Tempoläufen. Ich stoppe deine Zeit. Dann können wir in den kommenden Monaten immer mal wieder checken, ob du dich verbesserst.«

Bloem kniff kurz die Augen zu. »Tempoläufe?«

»Klar!« Rouven nickte, als würde sie seine Begeisterung nicht auch so heraushören. »Wenn du schneller werden willst, sind Berg- und Tempoläufe das A und O.«

Und was, wenn ich nicht schneller werden will? Was, wenn ich lieber glücklich mit einer warmen Decke in der Herbstsonne auf der Terrasse sitzen und mich darauf freuen möchte, dass du zurückkommst? Die Stimme in ihrem Kopf klang verdammt nach Hans. Weswegen sie sie beiseite schob.

»Entweder wir laufen eine kürzere Strecke, oder wir machen dieses Tempogedöns – beides ist nicht drin.« Sie klang richtig entschieden.

Was Rouvens Brauen in die Höhe schießen ließ.

Du hast ganz richtig gehört. Es gibt Grenzen! Um das zu unterstreichen, sah sie ihn unverwandt an und reckte ihr Kinn vor.

Da begann Rouven zu lachen. »Niedlich, wenn du so ernst schaust. Und natürlich machen wir beides. Das tut dir gut.«

Bloem wollte etwas sagen, doch da schnappte die Harmoniefalle bereits zu. Ergeben nickend trabte sie neben ihm los. Schon bei Noordwijkerhout hing ihr die Zunge aus dem Hals. Als sie durch den feinen, weißen Sand runter zum Meer liefen, brannten ihre Schenkel. Und das war gerade mal ein Zehntel des Weges. Wenn sie jetzt nicht auf ihre Atmung achtete, kämen als nächstes die fiesen Seitenstiche. Dass es mittlerweile halb eins war und massenhaft Touristen ihre Schmach mitansahen, machte es nicht besser.

Währenddessen redete und redete Rouven so entspannt, als machten sie einen Spaziergang durch die Stadt. Er schilderte ihr jeden Notfall der Woche und jeden Fauxpas seiner Kollegen. Am meisten lachte er mal wieder über die Dummheit der Krankenschwestern, was Bloem schon öfter unangenehm aufgefallen war. Doch was sollte sie sagen? Er war der Mediziner. Ob die Pfleger Fehler machten, konnte sie nicht beurteilen.

Sehnsüchtig sah sie den Leuchtturm schräg links vor sich aufragen, der den Beginn von Noordwijks Strandpromenade markierte. Noch fünfhundert Meter, dann könnte sie durch die Dünen hoch zum *Palaceplein* laufen und stünde fünf Minuten später unter der Dusche. Der Gedanke war so verlockend, dass Bloem schon aufgeben wollte. Sie war eine schwitzende, keuchende, unfitte Couchpotato und fühlte sich wohl damit.

Doch Rouven kam ihr zuvor. Er deutete zum Leuchtturm. »Jetzt wird's interessant. Ab da laufen wir das erste Intervall. Ich zähle rückwärts von drei runter und dann rennst du, so schnell du kannst, bis du auf der Höhe des *Alexander Beach Club* bist. Dann traben wir wieder so locker wie jetzt zum *Huis ter Duin*. Und ab da gibst du noch einmal richtig Gas bis zu Jules Hütte.«

Bloem ächzte. Das blöde Müsli schwappte wie verrückt in ihrem Magen herum und ihre Füße taten weh. Jetzt zu rennen, war glatter Selbstmord. Abgesehen davon wollte sie ein paar Takte zu dem ätzenden Tonfall sagen, in dem er Jules *Nieuwe Begin* als Hütte bezeichnet hatte.

Doch gnadenlos perfektionistisch wie Rouven war, begann er zu zählen.

»Drei.«

Sie sah rüber zu den Kitesurfern.

»Zwei.«

Bloem traute ihren Augen nicht.

»Eins.«

Es stimmte. Das da auf dem Board war Hans. Seine athletische Gestalt steckte in Neopren und sein Haar wehte wie ein dunkler Schleier im Wind hinter ihm her.

Rouven brüllte: »Los!«

Just in dem Moment hob Hans ab und flog zwei Meter hoch durch die Luft. Es sah so majestätisch aus, dass ihr Herz schneller schlug und ihre Füße wie von selbst über den feuchten, schweren Sand donnerten.

Neben ihr spurtete Rouven und rief, sie solle schneller machen, aber sie sah nur Hans, der landete und wie ein Irrer über das Wasser jagte.

Bloem hatte diesem Sport nie etwas abgewinnen können. Den Kitern zusehen? Gern. Selbst auf ein Board steigen und die Bodenhaftung verlieren? Danke, nein!

Aber dieser Anblick war so berauschend, dass sie gar nicht aufhören konnte zu laufen. Parallel zu Hans fegte sie zwischen den Spaziergängern hindurch. Rouven, der am Alexander's langsamer geworden war, schloss wieder zu ihr auf. »Bloem, verdammt, du versaust dir den ganzen Trainingserfolg. Intervalle laufen erfordert Disziplin.« Immerhin keuchte nun auch er.

Sie hörte es mit einer gewissen Genugtuung.

Tatsächlich hielt sie das Tempo bis zum *Huis ter Duin* durch. Dann wurde sie langsamer, denn ihre Lunge pfiff und die Seitenstiche brachten sie fast um. Sie wünschte sich ein Reanimationsteam herbei oder zumindest ein Sauerstoffzelt. Fehlanzeige, keine Rettung in Sicht. Also machte Bloem rasch ein paar

Schritte vom Meeressaum weg und ließ sich in den trockenen Sand sinken.

»Oh Gott, du bist wirklich entschlossen, jeden Anfängerfehler mitzunehmen, richtig?« Böse funkelnd trippelte Rouven vor ihr auf der Stelle und streckte die Hand aus. »Steh auf, nimm den Kopf hoch und atme ruhig durch.«

Bloem schüttelte den Kopf. Merkte er denn gar nicht, dass er auf einen lahmen Gaul einquatschte? Dass sie diese ganze Lauferei so sehr hasste, dass sie ihre Turnschuhe am liebsten eingeschmolzen hätte?

»Lauf du ruhig bis Katwijk oder meinetwegen sogar Wassenaar«, brachte sie keuchend hervor. »Ich gehe zu Jules Hütte und gönne mir einen O-Saft.« Sie imitierte exakt den abfälligen Ton, in dem er vorhin über Jules Bar geredet hatte.

Rouven merkte es gar nicht und verdrehte die Augen. In letzter Zeit tat er das ziemlich oft. Genauer gesagt, seit sie nicht mehr funktionierte wie am Anfang ihrer Beziehung. Aber das musste nicht schlecht sein. Sie kannten einander erst wenige Monate und mussten sich zusammenraufen. Einen Gleichklang finden. Nur nicht gerade jetzt.

Bloem hörte in sich. Kein Schritt mehr. Nicht ein einziger! Und wenn, dann nicht im Joggingtempo.

»Du hast mich ertappt. Ich bin eine Anfängerin und dein Programm ist mir definitiv zu anspruchsvoll. Wenn du mich weiter mitschleppst, versaue ich dir nur den Schnitt. Also lauf ruhig. Mir ist es genug.«

»Aber du ... du kannst doch jetzt nicht aufgeben.« Rouven war echt fassungslos.

»Doch.« Sie nickte, erstaunt von ihrer eigenen Beharrlichkeit. »Ich kann und ich will. Mir fehlt bei dieser Herumrennerei jeder Ehrgeiz.«

Erst jetzt fiel ihr auf, dass Rouven immer noch auf der Stelle tänzelte wie ein ungeduldiges Rassepferd vor dem Rennstart. Es machte ihn ganz krank, von seinem erklärten Trainingsziel abzuweichen.

»Lauf schon los. Ich gönne mir bei Jule einen Saft. Wir sehen uns dann später.«

Nun hielt er doch an. Nur sah er jetzt an ihr vorbei, als gäbe es im Sand etwas Sensationelles zu entdecken. Oder wollte er ihr nur nicht in die Augen sehen? Ungewohnt zögerlich begann er.

»Ich wollte uns vorhin nicht die Stimmung verderben, aber ich kann nicht den ganzen Tag freinehmen. Die Station ist noch immer unterbesetzt und ich habe versprochen, dass ich gegen vier, spätestens fünf zurück bin und über Nacht bleibe, weil ein Kollege ...«

»Hey«, Bloem griff nach seiner Hand. »Du musst dich nicht entschuldigen. Ich finde es toll, dass du in deiner Arbeit aufgehst und dein Team nicht hängen lässt.«

Erleichtert atmete Rouven auf. »Morgen kommt mein Kollege aus dem Urlaub. Ich kaufe nach dem Dienst ein, wir kochen etwas Schönes. Und dann reden wir in aller Ruhe über deinen Trainingsplan. Vielleicht versuchen wir es mit den Intervallläufen erst mal auf der kürzeren Strecke, die wir sonst auch nehmen.« Er ging in die Hocke und streichelte federleicht über Bloems Wange. »Hey, wenn du erst einmal ein bisschen fitter bist, wirst du es lieben.« Rouven zwinkerte ihr zu. »Ich küsse dich jetzt nicht. Zu verschwitzt.« Damit trabte er mit großen Schritten auf den Ufersaum zu. Als er ihn erreichte, sah er über seine Schulter und winkte ihr.

Wie benommen hob sie die Hand. Hatte Rouven ihr überhaupt zugehört? Hoffentlich nicht. Denn wenn er es getan hatte, musste sie sich einer weit schwerwiegenderen Frage stellen: Nahm er das, was sie sagte, auch nur im Ansatz ernst?

Noch immer rasch atmend massierte sie ihre Waden, dann stand sie auf, klopfte den Sand von ihrer Hose und suchte das Meer ab. Rote und blaue Segel tanzten in der Luft. Aber die große, türkisfarbene Kitematte, die Hans‘ an seinem Trapez befestigt hatte, blieb verschwunden.

Enttäuscht wandte sie sich ab und schlug den Weg zum *Palaceplein* ein. So verschwitzt wollte sie nicht in Jules Bar aufkreuzen. Also duschte sie, schlüpfte in eine Jeans, warf einen flauschigen Pulli über und schnappte ihre Schlüssel. Es war Zeit, mit Anna über das Hochzeitsgeschenk zu reden.

Bloem lief zu Fuß zur Schönen Aussicht, dem Hotel von Annas Freund Ben. Die beiden lebten in der schicken Wohnung unter dem Dach, Meerblick und eine traumhafte Terrasse inklusive.

Strahlend öffnete Anna ihr die Tür. »Gott, du hast mir tatsächlich gefehlt mit deiner sanften Art. Aber ich staune: Wo ist denn dein Medizinmann?«

»Wenn ihn niemand gestoppt hat, mittlerweile wahrscheinlich in Den Haag.« Sie verzog das Gesicht zu einer unwilligen Grimasse.

Anna hob die Brauen. »Komm erst mal rein und sag mir, worauf du Hunger hast. Ben wollte gerade nach unten gehen und uns ein verspätetes Mittagessen aus der Küche holen.«

»Habt ihr keinen Zimmerservice?«, wunderte Bloem sich.

»Hi Bloem«, begrüßte Ben sie. »Natürlich haben wir einen Zimmerservice. Aber du kriegst zwei Gegenfragen. Erstens: Möchte ich als Chef, dass das Personal in meiner Wohnung herumrennt? Zweitens: Was glaubst du, tut es für das Betriebsklima, wenn ich mich wie ein Pascha bedienen lasse?«

Bloem nickte. »Okay, ich seh's ein. Das war eine blöde, unsensible Frage.«

Anna hakte sie unter. »Und da hätte ich dann auch noch eine Frage: Wer bist du und was hast du mit meiner Freundin Bloem gemacht? Ich meine die, die sich pausenlos Gedanken macht, sie könnte jemandem Ungelegenheiten bereiten oder zu unsensibel und forsch sein?« Anna deute in Richtung Terrasse. »Im Moment kosten wir jede Minute aus, in der es trocken ist. Komm mit raus. Decken haben wir reichlich.«

Bloem wickelte sich warm ein, ehe sie sich auf einen der Loungesessel kuschelte.

Anna sah sie erwartungsvoll an. »Na los, sag schon. Ich habe dich seit Wochen nur im Doppelpack gesehen. Was ist passiert, dass ihr euer Dasein als siamesische Zwillinge aufgegeben habt?«

Hans! Hans ist passiert. Der Name poppte wie ein verdammtes Textfenster am Computer vor ihrem inneren Auge auf. Bloem schob ihn beiseite. »Rouven wollte laufen. Mir war das zu viel.«

»Ja, du sagtest etwas von Den Haag und es klang sehr genervt.« Anna sah Bloem aufmerksam an.

Die wand sich. Sie war nicht bereit, darüber zu sprechen. Nicht, bevor sie selbst wusste, was sie von Rouvens ständigen Optimierungen in ihrem Leben halten sollte.

Da kam es ihr gelegen, dass Ben diskret von innen gegen die Scheibe klopfte, ehe er zu ihnen herauskam. »Ich will euch nicht lange stören, aber ich habe Hunger. Was hältst du von Roastbeef mit hausgemachter Remoulade und Bratkartoffeln? Ist heute das Tagesgericht und sensationell. Anna und ich nehmen es auch.«

Bloem lief das Wasser im Mund zusammen. Ausnahmsweise hatte sie noch nicht mal ein schlechtes Gewissen, weil sie sich wieder mal für Fleisch entschied. »Liebend gern. Und wenn's geht, hätte ich die Bratkartoffeln gern extra kross ...« Sie grinste. »Es darf auch ein wenig mehr sein.«

Ben zwinkerte ihr zu. »Genau wie ich.« Dann sah er Anna an. »Bis das Essen fertig ist, fahre ich schnell zum Tanken. Brauchst du etwas?«

»Nope!«, gab sie lässig zurück.

Kaum war Ben verschwunden, ließ sie ihre Pupillen im Kreis rotieren. »Sein neues Hobby: Er macht Sprit-Schnäppchen. Dazu hat er extra eine App geladen, damit Warnmeldungen auf seinem Handy eingehen, wenn die Preise sinken.«

»Klingt doch vernünftig«, verteidigte Bloem Ben.

Aber Anna winkte ab. »Für einen Cent loszufahren, ist mir zu stressig. Ich nehme es, wie es kommt. Und nun zu dir. Für mich klingt es, als gäbe es Ärger im Paradies.«

Bloem sah rüber zum Meer. Dort sausten immer noch Kiter durch die Wellen. Aber es war kein türkisfarbenes Segel dabei. »Wozu soll ich es abstreiten? Wir haben ein paar Probleme. Aber ich muss das mit mir selbst klären.«

»Du weißt, dass du über alles mit mir reden kannst. Ich könnte dir ...«

»Nein!«, ging Bloem dazwischen und sah Anna an. »Du magst Rouven nicht. Was ich dir auch sage, du wirst zu mir halten und versuchen, ihn mir auszureden. Das wäre ihm gegenüber nicht fair. Deshalb lassen wir es.«

Anna nickte. »Ich weiß nicht, was passiert ist. Aber allein die Tatsache, dass du ihn nicht zwanghaft verteidigst und eure Probleme klein redest ... gefällt mir. Sehr sogar.« Anna beugte sich vor. »Du musst nicht alles hinnehmen, damit wir dich mögen. Das ist dir hoffentlich klar?«

Bloem kniff die Augen zu.

»Hey, ich erwarte nicht, dass du etwas dazu sagst. Ich will nur, dass du weißt, dass ich dich lieb habe und für dich da bin, wenn du es willst.«

Als Bloem die Augen wieder öffnete, schoss ein türkisfarbenes Segel hinter dem Dünenkamm entlang.

11. KAPITEL

Seit Samstag hatte er nichts von Bloem gehört. Momentan gab es nichts für die Hochzeit zu besprechen. Das war genau das, was Hans brauchte. Abstand, um seine Gefühle zu sortieren. Also fand er einen neuen Trott. Morgens pendelte er zum ***Conservatorium***. Und statt die Nachmittage mit Bloem zu verbringen, schnappte er sein frisch gerettetes Kite und ging an den Strand.

Es war herrlich, wieder mit dem Wind zu kämpfen. War er draußen auf dem Wasser, geriet alles andere in den Hintergrund. Das heißt, Sonntag hatte er tatsächlich geglaubt, das Blümchen über den Strand hetzen zu sehen. Prompt hatte er einen blöden Fahrfehler gemacht und war abgesoffen. Es hatte eine Weile gedauert, das Kite so in den Wind zu legen, dass er aus dem Wasser hatte starten können. Als er es geschafft hatte, war nichts mehr von ihr zu sehen gewesen. Wahrscheinlich hatte er es sich ohnehin nur eingebildet.

Bloem war keine Läuferin. Weder hechelte sie den Dingen hinterher. Noch lief sie vor etwas davon. Wenn sie die Augen verschließen wollte, kniff sie die Lider zusammen. Aber dafür brauchte das Blümchen keine Turnschuhe.

Überhaupt musste er sie sich aus dem Kopf schlagen. Bloem hatte Rouven – und Hans hatte das Angebot seines Lebens bekommen.

Es mochte ein kindischer Traum sein. Aber bei den New Yorker Philharmonikern zu spielen, war immer sein erklärtes Ziel gewesen. Einmal mit diesem fantastischen Orchester Bernstein spielen. Mit ein bisschen Glück sogar den Solo-Klarinettenpart in der Rhapsody in Blue ergattern.

Nun lag das Angebot auf dem Tisch. Durch einen dummen Zufall. Beworben hatte er sich beim Boston Symphonic Orchestra. Aber in der Branche kannte man einander. Vor allem Solisten wie er hatten einen Ruf. Trotzdem hatte er lange auf den Absender der Mail geschaut, ehe er es gewagt hatte, die Nachricht zu öffnen.

Er würde gehen. Auch wenn er noch nicht zugesagt hatte – er spürte deutlich, dass er es tun musste. Diese einmalige Chance konnte er nicht ausschlagen. Selbst der Direktor des *Conservatoriums* hatte sein Wohlwollen signalisiert, als Hans gefragt hatte, ob er seinen Dienstantritt um ein Semester verschieben konnte.

Geplant waren ein Monat mit Proben in New York, die Premiere, zwei weitere Wochen mit dem Bernstein-Programm vor Ort, bevor sie mit dem Orchester auf Tour durch Kanada und die Vereinigten Staaten gehen würden.

Das Angebot war ein Zeichen. Er war des Herumreisens müde. Und er hatte hierherkommen müssen, um das zu begreifen. Die Wurzeln seiner Heimat spüren und den wunderbar salzigen Wind. Er gehörte hierher. Und er würde zurückkommen.

Nur wollte er vorher noch ein großes Finale für das Ende seiner Reiserei: das Bernstein-Programm.

Nur war das Wohlwollen des Direktors nichts, für das er sich etwas kaufen konnte. Das *Conservatorium* besaß ein Gremium, das entscheiden würde, ob man ihm den Lehrstuhl ein Semester lang freihielt – oder ihn an einen Konkurrenten vergab. Passierte Letzteres, war Hans' Plan, in Noordwijk sesshaft zu werden, hinfällig. Seit er das Gespräch geführt hatte, kreisten seine Gedanken um diesen Plan.

Seufzend stapelte Hans seine Klarinettenkoffer und wollte Feierabend machen, als sein Handy klingelte. Reflexhaft wollte er rangehen, bis er sah, dass es Bloem war. Er zögerte, während das Handy immer weiter dudelte.

Als die Mailbox ansprang, warf er es in seine Tasche, schnappte die Instrumente und verließ das Büro. Sie fehlte ihm. Was er auch sah und tat und hörte, er fragte sich, was das Blümchen davon halten würde. Manchmal wusste er instinktiv, dass sie die Lippen kräuseln oder die Augen verschließen würde. Dann war er wieder ratlos, weil die Bloem, die er kennengelernt hatte, eine andere gewesen war, als die Frau, die ihn am Samstag beim Grillen mit Missachtung gestraft hatte.

Er musst kein Empath sein, um zu sehen, dass sie sich tief im Innern veränderte. Und dass sie an jenem Abend Abstand gebraucht hatte.

Hans war es beim Grillen nicht besser gegangen, also hatte er sie ebenso konsequent ignoriert.

Zügig lud er sein Auto voll, setze sich ans Steuer und lehnte die Stirn ans Lenkrad. Gott, sie fehlte ihm, wie er einen Arm oder ein Bein vermissen würde. Langsam zog er das Handy hervor und klickte die Mailbox an.

»Hi Hans, bist du schon unterwegs? Ich stehe seit einer Viertelstunde vor dem Geschenkeladen und warte auf dich. Im Reeee-gen!«, trällerte das Blümchen melodisch. »Meiner Frisur tut das gar nicht gut. Falls du also im Stau steckst, wäre es nett, wenn du dich meldest. Dann gehe ich so lange einen Kaffee trinken.«

Hans hob die Stirn und ließ sie wieder aufs Lenkrad sausen. Er war so ein Idiot.

»Hektisch wählte er Bloems Nummer.«

Sie war beim ersten Klingeln dran. »Hey, stehst du im Stau?«

»Fast. Ich fahre grade erst vom Parkplatz, aber freitags um die Uhrzeit ist die Autobahn Richtung Küste garantiert voll. Rechne mit einer Stunde.«

Sie zögerte. »Dann bin ich nicht mehr hier.«

»Willst du dich aufwärmen? Soll ich dich zu Hause abholen?«

»Nein, ich ... mein Vater hat sich gemeldet. Er ist hier und will mich sehen.«

»Deshalb hat er also neulich bei deiner Mutter angerufen und wollte dich sprechen«, sagte Hans reserviert. Er wusste nicht, was er von ihrem frisch auferstandenen Vater halten sollte. Dass jemand nach achtzehn Jahren Interesse an seinem Kind entwickelte, erschien ihm seltsam. Um nicht zu sagen suspekt.

»Ja, ich ... ich will ihn unbedingt sehen. Pünktlich! Wenn du eine Stunde brauchst, komme ich zu spät.«

»Und wenn ich dich vom Geschenkeladen aus zu ihm bringe?«, bot Hans an.

»Auch das wird zu knapp.«

»Also verschieben wir es?«

»Nein!«, sie klang entschieden. »Was wir auch als Gastgeschenk für die Hochzeit aussuchen, sie werden es nicht in achtzigfacher Ausfertigung dahaben. Damit es pünktlich da ist, müssen wir es jetzt bestellen. Also wirst du ausnahmsweise auf dein Vetorecht verzichten müssen. Wobei ...«, sie kicherte leise.

Für Hans klang es nervös, was er auf das bevorstehende Treffen schob.

»Strenggenommen hast du für das Geld vom Straßenkonzert kein Veto- sondern lediglich ein Beratungsrecht. Selbst schuld, dass du das jetzt los bist. Aber immerhin kannst du dich auf eine Überraschung freuen.«

»Meinetwegen, such du es aus. Aber übertreib es nicht. Schlicht und bodenständig.«

»Ich weiß. Es muss mit unseren pinkfarbenen Paillettenkleidern harmonieren.« Diesmal hallte ihr Lachen perlend und klar aus dem Hörer. »Drück mir die Daumen. Ich weiß nicht, was ich von dem Treffen mit meinem Vater erwarten soll.«

»Wo triffst du ihn?«

»Im *Huis ter Duin*. Anscheinend lebt er nicht mehr im Bus und kann sich sogar ein Hotel leisten.« Sie räusperte sich. »Dass wir am Sonntag verabredet sind, damit ich deine Band hören kann, weißt du aber schon noch?«

»Klar. Die Jungs und ich telefonieren den ganzen Tag miteinander, weil wir Angst vor deinem absoluten Gehör haben.«

»Hans?«

»Hm.«

»Du bist ein Spinner.«

»Wow«, er lachte vergnügt. »Ein Schimpfwort aus deinem Mund.«

Nun lachte auch sie wieder. »Ich fand, es war an der Zeit, mir eins zuzulegen. Und mit dem fühle ich mich sogar wohl.«

»Ganz ehrlich?«

Diesmal war sie es, die ein weiches »Hm?« in den Hörer brummte.

»Du bist eine Spinnerin.«

Hans hatte ihr glockenhelles Lachen noch im Ohr, als sie längst aufgelegt hatte. Nur begriff er nicht, wie er den Termin hatte verschusseln können. Oder doch. Wenn man sich zwang, nicht an jemanden zu denken, blieb es wohl nicht aus, dass man auch die Verabredungen mit ihm aus seinem Gedächtnis tilgte.

Er brauchte zwar nur eine halbe Stunde, aber als er langsam an der Schaufensterscheibe des kleinen Lädchens vorbeirollte, war Bloem im Inneren nicht mehr zu sehen.

Nachdenklich fuhr er nach Hause und traf Jan in der Auffahrt. Er war sichtlich erfreut, Hans zu sehen.

»Was hältst du von einem schönen, kühlen Feierabendbier?«

»In deinem Haus, oder in der Wohnung, die ... ja wohl auch dir gehört?« Hans grinste breit.

»Weder noch. Die Kinder übernachten bei meiner Mutter. Jule ist in der Bar, weil Huub immer noch wie ein Streuselkuchen aussieht. Also lass uns irgendwo hingehen.«

»Wie wäre es mit der Bar im *Huis ter Duin*?«

Jan verzog das Gesicht? »Dir ist klar, dass ich als Architekt Wert auf Ästhetik lege?«

Es stimmte, das Grand Hotel war die größte Bausünde der Stadt. Ein hässlicher grauer Klotz, an den man immer weitere Hochhäuser angebaut hatte. Das Ensemble thronte wie ein wucherndes Geschwür hoch über den Dünen.

»Ich bin auch kein Fan. Aber Bloem trifft heute nach achtzehn Jahren zum ersten Mal ihren Vater. Frag nicht, warum, aber ich habe kein gutes Gefühl.«

»Sicher, dass dieser Rouven sie nicht begleitet?«

Davon hätte das Blümchen ihm erzählt. Also tippte Hans, dass sie sich noch immer dafür schämte, dass ihr Vater sie abgelehnt hatte, und dem feinen Dr. Saubermann nichts davon erzählt hatte.

»Komm schon, Jan. Das Bier geht auf mich. Wenn du dir die Bausünde schöntrinken musst, spendiere ich ein paar Schnäpse als Dreingabe.«

Jan seufzte. Er war halt ein netter Kerl. »Ein Bier. Wenn wir sehen, dass sie klarkommt, sind wir wieder weg. Ich betrinke mich lieber bei meiner Frau ...«

»Freundin!«, spielte Hans den Pedanten.

»Meiner Frau!« Jan zwinkerte ihm zu. »Ginge es nach mir, wäre sie das nämlich längst. Wir hätten die Kinder eingepackt und wären nach Vegas geflogen. Kein Stress – und wir hätten Elvis gehabt.«

Es war klar, worauf Jan anspielte. Also tat Hans demonstrativ beleidigt. »Schön, dass meine Fantasien auch bei dir schon die Runde gemacht haben.«

»Du würdest dich wundern. Jule hat es sich in schillernden Farben ausgemalt und sogar den Jailhouse Rock laufen lassen, um zu sehen, ob man dazu würdig vor den Altar schreiten kann. Was soll ich sagen? Falls du dich wirklich für Vegas entscheidest, nimm einen langsamen Titel. Sonst ist der Spaß schnell vorbei.« Jan lachte. »Reicht es, wenn wir in einer Stunde aufbrechen? Dann kann ich noch eben duschen und etwas essen.«

Hans nickte. »Ich klingle kurz durch, wenn ich unten bin.«

Schon im Geschenkeladen war sie sich vorgekommen wie ein Showgirl auf dem Bauernmarkt. Was tat sie hier? Nicht nur, dass Bloem sich am Nachmittag die Haare aufgedreht und ein hübsches Kleid ausgewählt hatte. Sie trug ihre besten Ohrringe und war in ein paar halsbrecherische Pumps geschlüpft. Nun saß sie allein in der Bar des Grand Hotels wie ein vergessenes Date – und musste sich von den Leuten an den umliegenden Tischen abschätzig beäugen lassen.

Dabei sollte sie gar nicht hier sein. Besäße sie auch nur ein bisschen Stolz, sie hätte Georg gesagt, dass er sich zum Teufel scheren sollte. Aber nein, sie hatte es ja besser wissen müssen und mit dieser Verabredung nicht nur ihre Mutter, sondern auch Rouven hintergangen.

Heute war Freitag. Nach dem Lauf am Sonntag hatte sie ihn nur zweimal gesehen. Ansonsten schob er Überstunden und übernachtete im Krankenhaus. Langsam bekam sie das Gefühl, dass er das nur tat, um ihr aus dem Weg zu gehen. Sein Arbeitspensum stieg proportional zu ihrem Wunsch, ihm Grenzen zu setzen.

Das war es, was ihre Mutter in Wahrheit versucht hatte, ihr einzutrichtern. Sei nett, oder du wirst verlassen. Widersprich nicht, denn das rächt sich. So war es Carin mit Georg ergangen. Und das Gleiche erlebte sie bei Rouven. Fast wünschte sie, sie könnte zurück zu ihrem alten Ich. Dem, in dem sie nicht gewagt hatte, Dinge und Motive zu hinterfragen, ganz einfach, weil sie dazu erzogen war, das Beste anzunehmen – und zu lächeln.

Das Problem war, dass sie die Büchse der Pandora nicht nur geöffnet hatte, sie wollte sie nicht wieder schließen. Achtundzwanzig Jahre des Angepasstseins waren genug. Rouven mochte ein wenig Zeit brauchen, um sich zu arrangieren. Irgendwann würde er einsehen, dass es viel besser war, jemanden an seiner Seite zu haben, der vielleicht ein bisschen kritisch war, aber dafür ehrlich.

Wieder huschte ihr Blick zu der Uhr über der Theke. Ihr Vater war seit fast einer Stunde überfällig. Dann fiel ihr Jan auf – und Hans. Die beiden hatten es sich auf Barhockern gemütlich gemacht und prosteten ihr lächelnd zu. Hans, natürlich war es Hans, musste noch eins draufsetzen und zog den linken Zeigefinger mit beziehungsreichem Blick über seine Kehle. Das richtete sich dann wohl an Georgs Adresse.

Bloem war tatsächlich gerührt. Langsam griff sie ihr Glas und ihre Tasche, stand auf und ging zu ihnen.

Augenblicklich stand Hans auf und zog einen weiteren Hocker heran.

»Seid ihr meinetwegen hier?«

Jan lächelte mitfühlend. »Ich bin seinetwegen hier. Und er ist da, weil er eine Mission hat.« Er stand auf, umarmte Bloem so vorsichtig, als sei sie zerbrechlich. Dann nahm er wieder Platz.

»Er ist nicht gekommen.« Vier simple Worte, doch es war so schwer, sie über die Lippen zu bringen, dass Bloem mit den Tränen kämpfte. »Er hat sich gemeldet und gesagt, dass er mich unheimlich gern sehen würde und dann ist er einfach nicht gekommen. Ich habe mich so gefreut. Und das Schlimmste ist, dass er jetzt meine Handynummer hat. Er hätte mir absagen können. Aber irgendwie ... ist es ihm wohl nicht wichtig.«

Hans saß da wie versteinert. Schwer zu sagen, was in ihm vorging.

Aber Jan griff ihre Hand. Eine tröstliche Geste, die ihr auf beruhigende Weise Kraft gab.

Sie holte tief Luft. »Und was machen wir jetzt mit dem angebrochenen Abend?«, fragte sie mit falscher Munterkeit.

Endlich erwachte Hans aus seiner Starre. »In dem Kleid? Das schreit danach, ausgeführt zu werden.«

»Und wenn die Stimmung nicht zum Kleid passt?«

Hans verdrehte die Augen. »Blümchen, ich habe noch nie gehört, dass eine Frau, die freitagsabends in einem Sack loszieht, es geschafft hat, das Ding in ein Cocktailkleid zu verwandeln. An Launen kann man hingegen etwas drehen. Lass mich nur machen.« Übermütig nahm er den Hut ab und setzte ihn auf ihre locker hochgesteckten Locken. »So gefällst du mir sogar noch besser. Es gibt nicht viele Jazzgroupies, aber wenn sie je einen Fanclub gründen, wirst du die Präsidentin.«

Jan lächelte. »Die Sache hat einen Haken: Dein Wagen hat nur zwei Sitze. Und da du das alkoholfreie Pils hattest, gehörst du auch hinters Steuer.«

Bloem sah Jan an. Er war mitgekommen zu ihrer moralischen Unterstützung. Ihn sitzen zu lassen, fühlte sich nicht gut an. »Hey, wir können auch einfach rüber zu Jule gehen und da etwas trinken.«

»Oder ihr fahrt ohne mich nach Amsterdam. Die Chancen stehen sowieso hoch, dass ich unterwegs einschlafe.«

Bloem schaute genauer hin. Es lagen tiefe Schatten unter Jans Augen. Aber Jule hatte ja erzählt, dass er noch bis über die Halskrause in seinem Amsterdam-Projekt steckte und parallel bereits das nächste anleierte.

»Wenn es dir wirklich nichts ausmacht, dann ... Ich glaube, ich wäre jetzt ungern allein.«

Fünf Minuten später saßen sie in Hans' Klapperkiste, die auf dem Hotelparkplatz mit all den Luxuskarossen wie ein frisch vom Himmel gekrachtes Stück Weltraumschrott wirkte. Aber da es Hans kein bisschen peinlich war – wieso sollte sie sich genieren?

Sie trug noch immer seinen Hut. Und als sie rekordverdächtige zwanzig Minuten später Amsterdam erreichten, war es sogar schon warm im Wagen.

Sie war Hans dankbar, dass er keine Phrasen drosch oder aus falschverstandener Solidarität mit ihr auf Georg schimpfte. Mehr noch, das Schweigen zwischen ihnen wirkte nicht erdrückend, es tat ihr gut.

»Hast du eine Idee, wohin wir gehen könnten?«

»Und wie! Vertrau mir!«, rief Hans und trommelte einen schnellen Rhythmus aufs Lenkrad. »Ich verspreche dir, dass du den Abend deines Lebens haben wirst. Wie sagst du immer von Hochzeiten? Wenn sie in zehn Jahren zurückdenken – Erinnerung – Trallala? Machen wir es so: Heute in zehn Jahren rufe ich an und frage dich, ob irgendein Abend der Zwischenzeit sich mit diesem messen kann.«

»Was, wenn nicht?«

»Dann«, rief Hans übermütig, »hast du ein trauriges Leben geführt und bist reif für Vegas.«

Bloem wusste, sie sollte ihr neues Schimpfwort bemühen. Stattdessen begann ihr Herz zu rasen.

12. KAPITEL

Bloem kniff die Augen zu. Mal wieder.

Hans beobachtete es mit amüsiertem Schmunzeln. »Komm schon, du bist doch wohl nicht zum ersten Mal in Amsterdams Rotlichtviertel.«

»Wo du so fragst ...« Ihre Lider blieben geschlossen.

»Aber Jungfrau bist du nicht mehr?«

Sie riss die Augen auf. »Herrje, du wirst albern. Und was tut das überhaupt zur Sache? Willst du etwa ein Bewerbungsgespräch für einen Job hinter Glas mit mir führen?«

»Nope!« Er schnippte lässig gegen die Krempe seines Hütchens, so dass es auf Bloems Lockenpracht ein wenig nach hinten rutschte. So sah er ihr Mienenspiel noch besser. »Ich versuche lediglich, zu ergründen, wieso es ein Problem für dich ist, hierher zu laufen.«

Sie schloss die Augen und er war nicht sicher, ob sie es diesmal tat, weil sie die Geduld mit ihm verlor.

»Hans, die Frauen sitzen nicht zum Spaß halbnackt hinter der Scheibe, sondern weil es ihr Job ist, sich Männern anzubieten. Sich von Frauen begaffen zu lassen, gehört allerdings nicht zur Jobbeschreibung. Weswegen ich es mir für sie – gelinde gesagt – ein wenig demütigend vorstelle, wenn andere Frauen hier herumstolzieren und sie anstarren.«

»Du stolzierst nicht, du stolperst. Wenn du die Augen öffnest, lässt sich das optimieren. Und was die Frauen betrifft – hier rennen jeden Tag Busladungen von Touristen durch, ich schätze, das dürfte sie ausreichend imprägniert haben. Solange du sie also nicht wirklich anstarrst ... komm!« Er zog an ihrer Hand, als hielte er den Führzügel eines bockigen Mulis.

Das Problem war die Größe des verzweigten Bezirks. Außen herumzugehen hätte einen enormen Umweg bedeutet. Und er war nicht sicher, ob Bloems Füße, die in Pumps steckten, und das Kopfsteinpflaster soweit kompatibel waren, dass sie das aushielt. Und dann war da noch die nicht unbedeutende Tatsache, dass er sich auf ihre Kosten prächtig amüsierte.

Bloem murrte, aber sie folgte ihm – offenen Auges.

»Wenn du mich fragst, ist das ein seltsamer Ort für einen Jazzclub.«

Er seufzte. »Ehrlich gesagt nicht. In dieser Gegend wohnen viele Studenten. Das ist genau Beerts Zielgruppe. Übrigens war ich während des Studiums jeden zweiten Abend hier und ich habe nicht einmal erlebt, dass jemand so einen Zirkus veranstaltet wie du.« Obwohl, er tippte sich an die Stirn. »Als vor ein paar Jahren die Busladung Nonnen vorfuhr, war möglicherweise die ein oder andere pikierte Seele dabei.«

»Pikiert? Hör mal, ich bin nur rücksichtsvoll!«, ereiferte sich das Blümchen.

Es stimmte. Hans wusste das. Und dafür ... liebte er sie. All diese kleinen Zeichen von Rücksichtnahme und Einfühlungsvermögen, die er bei niemand sonst derart intensiv erlebte, hatten ihn mitten ins Herz getroffen. Seit er ehrlich genug war, sich das einzugestehen, ging es ihm besser.

Er liebte sie.

Sie liebte Rouven.

Es war aussichtslos.

Dass Hans sie nicht glücklich machen konnte, war ihm schon lange klar. Selbst wenn er in Noordwijk sesshaft wurde, er würde Bloem immer an ihren Vater erinnern. Und letztlich wollte er auch nicht mit der peniblen Akkuratesse des Müsli-Docs konkurrieren. Wenn es das war, was das Blümchen wollte, würde er sich irgendwann vielleicht sogar freuen, dass Rouven ihr das gab.

Obwohl, Letzteres war Bullshit. Ehrlich gesagt machte es ihn krank, den Fatzken auch nur zu sehen. Aber es war ihre Entscheidung.

Also würde er bis zu Jules Hochzeit Zeit mit Bloem verbringen und sich anschließend zurückziehen.

Noch ein Grund, der für New York sprach. Ein halbes Jahr Abstand. Heimlich betete er, das *Conservatorium* möge grünes Licht für sein Sabbatsemester geben.

Sie waren am Ziel. Hans blieb stehen. Wer die Jazzkneipe nicht kannte, würde daran vorbeilaufen. Auf volltrunkene Touristen, die nach einer Tour durchs Rotlichtviertel an der Bar versackten und sich Technobeats wünschten, verzichtete Beert liebend gern.

Er hatte die Kneipe vor fünfzehn Jahren eröffnet. Die Bühne hatte Beert, selbst ein gescheiterter Student des *Conservato-*

riums, vom Vorbesitzer übernommen. Dass all seine Freunde ebenfalls Jazzmusik studiert hatten, war Beert wie ein fetter Schicksalswink erschienen. Er hatte dem Wörtchen Kneipe die Silbe Jazz vorangestellt und dieses ziemlich planlose Konstrukt fortan als Konzept bezeichnet.

»Du hast es fast geschafft, Blümchen. Nur noch die Treppe runter.«

»Und dann? Stehe ich in einer Tabledance Bar?«

»Nein, die ist drei Häuser weiter. Willst du?«

Sie zischte – mit offenen Augen, denn so konnte sie seinen Arm zielsicherer knuffen. »Du bist so ein Spi...«

Hans legte einen Finger auf Bloems Lippen. »Nicht«, sagte er weich. »Ich kann zwar mit deinem niedlichen Schimpfwort umgehen. Aber es kränkt mich, dass du der Meinung bist, dir ausgerechnet meinetwegen eins zulegen zu müssen. Wie wäre es, wenn wir zur Abwechslung einfach einen ausgelassenen Abend zusammen verbringen? Du denkst nicht mehr an ...« Hans stockte, jetzt von ihrem Vater zu reden, musste die Stimmung verderben. »Denken wir einfach an nichts und amüsieren uns.« Er griff nach Bloems Ellbogen. »Vorsicht, die Stufen sind mörderisch.«

Als Hans die Tür öffnete, waberte der charakteristische Duft von Marihuana in seine Nase.

Hinter ihm holte auch das Blümchen scharf Luft.

Hans musste nicht hinsehen, um zu wissen, dass sie die Lider schloss. »Tut mir leid, ich hätte dich vorwarnen sollen. Beert nimmt es mit dem Rauchverbot nicht so genau.«

»Solange ich nicht mitrauchen muss.«

Hans griff ihre Hand und zog Bloem mit sich zur Bar. Beert hatte sie bereits entdeckt und beugte sich über den Tresen. »Du kommst genau richtig. Der Saxofonist hielt sich für einen Künstler und wollte nicht spielen, während die Leute sich unterhalten. Hat man sowas schon erlebt? Eine Diva in einer Kellerkneipe. Ich habe ihn rausgesetzt. Aber ohne Sax kommt dieser Electroswing nicht so recht in Fahrt.«

»Aber du hast kein Instrument dabei«, warf Bloem ein.

Achselzuckend zog Hans sein Mundstück aus der Tasche. »Habe ich immer im Handschuhfach. Den Rest leiht mir Beert.«

Hans sah den Wirt an. »Wenn du willst, dass ich dir den Abend rette, lässt du die Dame keine Sekunde aus den Augen. Fünf Fun Facts am Rande: Sie trinkt Caipirinha. Sie zahlt nicht. Sie will sich amüsieren. Sie ist vergeben. Und wenn du deine Kiffer nicht von ihr fernhältst, war ich für lange Zeit das letzte Mal hier.«

Beert, ein moppeliger Mittdreißiger mit ungesund grauem Teint, warf sich das karierte Küchentuch über die Schulter und salutierte vor Bloem. »Caipirinha – zu Befehl.«

Hans kämpfte sich zur Bühne durch. In dem gewölbeartigen Keller waren garantiert mal wieder mehr als die erlaubten zweihundert Gäste.

Er besah sich das Bühnensetting. Es gefiel ihm: Kontrabass, zwei Trompeten, Klarinette, Klavier und Oboe. Dazu ein Typ mit Keyboard, der den Swing mit schnellen Beats unterlegte. Hans ging zu den Instrumentenständern, und griff sich ein Tenor-Sax. Eben stimmten die Musiker Parov Stelars Booty Swing an. Hans fand mühelos in das Stück.

Gott, wie er dieses Zusammenspiel liebte. Auf den anderen hören, sich einlassen, den Gleichklang finden, in gekonnten Soli ausbrechen, wieder zusammenfinden. Er mochte vieles gelassen sehen, aber in der Musik ging es um Präzision.

Hans hatte schnell raus, dass die Band den Booty Swing nur als Basis nahm. Immer wieder improvisierten einzelne Künstler, spielten Soli, kehrten zurück zur Ursprungsmelodie, trieben das Stück gemeinsam voran und übergaben an den nächsten, damit der es mit eigenen Improvisationen bereicherte.

Überging die Band ihn anfangs, weil sie sein Können nicht einzuschätzen wussten, ließen sie ihm beim dritten Stück Raum für ein eigenes Solo. Hans begann frei, ging zum Grundmotiv von Candy Dulfers Lily was here über und improvisierte wieder frei, ehe er mit einer gekonnten Überleitung in die Melodie des aktuellen Titels zurückfand.

Unterlegt mit den harten Bässen war das Stück so fetzig, dass es niemanden auf dem Stuhl hielt. Selbst Bloem ... Hans verstolperte ein paar Takte, als er sie sah.

Sie stand auf der niedrigen Empore bei der Bar und tanzte. Barfuß.

Gott, sie war anbetungswürdig. Ausgelassen, frei und wild. Alles, was er immer in ihr vermutet hatte, war da.

Übermütig hob sie ihr Glas und prostete ihm mit leuchtenden Augen zu. Die Wangen gerötet, die Hochsteckfrisur aufgelöst, trug sie immer noch seinen Hut.

Hans war unfähig, den Blick abzuwenden. Als die Band eine halbe Stunde später Pause machte, kämpfte er sich zu Bloem durch, die Bewunderer gefunden hatte, sie jedoch ignorierte.

»Der wievielte Caipirinha ist das?«

Sie zuckte schmunzelnd die Achseln. »Sind heute Abend gratis, habe ich gehört. Da müsste ich schön dumm sein, nicht zuzugreifen.«

»Hast du wenigstens etwas gegessen?«

»Ich hatte auf meinen Vater gehofft, was bekanntlich ein Totalausfall war.« Bloem sprach leicht schleppend, außerdem kicherte sie nach jedem zweiten Wort.

Er beugte sich zu Beert über die Theke. »Tut mir leid, aber nach der Pause muss jemand anders übernehmen. Wir machen uns auf die Suche nach etwas Essbarem.«

»Wie wär's mit Erdnüssen?«

Hans sah das Blümchen an. »Nein, ich schätze, wir brauchen etwas Solides.«

»Hey, das sind die guten Jumbo-Nüsse. Sogar gesalzen.«

Hans mochte Beerts Humor, trotzdem sammelte er Bloems Schuhe ein, hängte ihr seinen Lederblouson über die Schultern und zog sie mit sich zum Ausgang.

»Wonach steht dir der Sinn? Friets, Pizza, Döner? Etwas vom Chinesen?«

Bloem entschied sich für Fritten. Angeheitert wie sie war, spazierte sie auf dem Weg dorthin lachend mit Hans durchs Rotlichtviertel, ohne zwanghaft die Augen zu schließen.

Dass sie sich bei Hans unterhakte und immer wieder strahlend zu ihm aufsah, ließ sein Herz rasen. Sie war ihm so nah. Und dennoch wusste er, dass sie weg wäre, wenn er seinen Gefühlen nachgab und sie küsste. Dabei war der Drang, sie endlich zu schmecken, beinahe übermächtig.

Als sie die Frittenbude erreichten, schwärmte das Blümchen immer noch. »Du spielst so gut. Kein Wunder, dass du ständig in der Welt herumreist. Die Leute müssten schön blöd sein, wenn sie nicht verrückt nach dir wären.«

»Wieso habe ich gerade zum ersten Mal den Eindruck, dass du mich nicht für meine Musik verurteilst?« Er stützte die Ellbogen auf den Stehtisch und legte sein Kinn in die Hände.

Sie verzog das Gesicht. Dass sie dabei die Augen schloss, beruhigte ihn. So sehr ihm die Veränderung, die sie gerade erlebte, auch gefiel, tat es Hans gut, zu sehen, dass sie ihrem Wesen treu blieb. Und wenn sie dazu vor manchen Dingen die Augen verschließen wollte, war das eben so.

»Ich verstehe, dass du es tust. Ganz ehrlich, hätte ich dein Talent, wäre ich ebenso süchtig nach Applaus. Ich gönne dir das. Nur heißt es nicht, dass die Welt für mich ebenso groß sein muss.« Nun stützte auch sie die Ellbogen auf und imitierte seine Geste.

Dabei kam sie Hans so nah, dass er ihren sinnlichen Duft atmete. Warme Spätsommerhaut, gepaart mit einem Parfüm, dass die Frische eines klaren Gebirgsbachs mit dem Aroma von Orangenblüten verband.

Nicht, dass Hans das gebraucht hätte, er musste nur die Augen schließen und an sie denken, schon war dieser Duft da. So real, als läge sie neben ihm.

»Wieso versuchst du nicht, dir dein eigenes Stückchen Welt zu erobern?«

Sie lächelte warm. »Das habe ich doch. Ich bin genau hier richtig. Vielleicht hätte ich gern irgendwann ein kleines Häuschen. Aber daran arbeite ich. Noch ein bisschen mehr sparen, dann teile ich mir auf dem Apfelhof eine Parzelle direkt am Bach ab und lege los.«

»Und du hast den Mann dazu«, erinnerte er an Rouven.

Hans wusste wie albern das war, dennoch verspürte er Befriedigung über diesen winzigen Hauch eines Augenblicks, in dem sie verwirrt schien und ganz offenbar nicht wusste, von wem er sprach.

Sie fing sich schnell, richtete sich auf und gewann Abstand. »Rouven, richtig.« Bloem lächelte, nur nicht mehr ganz so strahlend wie zuvor. »Das Schöne ist, dass wir das Gleiche vom Leben wollen. Stabilität. Eine Familie und Kinder.«

Vielleicht war das noch etwas, das er sich einbildete, aber gerade jetzt klang sie, als müsste sie sich selbst davon überzeugen, das wirklich zu wollen.

Lag es am Alkohol? Oder begriff sie langsam, dass all die kleinen Fortschritte weg von der angepassten, biederen Bloem und hin zu der temperamentvollen Frau, die in ihr schlummerte, hinfällig wären, wenn sie sich auf ein Leben mit Rouven einließ?

Hans kannte den Typ. Er mochte gut in seinem Job sein, im Leben war er bestenfalls Mittelmaß. Zu geltungssüchtig, um Freunde zu gewinnen. Zu egoman, um eine gleichberechtigte Partnerin neben sich zu dulden. Rouvens Motor lief mit kritikloser Bewunderung – und dafür, ihm die zu geben, war das neue Blümchen nicht geschaffen.

Als sie nach all den anderen Nachtschwärmern endlich ihr Essen bekamen, erging Bloem sich in Fantasien von ihrem

Haus. Sie wollte ein Reetdach, die Fassade weiß, einen Lattenzaun und eine Brücke, die über den kleinen Kanal führte, damit sie die Dünen hochkraxeln konnte, ohne das Grundstück zu verlassen.

»Und Lavendel. Ich weiß nicht, warum, aber immer, wenn ich Bilder von diesen endlos langen Lavendelfeldern in der Provence sehe, bin ich völlig hingerissen.«

Hans nahm einen Schluck von seinem Wasser. »Du solltest hinfahren.«

»Du warst da?«

»Hm, auf dem Weg zum Meer habe ich da mal Rast gemacht. Dieser süße, schwere Duft, der über das sonnenverwöhnte Land wabert, ist mit nichts zu vergleichen.«

Bloem dachte nach. Langsam schien der Alkoholpegel leicht zu sinken. »Weißt du, dass ich gehörig Angst vor so etwas habe?«

Hans musste sich verhört haben. »Angst? Vor einem Lavendelfeld? Blümchen, auf die Gefahr hin, als Klugscheißer dazustehen: Das sind keine fleischfressenden Pflanzen.«

Sie winkte ab. »Das weiß ich doch. Und das meine ich nicht. Ich bin mir sehr bewusst, dass ich großes Glück habe, mich angekommen zu fühlen. Wenn ich da an meinen Vater denke ... kaum hatten wir irgendwo ein hübsches Plätzchen gefunden, ist er unruhig geworden und wollte weiter. Als wäre da ein innerer Drang, der ihn pausenlos herumrennen ließ. Und jetzt stell es dir vor, ich bin in Portofino ...«

»Wie kommst du aus der Provence nach Italien?«, warf Hans ein.

Sie verdrehte die Augen. »Im Zweifelsfall mit dem Auto. Aber darum geht es jetzt nicht.«

»Sondern?«

»Na, es ist einfach ein anderer Ort, der mir auf Bildern gefällt. Aber meinetwegen, stell dir halt die Lavendelfelder vor. Was tue ich, wenn ich mich unsterblich in diesen Platz verliebe? Und in Portofino wieder. Glaubst du, ich könnte noch glücklich sein mit dem, was ich habe, wenn ich pausenlos darüber nachdenken müsste, irgendwo anders viel glücklicher sein zu können?«

Das alte Lied vom Ende allen Glücks, weil man zu viel verglich. Aber er verstand, worauf sie hinauswollte. Wozu Sehnsüchte wecken, die nicht glücklich machten? »Wenn du Rouven tatsächlich heiratest, schenke ich dir zur Hochzeit ein Abo für eine dieser Reisezeitschriften. Dann kannst du dich in Gedanken überallhin beamen, ohne dein hübsches Reetdachhäuschen zu verlassen.«

Bloem rümpfte die Nase. »Wenn wir heiraten, bist du längst wieder hier weg. Ich habe gehört, wie du neulich mit Jule über die Vereinigten Staaten gesprochen hast.« Es sah drollig aus, wie sie den Kopf schüttelte und dabei mit ihrer beschwipsten Motorik versuchte, sich einen Pommes zwischen die Lippen zu schieben.

Hans grinste. Dabei grübelte er. Wieso wusste sie das? Das Angebot aus New York war ganz frisch, er hatte niemandem davon erzählt. Dann fiel ihm ein, dass Jule und er über seine Boston-Bewerbung gesprochen hatten. Für Bloem kam es wohl aufs Gleiche raus, es war weiter weg, als sie zu reisen bereit war. Also ließ er es so stehen. Vom Angebot des *Conservatoriums* mochte er auch nicht reden, bevor dort eine Entscheidung gefallen war.

»Warten wir's ab«, gab er deshalb vage zurück. »Im Moment tut sich eine Menge, aber nichts davon ist spruchreif.«

Bloem wurde nachdenklich. »Weißt du, dass ich dich darum beneide? Du bist so ... sorglos. Dabei hätte ich an deiner Stelle pausenlos Angst, dass es irgendwann nicht weitergeht und ich ohne Job und Wohnung dastehe.«

Die Sorge hatte er nun wirklich nicht. Er verdiente gut und gab wenig aus. Wie auch? Aus Kleidung machte er sich nicht allzu viel, und wenn andere Menschen durchs Nachtleben tobten, saß er gemeinhin auf einer Bühne und arbeitete. In Immobilien zu investieren, machte auch keinen Sinn, solange er nirgendwo fest, sondern immer nur für eine Saison bei einem Orchester anheuerte.

Aber all das mit Bloem zu besprechen, verbot er sich. Er müsste schon ein Masochist sein, um mit der Frau, in die er hoffnungslos verliebt war, seine Zukunft durchzukauen.

»Du isst ja gar nichts mehr. Bist du satt? Soll ich dich nach Hause bringen?«

»Oh ja, bitte. Rouven kommt morgen früh direkt vom Krankenhaus aus vorbei.«

Hans, der die Vorstellung hasste, ging schweigend neben Bloem her. Diesmal achtete er sorgfältig darauf, ihr keine Gelegenheit zu bieten, sich bei ihm unterzuhaken.

»Ist dir ohne die Jacke gar nicht kalt?«, wollte sie wissen, als sie den Parkplatz fast erreicht hatten.

Fast hätte er bitter aufgelacht. Neben ihr mochte er vieles spüren. Lust, Verlangen, eine Gänsehaut, die sich von seinen Lenden bis zu den Schenkeln erstreckte. Nur dass er frieren könnte, erwartete er nicht.

»Hallo-ho? Redest du noch mit mir?«

»Immer.«

»Also? Soll ich dir die Jacke lieber zurückgeben?«

»Ich melde mich, wenn ich Bedarf habe. Bis dahin reicht es mir, zu wissen, dass du warm eingepackt bist.«

»Wow, du kannst wirklich süß sein. Darin hast du Georg echt was voraus. Obwohl ... um mich hat er sich immer gekümmert. Nur nicht um meine Mutter.«

»Was meinst du? Wieso kommt sie von ihm nicht los? Es muss doch entsetzlich sein, achtzehn Jahre lang auf einem Hof am Meer zu sitzen und darauf zu warten, dass jemand zurückkommt, der einen längst vergessen hat.«

Sie erreichten den Wagen und stiegen ein.

Bloem nickte traurig. »Meine Großeltern und ich haben uns das immer gefragt. Vor allem, als es meiner Mutter ganz schlecht ging und sie stationär behandelt wurde. Das Problem ist, dass sie nicht loslassen will. Als ich mit dreizehn im Heim gelandet bin, hatte ich selbst einen Therapeuten. Der hat mir erklärt, dass es bei einer Trennung verschiedene Phasen gibt. Du musst den Schmerz zulassen, um weiterzugehen. Aber das kann sie nicht. Also steckt sie in der Zeitschleife der Leugnung fest. Sie glaubt einfach nicht, dass er sie wirklich verlassen hat. Wüsste sie, dass er mich nicht nur am Telefon sprechen, sondern herkommen und treffen wollte, würde sie sich unter Garantie vormachen, dass er das nur tut, weil er nach einem Weg sucht, Kontakt zu ihr aufzunehmen.«

Für Hans klang das reichlich wahnsinnig. Natürlich war Liebeskummer nie schön, aber wenn man ihn verleugnete, war auch nichts gewonnen. Von einer derart fordernden Frau erdrückt zu werden, musste die Hölle gewesen sein.

Bei allen Vorbehalten, die er gegen den Mann hegte, der seine Tochter im Stich gelassen hatte. Er verstand, dass er einen weiten Bogen um Carin Bosman machte.

Aber das Blümchen hatte vorhin etwas gesagt, das Hans hatte zusammenzucken lassen. »Du warst im Heim?«

Sie blinzelte ihn an, als könnte sie nicht glauben, dass ihr das herausgerutscht war. Dann schlug sie sich die Hände vors Gesicht. »Gott, erzähl das bitte niemandem. Das ist der absolute Tiefpunkt in meinem Leben.«

»Du hast es mir ja schon erzählt – darf ich dir ein paar Fragen stellen?«, fragte Hans mitfühlend.

»Solange ich mir vorbehalten darf, nicht zu antworten.«

Er nickte. »Wie ist es so weit gekommen?«

Bloem seufzte. »Ich wollt es lange nicht wahrhaben. Dass er nicht zurückkommt, meine ich. Hier in eine Schule zu kommen, zu sehen, wie andere Familien leben, hat mir unsere verfahrene Situation erst so richtig bewusst gemacht. Meine Mutter war praktisch nicht ansprechbar. Und meine Großeltern, die mich wirklich lieben, haben ständig Regeln aufgestellt. Nach dem Leben im Bus, wo ich tun und lassen konnte, was ich wollte ... ich bin immer wieder ausgerastet.« Es klang, als wäre sie noch heute erstaunt, dazu fähig gewesen zu sein. »Ich habe mich mit allen angelegt. Mit meiner Mutter, weil ich wollte, dass sie in ihrem Liebeskummer und ihrer Trauer reagiert und mich wahrnimmt. Mit meinen Großeltern, weil sie schlecht von meinem Vater geredet haben und ich dachte, dass er deshalb nicht zu uns kommt. Das ging so drei Jahre lang, dann bin ich das erste Mal abgehauen und die Polizei hat das Jugendamt eingeschaltet. Tja, nachdem ich es im dritten Anlauf über die Grenze geschafft hatte, kam ich ins Heim. Da habe ich dann begriffen, dass meine Mutter recht hat. Wenn man sich anlegt und aus der Reihe tanzt, geht es nie gut aus.«

Hans, der langsam durch die Nacht fuhr, tastete nach ihrer Hand. Sie fühlte sich in seiner so klein und kalt an, dass es ihm die Kehle zuschnürte.

Hätte er nicht vorhin schon begriffen, dass Bloem einen Anker brauchte, jetzt wusste er es.

Er machte nicht den Fehler zu sagen, dass er sie verstand. Wie sollte er? Seine Kindheit bot nichts außer der üblichen Abnabelungsrebellion. Hatte er über die Stränge geschlagen, war er weich gefallen, weil seine Familie ihn aufgefangen hatte.

Umso schlimmer war es, dass er sich eingebildet hatte, in Bloem einen Vulkan freilegen zu müssen. Als wüsste sie nicht längst, welche Kraft in ihr schlummerte.

Als er nach einer langen, schweigsamen Fahrt vor ihrem Haus anhielt, rechnete er damit, dass sie aus dem Auto steigen und flüchten würde. Doch sie blieb still sitzen, also stellte er den Motor aus.

»Alles okay? Dein Geheimnis ist bei mir sicher, falls du darum fürchtest.«

Sie sah ihn an. Mit ihren großen, schönen und gerade ziemlich traurig dreinblickenden Augen. »Tut mir leid, dass ich dir den Abend mit meinem Mist verdorben habe.«

Er rang sich ein leises, hoffnungsloses Lachen ab. »Dir muss überhaupt nichts leidtun.«

Als Bloem den Gurt löste und sich leicht in seine Richtung beugte, stockte Hans der Atem. Sie roch so gut. Und wie sie ihn ansah.

Dass sie die Stirn an seinen Bizeps legte und ganz offenbar seinen Duft atmete, machte es nicht besser. Wieder spürte er dieses Kribbeln in der Lendengegend, sein flatterndes Herz, das sich einfach nicht beruhigen wollte.

Trost. Er wollte ihr Trost schenken. Das zumindest redete Hans sich ein, als er den Arm ganz behutsam um ihre schmalen Schultern legte und sie an seine Brust zog.

Dass sie zu ihm aufsehen und mit der Nase sacht über sein Kinn streichen würde, hatte er allerdings nicht kommen sehen. Und so fand er sich völlig überrumpelt wieder, als er ihre Lippen mit den seinen streichelte.

Er betete, sie möge zurückweichen. Und hoffte gleichzeitig ebenso inbrünstig, sie solle das nicht tun.

Als Bloem die Hände um seine Wangen schmiegte und leise seufzte, während sie ihn erst zart, dann immer drängender küsste, schaltete sein Verstand einfach ab. Er leckte über ihre Lippen, ehe er sie fordernd küsste und seine Zunge mit ihrer verschmelzen ließ.

Hans hätte ewig so sitzen mögen. Doch ein grelles Paar Scheinwerfer, das sie blendete, ließ Bloem zurückzucken.

»Oh Gott, das ... das hätte nie passieren dürfen.«

Er wollte sie aufhalten, doch sie sprang flink wie ein Wiesel aus dem Wagen, ließ ihre Schuhe und seine Jacke zurück und huschte barfuß zur Haustür.

Schwer atmend, das Herz rasend wie nach einem hundert Meter-Sprint, sah er ihr nach. Es kostete ihn Kraft, dem Blümchen nicht zu folgen. Hans hatte die Hand bereits aufs Gurtschloss gelegt, als ihm klarwurde, dass sie vergeben war. Und dass sie daran nichts ändern würde – nicht für ihn.

Frustriert gab er Gas und brauste in die Nacht davon.

13. KAPITEL

Jule klatschte vor Begeisterung in die Hände, während Bloem wie ein Häuflein Elend auf der Terrasse der Strandbar saß.

»Jetzt sag schon, wie küsst er?«

»Das ist es, was du wissen willst?«

Jule schüttelte den Kopf, als könnte sie es nicht glauben. »Was denn sonst?« Sie zückte ihr Handy.

Bloem sah ihr irritiert zu. »Moment mal, ich erzähle dir von der größten Krise meines Erwachsenenlebens und du gehst zur Tagesordnung über und telefonierst?«

»Nur Anna. Wenn sie herkommt und mithört, muss ich ihr nicht alles erzäh... – Ah, du bist schon dran. Komm her! Sofort!« Sie lauschte kurz. »Natürlich habe ich einen guten Grund: Bloem und Hans haben geknutscht. Sie fängt gerade an zu erzählen, wenn du schnell bist ...« Jule steckte das Handy lachend weg.

»Sie hat einfach aufgelegt. Jede Wette, dass sie in fünf Minuten da ist.«

Bloem schlug die Lider nieder und – um sicherzugehen, dass die Welt auch wirklich gründlich ausgesperrt war – zusätzlich die Hände vors Gesicht. »Warum?«, fragte sie in die hohle

Hand. »Warum musste ich Spinnerin dir davon erzählen? Was kommt als nächstes? Rufst du Huub dazu, damit er das Ganze aus einer Ü50-Sicht kommentiert?«

»Wieso«, Jule lachte vergnügt. »Brauchst du eine männliche Meinung? Dann empfehle ich dir Jan. Er kennt Hans und kann dir raten, was du tun sollst.«

Bloem ließ die Hände sinken. »Wenn du ihm das erzählst, dann ... dann ...« Es war wirklich Zeit für ein bisschen prägnantes Vokabular. Sie brachte ja noch nicht einmal etwas Simples wie killen über die Lippen.

Aber da sprang Jule schon auf. »Bis Anna hier ist, richte ich uns ein Frühstück. Huub ist heute Morgen zum Dienst erschienen, der kann mir den Laden schmeißen.« Sie klatschte in die Hände, wie Bloem sich eine Schauspielerin in einem Psychiatriefilm vorstellte, die reif für ein paar erdende Elektroschocks war.

Kaum war sie allein. Hob sie ihr Gesicht in die Sonne. Wie sollte sie Rouven je wieder in die Augen sehen? Schon als er heute Morgen angerufen hatte, um ihr zu sagen, dass er doch das komplette Wochenende durcharbeiten musste, hatte Bloem kaum ein Wort herausgebracht.

Und was noch schlimmer war, sie hatte kein Bedauern verspürt, ihn nicht zu sehen, sondern war erleichtert gewesen. Was stimmte nicht mit ihr?

Nicht nur, dass sie mit Hans herumknutschte, sie hatte die endlos lange, schlaflose Nacht an nichts anderes denken können. Weil es ein Hammerkuss gewesen war. Weil sie mehr gewollt hatte. Seine Hände auf ihrer Haut und wenn er ihr das gegeben hätte, wäre es wieder nicht genug gewesen. Bloem wollte alles. Nur war Hans dafür nicht der richtige Mann.

Wieder und wieder spielte sich vor ihrem geistigen Auge der gleiche Film ab. Das Leuchten in seinen Augen, seine vollen Lippen auf ihren. Dieses berauschende Prickeln in ihrem Schoß. Dazu ihre Brustwarzen, die sich hart aufgerichtet hatten. Hätten die Scheinwerfer sie nicht geblendet, sie wäre glatt imstande gewesen, Hans mit in ihre Wohnung zu nehmen und mit ihm zu schlafen. Trotz Rouven.

»Hast du dir schon mal überlegt, dass Rouven vielleicht der Grund dafür ist, dass du dich nach Hans verzehrst?« Anna, die ebenso wenig schockiert wirkte wie Jule, hatte sich Bloems Geschichte mit wachsender Begeisterung angehört. Nun mampfte sie genüsslich an ihrem reichlich belegten Ciabattabrötchen herum und gab markige Sprüche von sich. »Nimm zum Beispiel mich. Ich bin verrückt nach David James Gandy. Ehrlich, ich finde, es gibt keinen schöneren Mann auf dem Planeten. Aber seit ich mit Ben zusammen bin, könntest du mir David Gandy nackt auf den Bauch binden ...«

»Nur zum besseren technischen Verständnis«, fiel Jule spitzbübisch grinsend ein. »Du wärest in diesem Szenario auch nackt?«

»Klar. Ich wäre eine nackte, mit dem Körper einer Göttin gesegnete Frau, wir könnten sofort loslegen. Einrasten und genießen – nur würde er mich kaltlassen. Allein der Gedanke, mit jemand anderem als Ben ins Bett zu gehen, verursacht mir Übelkeit. Und hier kommt Miss Unschuld, die ihren Helden seit gerade einmal ... wie lange datest du Rouven? Fünf Monate?«

»Fünfeinhalb«, warf Bloem verschnupft ein.

»Auch zu früh für den Klassiker«, gab Anna entschieden zurück.

Bloem wusste, sie sollte nicht fragen, weil die Antwort sie nur noch mehr verstören würde, aber ihr Mund war schneller. »Was ist der Klassiker?«

»Na, du weißt schon, ihr habt alle spannenden Dinge aneinander entdeckt. Der Alltag meldet sich zurück, was anfangs ganz okay ist. Aber irgendwann fällt dir auf, dass du diesen Zauber des Anfangs vermisst. Heiße Küsse, das Gefühl, begehrt zu werden und der Wunsch, dem anderen die Klamotten vom Leib zu reißen. Davon«, Anna sah Bloem mitleidig an, »seid ihr Jahre entfernt.«

Um ehrlich zu sein, war Bloem nicht sicher, ob sie besagten Zauber mit Rouven je erlebt hatte. Für leidenschaftliche Ausbrüche war er zu kontrolliert. Sie gingen um Punkt halb elf zu Bett. Die restliche halbe Stunde lief immer gleich ab: Lästereien über Rouvens Kollegen unter besonderer Berücksichtigung besonders begriffsstutziger Krankenschwestern. Dann widmete Rouven sich mit großer Ernsthaftigkeit seinen Fachmagazinen. Und die restlichen zehn Minuten waren den leidenschaftlichen Aspekten ihrer Beziehung gewidmet. Wobei Bloem nie dahintergekommen war, ob er heimlich auf den Wecker schielte oder der exakte Dreiklang seiner abendlichen Aktivitäten ihm längst in Fleisch und Blut übergegangen war.

Während Bloem sich all das durch den Kopf gehen ließ, verstummten Jule und Anna und musterten sie mit nachdenklichen Blicken.

»Was?«

»Ist Rouven zu Leidenschaft fähig?«, fragte Anna und dabei schwang nun gar kein Spott mehr mit.

»Müssen wir das besprechen?«, wollte Bloem wissen.

Jule und Anna tauschten Blicke, als wären sie unsicher, wer ihr die schlechte Botschaft überbringen sollte.

Es war Jule, die sich ein Herz fasste. »Versteh uns nicht falsch, aber wir machen uns Sorgen. Du warst immer bemüht, niemandem zu nahe zu treten und es allen recht zu machen ... dass du dich so um die Menschen in deinem Umfeld sorgst, ist entzückend.«

»Aber?«, fragte Bloem.

»Es ist nicht okay, wenn jemand dein gutes Herz ausnutzt, um dich umzumodeln und an dir herumzuerziehen.«

»Das tut Rouven nicht!«

»Wie bitte? Nimm nur einmal die Essensregeln. Du liebst Fleisch. Ich gönne es dir. Solltest du je aus Überzeugung dazu kommen, keins mehr zu wollen, hast du auch dazu meinen Segen. Und das ist der Unterschied: Ich habe dich lieb und akzeptiere, dass du dein Leben nach deinen Wünschen gestaltest. Und jetzt sag mir, ob du das vom Körnerdoktor auch sagen kannst?« Jule funkelte sie an und schob die Unterlippe vor, wie um zu signalisieren, dass Bloem ihr ja keinen Blödsinn auftischen sollte.

»Ich weiß ja, dass ich ... meinen Standpunkt etwas konsequenter vertreten muss. Aber das spricht nicht gegen Rouven. Sondern gegen mich. Er ist toll. Das Problem ist, dass ich mir bisher zu wenig Mühe mit mir und meiner Gesundheit gegeben habe.«

Anna griff zu ihrem frischgefüllten Kaffeepott. Fast wirkte es mystisch, wie sie Bloem über den wabernden Dampf hinweg ansah. »Hast du bei Hans auch das Gefühl, dich ... optimieren zu müssen?«

»Nein.«

»Ich frage mal andersherum«, klinkte sich Jule ein. »Wäre Rouven nicht, käme Hans für dich in Frage?«

»Nein!« Bloem stieß das Wort so entschieden aus, dass Jule und Anna sich überrascht ansahen.

Vielleicht war das ein Zeichen, auch ihren Freundinnen gegenüber Farbe zu bekennen. Schweren Herzens erzählte Bloem zumindest grob, wie ihr Vater sie damals hatte hängen lassen, um weiter als Musiker durch die Lande zu touren. »Versteht ihr das? Ich weiß, dass Hans nicht über Dorffeste tingelt, sondern ein wirklicher Künstler in seinem Job ist. Er trägt Verantwortung und hat im Gegensatz zu Georg sein Leben im Griff. Trotzdem gibt es Parallelen: In ein paar Monaten ist er wieder weg. Ich suche jemand Beständigen, der für mich da ist, mit dem ich mir etwas aufbauen kann.«

Anna und Jule schien es die Sprache verschlagen zu haben. Jedenfalls sah jede für sich hinaus aufs Meer.

»Wieso hast du uns das von deinem Vater nie erzählt?«, wollte Jule wissen.

»Weil ich mich geschämt habe?« Bloem zuckte hilflos die Achseln. »Dass mich der eigene Vater aus seinem Leben kickt ... zu was macht mich das?«

»Dich?«, ging Anna von null auf hundert in die Luft. »Über dich sagt es gar nichts. Du warst ein Kind. Menschen, die richtig ticken, lieben ihre Kinder. Sie kümmern sich um sie und sie beschützen sie. Und jetzt denk nach: Dass er einfach in seinen Bus gestiegen und davongefahren ist – zu was macht ihn das?« Anna musste sich zwingen, herunterzukommen, das war ihr deutlich anzusehen. Dann griff sie Bloems Hand. »Du magst Hans. Sonst hättest du ihn nicht geküsst. Du bist nicht der Typ Frau, der das leichtnimmt.«

Bloem sah ihre Freundinnen nicht an. »Stellt euch doch nur mal für einen Moment vor, dass ich mich darauf einlasse. Ich müsste Rouven weh tun, damit Hans mir das Herz brechen kann. Ergibt das für euch Sinn?«

Seufzend stand Jule auf. »Ich muss wieder rein. Der Laden ist voll. Aber ich wünschte, du würdest es dir noch einmal überlegen. Wenn jemand eine Chance verdient, dann ist es Hans.«

Als auch Anna aufbrach, ging Bloem hinunter an den Strand. So sehr sie sich das türkisfarbene Kitesegel herbeiwünschte, Hans war nicht zu sehen. Also lief sie bis auf Höhe des Stadtzentrums am Wasser entlang und dann hinauf zur Fußgängerzone, um einzukaufen. Ihre Hoffnung, Hans mal wieder zufällig im Supermarkt zu treffen, erfüllte sich nicht.

Der Tag zog sich endlos. Bloem bereitete den Unterricht für die Woche vor, putzte ihre Wohnung und ging dreimal die Hochzeitsplanung durch. Neunzig Prozent hatten sie und Hans geklärt. Als es wirklich nichts mehr zu tun gab, griff sie zur Fernbedienung. Weit kam Bloem auf der Suche nach einer spannenden Serie nicht. Ihr Handy klingelte.

Bitte, lass es nicht Rouven oder Hans sein, betete sie stumm, denn sie wusste nicht, was sie ihnen sagen sollte.

Als sie endlich das Telefon in die Hand nahm, las sie »Anonym.«

»Bosman?«

»Blümchen, wo bleibst du denn?« Die schmeichlerische Stimme ihres Vaters.

Sie musste sich zusammenreißen, um nicht einfach aufzulegen, so enttäuscht war sie von ihm. »Sagst du mir, was du meinst?«

»Na, ich sitze im *Huis ter Duin* an der Bar und warte auf dich.« Entweder ihre Nerven spielten ihr einen Streich, oder Georg klang tatsächlich quietschvergnügt.

»Du sitzt jetzt da?«

»Wir sind verabredet. Schon vergessen?«

»Georg, du hast mich gestern angerufen und dich für gestern mit mir verabredet. Du erinnerst dich? Du sagtest: Bis gleich – ich freue mich. Dann hast du aufgelegt.«

»Ernsthaft? Hm ... lass mich überlegen. Ich weiß nicht. Wenn, dann habe ich mich vertan. Also: Kommst du rüber?«

Ihr schwante, dass das der Punkt war, an dem sie aus dieser Kennenlernsache einfach aussteigen sollte. Aber der Wunsch, ihn zu sehen, zu hören, dass er sie vermisst hatte, war stärker.

»Gib mir zwanzig Minuten. Ich muss mich rasch umziehen.«

»Lass dir ruhig Zeit. Ich sitze bequem und trocken. Soll ich schon etwas für dich bestellen?«

»Nein danke!«, gab sie steif zurück und unterbrach das Gespräch. Heute würde kein Hans kommen. Sie war auf sich allein gestellt. Nur würde sie sich diesmal keine Verzierungen für Georg abbrechen – falls der überhaupt noch in der Bar saß, wenn sie kam.

Bloem entschied sich für schwarze Jeans und einen gleichfarbigen Pulli, band ihr Haar zu einem hohen Pferdeschwanz, gab Mascara auf ihre Wimpern und half mit rotem Lippenstift nach. Dazu weinrote Booties und eine passende Lederjacke. Das musste reichen.

Sie schwang sich auf ihr Rad und stand keine zehn Minuten später in der Bar. Widerwillig fühlte sie ihr Herz rasen. Wenn er jetzt nicht da war, würde sie sich so schlimm betrinken wie nie zuvor und ... Da saß er!

Bloem erkannte ihn sofort. Die braunen Locken, der verschmitzte Blick, nur dass seine Augen mittlerweile von dichten Falten umringt waren. Rasiert hatte er sich nicht. Und er trug einen Hut, der Hans' Modell so sehr glich, dass sie schlucken musste.

Langsam ging sie zu seinem Tisch.

Georg sprang auf. »Blümchen!« Er packte sie bei den Schultern, hauchte Küsschen auf ihre Wangen und schob sie dann auf Armeslänge von sich. Immerhin hatte er den Anstand, ein wenig verlegen dreinzuschauen. »Lass dich anschauen? Du bist ... groß geworden?«

Ernsthaft? Er hatte ein zehnjähriges Kind verlassen und wunderte sich, dass es in achtzehn Jahren gewachsen war. Bloem presste die Lippen fest aufeinander, denn sie war ziemlich sicher, dass sie ihm diese Frage sonst um die Ohren hauen würde. Stumm nahm sie Platz und sah ihm unverwandt in die Augen.

Er schien von ihrem Schweigen irritiert. »Gott, Blümchen, du ahnst nicht, wie ich dich vermisst habe.« Er wollte nach ihren Händen greifen.

Bloem entzog sich ihm. Dabei kämpfte sie mit dem Drang, einfach aufzuspringen und zu gehen. Sie musste ihre Gefühle sortieren. Ordnung in das Chaos bringen. Allein die Angst, dass er wieder verschwand, ehe sie damit fertig war, hielt sie zurück. Sie wollte all die Fragen loswerden, die ihr seit einer Ewigkeit im Kopf herumspukten.

»Wieso bist du hier?«, feuerte sie die erste ab.

»Na hör mal, kann ich meine einzige Tochter nicht besuchen, wenn mir danach ist?«

Ihm war gar nicht klar, wie lächerlich er sich gerade machte. Und Bloem würde es ihm nicht sagen. Sie war nicht der Typ, um solche Dinge zu verkünden. Und er war zu alt, um sich von seiner Tochter beschlaumeiern zu lassen.

Bloem stellte weitere Fragen: »Dann lass doch mal hören, wie ist es dir in den letzten achtzehn Jahren ergangen? Wo bist du gewesen? Was hast du gemacht?«

Ihm gefielen ihre Fragen nicht. Bloem sah es, weil sein Charisma, dieses überirdische, seine Umwelt verführende Leuchten bröckelte. Es hatte nichts Spielerisches mehr, sondern wirkte angestrengt. Als wäre ihm die Fähigkeit, Dinge einfach fortzulächeln, bei seinen vielen Reisen abhandengekommen wie ein vergessener Schirm.

»Du weißt doch, was ich mache. Touren, spielen, mich um die Fans kümmern.«

»So, so«, sagte sie und nickte.

Dann blieb es stumm. Hatten ihm ihre Fragen nicht gefallen, machte es die Wortlosigkeit noch schlimmer. Zwar hielt er die Arme demonstrativ lässig über die Sessellehnen gebreitet, doch dabei rutschte er so ungeduldig auf dem Sitz herum wie Bloems Grundschüler, wenn sie die Pause nicht erwarten konnten.

»Erzähl ruhig, ich höre zu«, ermunterte sie ihn zu reden.

Früher hatte er das so gut gekonnt. Fäden spinnen, Dinge aufblasen und großreden, bis sie wie riesige, flirrende Ballons in die Luft aufstiegen. Wer ihn nicht länger gekannt hatte, war beeindruckt gewesen von seinem amüsanten, spritzigen Charme. Sie selbst hatte seine Erzählungen all die Jahre gehütet wie einen Schatz.

Aber gerade jetzt? Sie erinnerte sich an Georgs Bassisten, der ein Jahr mit ihnen getourt war und aus heiterem Himmel alles hingeworfen hatte. Oder Klaus, der Keyboarder, der verlangt hatte, Georg solle »mit den Scheißlügen aufhören«. Bloem fiel ein anderer ein. Und noch einer. Lauter Leute, die ihn angebetet hatten – und gegangen waren, sobald sie ihn wirklich kennengelernt hatten.

Georg sprang auf. »Wie wäre es, wenn wir ... wir könnten ein bisschen spazieren gehen?« Ohne ihre Reaktion abzuwarten, winkte er dem Kellner. »Meine Tochter übernimmt die Rechnung.«

Bloem staunte nicht schlecht, als sie eine Quittung über die Summe von 67 Euro bekam. Fünf Gläser Whisky zu 12,50 Euro – plus ein Wasser.

Das ging nicht gut los. Sie war wie vor den Kopf geschlagen. Zähneknirschend legte sie das Geld aufs Tablett und folgte

Georg die Treppe hinab bis vor die Tür. Dort blieb er stehen und fragte kurz angebunden. »Wo lang?«

»Georg, ich ... ich weiß nicht, ob das so eine gute Idee ist. Um genau zu sein, bezweifle ich es sogar.«

Sie hatten keine zehn Minuten da oben gesessen. Bloem konnte kaum glauben, wie viele kleine Hinweise sich in diesen wenigen Momenten angesammelt hatten. Dass er keine Fragen gestellt hatte. Dass er nur der Höflichkeit halber und das auch nur teilweise auf ihre eingegangen war. Keine Spur von Herzlichkeit. Nicht der Hauch von Interesse. Was auch immer sie sich erhofft hatte, das war es nicht. Zumal eine weitere böse Erinnerung zurück war.

All die Leute, die er angepumpt hatte. Die Bekannten, bei denen sie sich – teils über Wochen – einquartiert hatten, weil der Bus ihnen im Winter zu kalt gewesen war.

Jedes bisschen Großzügigkeit und Güte hatte er aufgesaugt wie ein Schwamm und die Leute dabei so lange mit seinem Charisma und seinen leuchtenden Geschichten um den Finger gewickelt, bis sie ausgesaugt gewesen waren.

Bloem war nicht dumm. Und sie war nicht naiv. Viele Leute verwechselten das bei ihr, sahen in Bloems Wunsch, das Gute in den Menschen zu erkennen, eine Art Unfähigkeit für die Realität. Aber so war sie nicht. Nie gewesen. In vielen entdeckte sie Gutes. Um die anderen machte sie einen Bogen.

Nur hatte ihr Realitätssinn in Bezug auf Georg versagt. Sie hatte das Gute in ihm nicht entdeckt, sondern in ihn hineininterpretiert und dabei mit den Jahren alle negativen Aspekte ausgeblendet.

Nun zu erkennen, dass die Geschichten über ihren Vater nicht nur in einen Lebensabschnitt gehörten, in dem man Bloem Grimms Märchen aufgetischt hatte, sondern dass sie auch nicht ein Quäntchen mehr Wahrheit enthielten als Rapunzel und Rotkäppchen, tat weh.

»Aber was denn, Blümchen?«, er blies sich mächtig auf. Diesmal in der Rolle des Unverstandenen. »Ich dachte, ich komme her, wir quatschen uns mal richtig aus. Momentan stehen keine Auftritte an. Wir könnten es uns bei dir gemütlich machen und uns neu kennenlernen. Was meinst du? Bis zum Frühjahr habe ich Zeit.«

Bloem sah ihn an – und lachte. Sie lachte so laut und schrill, dass ihr die Tränen kamen. Eigentlich war es traurig. Ihr war zum Weinen zumute. Und gleichzeitig konnte sie nicht aufhören zu lachen, weil sie endlich sah, was sie all die Jahre gewusst und nie zugelassen hatte.

Ihre Lichtgestalt, ihre größte Sehnsucht war ein schmarotzender Blender. Könnte Carin ihn doch nur so sehen. Ihre Mutter wäre bis in alle Ewigkeit kuriert von ihren romantischen Träumen.

Und an diesem Punkt blieb Bloem das Lachen im Hals stecken.

Was, wenn Georg es bei Carin versuchte?

Was, wenn Carin sein letzter Ausweg war, in einem warmen, gemütlichen Haus zu überwintern? Ihre Mutter würde ihn aufnehmen. Keine Frage. Und ihre Großmutter träfe der Schlag. Von ihrem Großvater Thijs, der nur noch selten bei Verstand war, würde Georg so ziemlich alles bekommen.

Ihr blieb die Wahl: Entweder sie beherbergte ihn.

Oder er würde ihre Familie aussaugen, bis nichts mehr von ihr übrig war.

Bloem biss sich auf die Lippe. Der Wunsch, die Augen zu schließen, war fast übermächtig, aber sie ließ ihn nicht aus dem Blick.

Als sie den Mund nach einer kleinen Ewigkeit wieder öffnete, hörte sie sich sagen: »Über den Parkplatz und dann links.«

14. KAPITEL

Der Kuss, dieser wahnsinnige, welterschütternde, lebensverändernde Kuss ging Bloem in der folgenden Woche nicht aus dem Sinn. Wieso hing sie Hans so nach? Sie war fahrig und abgelenkt.

Das fiel auch Rouven auf. Als hätte jemand einen Schalter umgelegt, endeten seine Endlosschichten in der Klinik so plötzlich, wie sie angefangen hatten. Er war zurück. Präsenter als zuvor.

Bloem wünschte, sie könnte sich darüber freuen. Tatsächlich war sie angespannt, denn ihr schien es, als stünde Hans, eine durchscheinende, leuchtende, geisterhafte Version von ihm, ständig neben ihr. Sie sah sein spöttisches Grinsen, wenn Rouven etwas sagte. Seine begehrlichen Blicke, die an ihren Lippen hingen. Und über allem die unausgesprochenen Fragen: Wieso ließ sie zu, dass Rouven sie vereinnahmte und manipulierte?

Die Antwort kannte sie: Weil Rouven real war. Weil er nicht wie ein Geisterwesen dastand, das jederzeit verschwinden konnte Richtung Amerika oder wusste der Geier, wohin sonst.

Georg hingegen bekam nichts von Bloems innerem Aufruhr mit. Wie sollte er? Ihr eigener Vater wusste nichts über sie, wie sollte er da einen Vorher-Nachher-Vergleich anstellen? Zumal er ziemlich beschäftigt war, meistens mit sich. Wenn er darin pausierte, sah er es als heilige Pflicht, Bloems Wohnung in eine Art Müllhalde zu verwandeln.

Seine Basis bildete die Schlafcouch in Bloems Arbeitszimmer. Die Liegefläche bot Platz für zwei Personen. Eine Hälfte war mit einem hohen Klamottenhaufen belegt, der stark mit den Ausdünstungen eines nassen Kleidercontainers konkurrierte. Ob ihn das störte? Es schien nicht so, denn direkt neben diesem Berg vor Schmutz und altem Schweiß müffelnder Klamotten schlief Georg. Um dieses seltsame Stillleben gruppierten sich massenhaft Teller mit Resten in verschiedenen Stadien der Verwesung.

War er wach, lümmelte er auf dem Bett herum und aß oder telefonierte oder surfte im Netz. Zur Krönung hatte er den Fernseher vom Wohnzimmer ins Arbeitszimmer geschleppt (»Du bist ja eh nie da.«) und im Bad (»Die Wärme beim Baden tut meinem Rücken gut.«) einen Biervorrat angelegt.

Rouven bekam die Krise, wenn er ihn nur sah. Dass Bloem ihm Georg bislang verschwiegen hatte, war Rouven nur einen knappen Kommentar wert gewesen: »Verständlich!« Dann war er zur Tagesordnung übergegangen, seinen abendlichen Bettmonologen, in denen das bevorzugte Lästerobjekt nun Georg war. Der verdarb Rouven alles. Den Appetit, die Lust aufs Duschen, das Interesse an Sex. Die zehn Minuten, die Rouven bei Letzterem einsparte, hängte er an die Lästerattacken an.

Das nagte an Bloem und machte ihr das Herz schwer. Immer wieder sagte sie sich, dass sie dazwischengehen sollte. Das war immer noch ihre Wohnung. Und ihren Vater aufzunehmen war ihre Entscheidung. Aber dann drifteten ihre Gedanken zu diesem Urknallkuss und sie blendete Rouven völlig aus.

Georg war vergessen. Mehr noch, wenn sie morgens im Lehrerzimmer saß und die Abende Revue passieren ließ, war sie sogar froh, dass Rouven jedes Interesse an körperlicher Zuwendung verloren hatte, denn Bloem war nicht sicher, ob sie dazu bereit war. Sich nach Hans zu sehnen und Rouven zu spüren; das konnte nur in einer Katastrophe enden.

Tat es aber nicht, weil Rouvens Sonderschichten in der Klinik nach drei Tagen exzessiven Platzhirschgebarens ebenso plötzlich wieder anfingen, wie sie zuvor aufgehört hatten. Es war ein Mysterium.

Bloem sagte sich, dass ihr auch das etwas ausmachen sollte. Wie wollten sie je wieder zueinanderfinden, wenn sie sich nie sahen? Sie wollte darüber mit Rouven reden, tat es aber nicht. Langsam fühlte sie sich wie Scarlett in Vom Winde verweht. Sie verschob die wichtigen Dinge immer wieder auf morgen. Dann würde sie mit Georg reden. Sie würde mit Rouven ins Reine kommen. Und sie würde Hans ganz gelassen gegenübertreten. Morgen!

Doch als Hans am Freitag tatsächlich anrief und sie seinen Namen auf dem Handy-Display las, zuckte sie zusammen. Sie könnte morgen mit ihm telefonieren. Doch letztlich siegte ihre Sehnsucht nach seiner Stimme. Diesem warmen, dunklen Timbre, das ihr so zuverlässig ein Prickeln schenkte.

»Lass mich raten: Die Hochzeit ist abgesagt und du suchst jemanden, der zwanzig Flaschen Champagner mit dir ext?«, begrüßte Bloem ihn – auch wenn sie nicht halb so locker klang, wie sie es wollte.

Hans lachte, und das klang nicht weniger befangen. Für den Mann, der keine Halbheiten machte und nur das sagte, was er tatsächlich meinte, war es sogar beachtlich unecht. »Mit der Absage lassen sie sich Zeit. Dafür wird das Bühnenpodest eher frei. Die Monteure könnten es heute schon installieren und da dachten Jule und ich, dass es nett wäre, heute und morgen in *Nieuwe Begin* spontan Livemusik anzubieten. Vielleicht Sonntag zusätzlich ein Jazz- und Swing-Frühstück. Meine Band hat jedenfalls Zeit.«

Bloem zermarterte sich das Hirn: Das mit den Konzerten am Wochenende vor der Hochzeit war eine Sache zwischen Jule und Hans. Da mischte sie sich nicht ein. Aber es hatte keine Absprache zum Aufbau des Podests gegeben. Zumindest keine, bei der sie dabei gewesen wäre.

»Sag mal, Herr Verhoeven, versuchst du gerade, mir eine Bühne unterzujubeln, obwohl wir noch keine Stellprobe für die Tische hatten und gar nicht klar ist, wo das Podest hinkommt?«

Hans lachte sein sonores Lachen. Sie sah vor ihrem geistigen Auge, wie seine schönen Augen dabei blitzten und er eine Haarsträhne zurückstrich. »Ein Versuch kann nicht schaden«, sagte er schließlich.

»Weißt du, was ich dazu sage? Ve-to!« Ha, endlich konnte sie es auch einmal anbringen, nachdem er zuvor all ihre Vorschläge blockiert hatte.

»Wann soll diese Bühne denn kommen?«, fragte Bloem und sah aus dem Augenwinkel Georgs Kopf herumschnellen.

Natürlich, so hingebungsvoll konnte er gar nicht in seine Sauerei in der Küche vertieft sein, dass er ein Wort wie Bühne überhörte.

»Das ist der Punkt. Sie wird gerade demontiert und wäre in zwei Stunden hier. Die Monteure, die sie bringen, würden für kleines Geld bei Jule mit anpacken – vorausgesetzt, wir bauen sie gleich auf. Andernfalls laden sie das Zeug nur ab und dann müssen meine Jungs aus der Band sich damit herumschlagen.«

Das war ein Argument. Dummerweise gingen sie sich seit dem Kuss aus dem Weg. Dinge, die seit Tagen geklärt sein sollten, schoben sie vor sich her. Und da war der Belegungsplan für Jules Bar ganz oben auf Bloems Liste. Sie überlegte. Schon heute könnte der erste Livemusikabend sein. Es wäre dämlich, die Monteure wegzuschicken.

»Bist du schon bei Jule?«

»Ich kann in fünf Minuten da sein.«

Das war zu schnell. Sie brauchte Zeit, um sich für das Wiedersehen zu wappnen. »Wann kommen die Monteure?«

»In zwei Stunden.«

Bloem atmete auf. »Gut, dann sehen wir uns in einer Stunde. Ich bringe Klebeband und einen Zollstock mit, wir schauen, wo die Tische stehen sollen und entscheiden dann über die Einteilung für alles Weitere. Wäre deiner Band damit gedient?«

»Mehr als das! Dann bis gleich ...« Irgendwie klang es nicht, als wäre der Satz zu Ende. Zumal Hans Luft holte. Doch statt noch etwas zu sagen, legte er einfach auf.

Bloem nahm das Handy vom Ohr und sah sich Georg gegenüber. Er hielt ein faustdickes Sandwich, aus dem das Dressing auf den Boden tropfte.

Solche Szenen verunsicherten sie immer wieder. Auf der einen Seite hatte sie Rouvens Stimme im Ohr, der nicht müde wurde, ihr zu sagen, dass sie ihm zu viel durchgehen ließ. Aber da war eben auch ihr schlechtes Gewissen.

Rückblickend hatte sie am ersten Abend in der Bar zu hart reagiert. Ja, er mochte ihr Vater sein. Aber sie kannten einander nicht. Natürlich mussten sie sich langsam annähern. Und dabei waren ihre Ablehnung und die Erwartungshaltung ihm gegenüber nicht hilfreich gewesen.

Ergeben seufzend lief Bloem in die Küche und holte einen Lappen, wobei Georg ihr auf dem Fuße folgte.

»Sag mal Blümchen, was hast du da gerade über eine Bühne und eine Band geredet? Wieso weiß ich davon gar nichts?«

Sie wischte den Fleck weg. Dann zuckte sie die Achseln. »Keine Ahnung. Wahrscheinlich, weil es nichts zur Sache tat. Ich organisiere mit einem Bekannten die Hochzeit einer Freundin. Da ist die Bühne nur einer von vielen Punkten.«

»Moment mal«, er schaltete sein unheimliches Lächeln an. Es wirkte auch jetzt nicht charismatisch, sondern gewollt und listig. »Du hast hier einen Profi im Haus. Natürlich fasse ich mit an. Wenn sie mich nett bittet, überlege ich mir vielleicht sogar, meine Gitarre zu stimmen und das Ganze auf eine professionelle Ebene zu heben. Was zahlt sie denn?«

Bloem blieb die Luft weg. Ihr Vater, der Meister des Tingeltangels, wollte Hans und seine Freunde aus dem Hochzeitsprogramm kicken? Soweit sie wusste, hatte jeder von ihnen ein Instrument studiert und war in seinem Bereich erfolgreich. Gehört hatte sie die Jungs allerdings immer noch nicht, denn nach dem Kuss hatte sie freiwillig auf die Bandprobe verzichtet.

»Georg«, das Wörtchen Papa wollte Bloem einfach nicht über die Lippen, »ich habe da so eine Ahnung, als käme die Band gut allein zurecht.«

Er lachte mitleidig. »Das zu beurteilen, solltest du mir überlassen. Natürlich begleite ich dich. In einer Stunde hast du gesagt?«

Bloem nickte. Ihr Vater würde sich das nicht ausreden lassen. Sollte Georg halt mitkommen. Dann würde er selbst merken, dass Hans keine Unterstützung brauchte.

Nur tat Georg das nicht.

Bei ihrem ersten Treffen seit jenem – für Bloem so – verhängnisvollen Kuss standen Hans und sie sich gegenüber wie zwei verknallte Teenager. Dabei brannte ihr Herz vor Sehnsucht, es juckte sie in den Fingern über die rauen Stoppeln auf seinem Kinn zu streichen, sich an ihn zu schmiegen und ihn zu küssen.

Doch Hans tat nichts, was darauf schließen ließ, dass er das auch wollte. Abgesehen vielleicht von seinem Blick, der sich so intensiv mit ihrem verwob, dass sie meinte, ihn körperlich zu spüren.

Das Fatale an ihrer Unschlüssigkeit war Georg. Er würdigte Hans kaum eines Blickes und baute sich mitten im Raum auf.

»Hier kommt die Bühne hin!«, verkündete er, breitete die Arme aus und drehte sich im Kreis, als könnte er die Bühnenluft schon wittern. »Die Tische fliegen raus. Stühle weg. Dann haben mehr Leute Platz.«

Hans und Bloem, erwachten aus ihrer seltsamen Starre, wandten sich zu ihm um und öffneten synchron die Münder. »Veto!«

Hans lachte.

Bloem nicht.

Sie sah ihrem Vater vieles nach. Aber die beiden Livekonzerte waren ein Randaspekt. Hauptsächlich ging es ihr um Jules Hochzeit und da würden die Gäste bestimmt nicht um eine Bühne herumstehen.

»Was soll das heißen? Veto? Bist du noch bei Trost? Wenn hier einer Bühnenerfahrung mitbringt, bin ich das.« Er schnauzte sie an, als wären die vergangenen achtzehn Jahre nie gewesen, ja, sie kam sich vor wie ein unmündiges, verbal abgewatschtes Kind.

Na, da hatte sie eine Überraschung für ihn. Hier ging es nicht um sie selbst. Da musste sie nicht überlegen, ob sie zu weit ging oder zu empfindlich war oder jemandem zu nahetrat. Eine Hochzeit zu planen war kein Spaß. Und es duldete keine Einmischung.

»Die Bühne kommt an den Rand, die Tische stehen in der Mitte.«

Georg öffnete wieder den Mund, doch Bloem würgte ihn mit einem ungeduldigen Händewedeln ab. »Nicht verhandelbar.«

Er grummelte etwas, aber scheinbar dämmerte selbst ihm, dass es klüger war, ausnahmsweise die Klappe zu halten.

Rasch klappte Bloem den Zollstock aus und maß erst den Raum, zückte dann das Klemmbrett mit den Maßen der bestellten Tische und begann, Markierungen für mögliche Anordnungen auf den Boden zu kleben.

Jule kam dazu und als Hans und sie für die Variante mit den beiden langen, parallel stehenden Tafeln plädierten, waren sich alle einig.

»Dann nehmen wir die Hängesessel ab und stellen da den Kindertisch hin. Wenn das Buffet neben die Bar kommt, ist es weit genug weg. So haben wir sie im Blick, wenn sie rüber laufen und können eingreifen, ehe sich jemand verbrennt.« Bloem deutete auf eine Lücke zwischen beiden – gedachten – Tischen am Ende des Raumes. »Also dahin die Bühne?«

Hans und Jule nickten so schnell, dass Georg keine Zeit für weitere Proteste blieb.

»Fein, dann schlage ich vor, wir räumen die Tische, die den Bühnenbauern gleich im Weg sind, schon mal an die Seite, damit es schneller geht.«

»Ihr könnt sie auch gleich rausbringen. Hinter der Bar steht der neue vierzig Fuß-Container. Den habe ich extra als Lagerfläche für Hochzeiten angeschafft«, erklärte Jule.

Bloem wusste, dass ihre Freundin hübsche Tische und Stühle bestellt hatte, aber die würden erst kommen, wenn es im Frühling mit den Buchungen losging.

»Ist der Küchencontainer auch schon da?«, sprach Hans einen weiteren Punkt auf Bloems To-do-Liste an.

Jule schüttelte den Kopf. »Ich habe keinen gemietet, sondern einen neuen gekauft. Geliefert wird er am Mittwoch.«

Bloem sah auf. Samstag in einer Woche war die Hochzeit. Das wurde ganz schön knapp. »Hast du dann noch genug Zeit, um dich einzurichten und alles für das Buffet vorzubereiten? Es könnte knapp werden.«

Jule begann zu strahlen. »Alleine nicht. Aber zusammen mit den Cateringköchen, die ich angeheuert habe, wird das ein Klacks. Ihr seht, es läuft alles wie am Schnürchen.«

Alles – bis auf Georg, der fand, dass man ihn nun lange genug übersehen hatte.

»Das«, erklärte er mit seinem besten falschen Strahlen, »sind ja allenfalls die Basics. Mit der Musik steht und fällt alles. Was stellt ihr euch vor? Springsteen, die Stones? Ein paar gute alte Partyklassiker, um Schwung in die Bude zu bringen? Ich bin sicher, dass ich ein paar Jungs aus meiner alten Band zum Mitmachen animieren kann. Vorausgesetzt die Gage stimmt – und es springen die Fahrtkosten und ein paar Hotelzimmer dabei heraus.«

Zum ersten Mal, seit Georg aufgetaucht war, verspürte Bloem einen Anflug von Scham. Fremdscham.

Hans, der nah bei ihr stand, strich mit den Fingerspitzen über ihren Handrücken. Eine kurze Berührung nur. Vorbei, ehe sie es wirklich mitbekommen hatte. Dennoch hauchte es ihr frische Energie ein.

Sie räusperte sich. »Das wird nicht nötig sein. Wir haben Profimusiker ...«

»Profimusiker?«, schnaubte Georg abfällig. »Wer soll das bitte sein?« Er lachte völlig überdreht. »Zeit mir einen, der so viele Bühnenjahre auf dem Buckel hat wie ich.«

Bloem fing Jules Blick auf, der in etwa das sagte: Selbst Schuld, wenn er sich mit Hans anlegt. Vielleicht interpretierte Bloem das aber auch nicht da hinein, weil sie Hans kannte und wusste, dass seine Schmerzgrenze für Bullshit erreicht war.

Doch zunächst einmal verbeugte Hans sich vor Georg. »Da wäre zum Beispiel ich: Saxofon und Klarinette. In der nächsten Spielzeit gastiere ich mit den New Yorker Philharmonikern, ich denke, das spricht für meine Qualifikation.« Zu seinem Daumen hob er den Ringfinger in die Luft. »Am Klavier wird Pitje van Hoerver sitzen, der an diesem Instrument normalerweise Meisterschüler am *Conservatorium van Amsterdam* unterrichtet.« Die Aufzählung ging weiter, bis Hans fünf Finger in die Höhe gereckt hielt. Dabei strahlte er Georg an. »Wenn Sie mir jetzt noch sagen, wo Ihre Qualitäten liegen, könnte ich versuchen, Sie unterzubringen. Bei einigen Arrangements ist noch Spielraum. Allerdings sehe ich für die Gage und das Hotelzimmer schwarz – wir treten aus Freude an der Musik auf. Das müsste dann auch für Sie gelten.«

Bloem und Jule blinzelten. Auch sonst glichen sie sich in diesem Moment ziemlich, denn ihre Münder waren weit aufgeklappt, während die Arme schlaff herabhingen. Hans war so cool – keine von ihnen hätte Georg so freundlich und zugleich großkotzig abtropfen lassen können.

Dass Georg neben Hans wie ein windiger Schmierenkomödiant wirkte, machte es nicht besser.

Offenbar um einen Rest Würde bemüht, räusperte Bloems Vater sich. »Ich könnte ... nun ja, mit der Gitarre könnte ich ... ein paar rockigere Stücke spielen.«

»Die wir selbstverständlich im Repertoire haben.« Hans strahlte wie der Sonnenschein persönlich. »Wie gesagt, ihre musikalische Qualifikation vorausgesetzt, sind Sie herzlich eingeladen, mit uns zu spielen.«

»Gut, dann ... das mache ... überlege ich mir.« Georg stand da und öffnete und schloss die Fäuste, als überlegte er, Hans einen Hieb zu verpassen.

Darauf wollte Bloem es besser nicht ankommen lassen und verabschiedete sich. Dann hakte sie den immer noch sprachlosen Georg unter und zog ihn mit sich aus der Bar.

»Was war das denn?«, polterte er los, als sie bereits den *Paleceplein* überquerten. »Arrogant wie ein Sack Seife und spielt sich auf, als könnte er es besser als ich.« Er klang so fassungslos, ja, derart in seiner Ehre gekränkt, dass er Bloem plötzlich leidtat.

Sein ganzes Leben lang war er durch die Lande getingelt und hatte den Frauen geglaubt, dass er der Größte ist. Nur hatten die nie seine Musik, sondern seine amourösen Qualitäten gemeint. Das jetzt, wo es mit seinem Charme rapide bergab ging, einsehen zu müssen, tat bestimmt weh.

Nur war Bloem nicht so blauäugig, dass sie in ihrem Mitgefühl übersah, dass Georg es verdient hatte. Immerhin war er derjenige, der versucht hatte, Hans wie einen dummen Jungen dastehen zu lassen. Dass der sich das nicht gefallen ließ, war sein gutes Recht.

Mit gemischten Gefühlen begleitete Bloem Rouven am nächsten Abend zum Konzert. Einerseits war sie froh, dass Rouven sich gemeldet und ihr einen frühen Feierabend versprochen hatte. Auf der anderen Seite hätte sie Hans lieber allein getroffen.

Umgekehrt löste Rouvens Auftauchen auch keine Begeisterung aus. Kaum hatte Hans ihn im Publikum neben Bloem entdeckt, verbot er sich konsequent, in ihre Richtung zu sehen.

Herrje, was sollte sie denn tun? Dass Georg bei ihr wohnte, sorgte für genug Spannungen. Sie war froh, dass sie Rouven überhaupt zu Gesicht bekam. Zumal er an diesem Abend mehr als aufmerksam war. Er besorgte ihr Wasser, hielt Bloem allzu aufdringliche Rempler vom Leib und bewegte sich sogar ein wenig zum Takt der Musik. Nicht, dass er so ausgelassen getanzt hätte wie sie, aber er gab sich Mühe. Das rechnete sie ihm hoch an, weil sie wusste, wie er Gedränge verabscheute.

Ganz zu Anfang ihrer Beziehung hatte Rouven ihr von einer Statistik erzählt, die von Keimen handelte. Irgendwer hatte genau ausgerechnet, wie viele Erreger in welcher Häufigkeit durch die Welt geisterten. Pickte man nun tausend Menschen - samt ihrer statistisch errechneten Erreger - heraus, pferchte sie in einen Raum, stellte die Temperatur auf keimfreundliches Wachstum und installierte eine Klimaanlage, die alle Schädlinge wie eine Salatschleuder durchmengte, konnte man nur zu dem Schluss kommen: Jedes noch so winzige Fitzelchen Leben auf dem Planeten war ein Wunder.

»Aber Wunder geschehen nicht immer, Sweetie. Deshalb ist es besser, man hält die Zahl seiner Kontakte überschaubar«, hatte Rouven resümiert und ihr den einzig denkbaren Schluss nahegelegt: Kluge Menschen aßen daheim, schlossen Fleisch (Creutzfeldt Jacob) aus, hielten die Raumtemperatur konstant niedrig (die gemeine Influenza) und fanden beizeiten einen Partner, der es ebenso handhabte. »Das, Sweetie«, hatte er ihr strahlend erklärt, »ist der Schlüssel zu einem überschaubaren Risiko.«

Gemessen daran musste er sich gerade in Todesgefahr wähnen. Dass zusätzlich Georg auftauchte, machte es Rouven nicht leichter. Kaum hatte er Bloems Vater in der Menge erspäht, rümpfte er die Nase.

»Pass auf, Sweetie. Gleich fängt er an zu tanzen, dabei verströmt er sein unnachahmliches Aroma und hat im Nu genug Platz, um eine ganze Fußballmannschaft um sich zu versammeln.«

Bloem zuckte zusammen. Sie wusste, dass ihr Vater es mit der Hygiene nicht so genau nahm. Auch nach einer Woche in ihrer Wohnung war die frische Zahnbürste, die Bloem ihm hingelegt hatte, noch in Folie verschweißt. Aber dass Rouven es so laut herausschrie, dass er die Band übertönte, tat ihr weh. Zumal er sich gerade erst warmlief.

»Weißt du, Sweetie, in den meisten Fällen geht die Sache mit dem Bildungsaufstieg ja schief. Versagereltern zeugen Versagerkinder. Das sehe ich in der Klinik jeden Tag. Insofern wärst du ein interessantes Objekt für eine Abhandlung über eine geglückte Biografie. Ich meine, wie hoch war die Wahrscheinlichkeit, dass jemand mit deinem Erbgut je eine Uni von innen sieht. Und dabei rede ich nicht von Nachkommen, die im Kittel mit dem Putzeimer von Toilette zu Toilette ziehen.« Er lachte selbstgefällig und zog sie an seine Brust. »Und du riechst auch besser.«

Hungrig wie selten küsste er sie. Irgendwie wurde sie das Gefühl nicht los, dass Lästereien für Rouven eine Art Aphrodisiakum waren. Vielleicht hatte er seine Lästerattacken deshalb vor dem Sex.

Bloem zwang sich, den Gedanken an Hans Kuss‘ auszublenden, denn das hier war ... es war nicht mehr als ein müder Abklatsch dessen, was sie neulich im Auto gespürt hatte.

Rouven hingegen schien es zu besänftigen. Als er sie wieder freigab, sang er sogar ein paar Takte zu einem alten Nirvana-Titel mit.

Jan gesellte sich zu ihnen und begrüßte Bloem richtig überschwänglich. Dass er Rouven gegenüber ungleich reservierter war, entging ihr nicht. Und wenn schon. Die beiden waren sich nur selten über den Weg gelaufen. Er und Rouven würden sich besser kennenlernen. Dann würde auch Jan sehen, was Bloem an ihm hatte. Und das mit den Lästereien würde sie schon mit ihm klären.

Als Huub vorbeikam, stellt sie ihr Glas auf sein Tablett und beugte sich vor. »Schön, dass es dir wieder gut geht. Jule hat uns erzählt, dass die Windpocken dir ziemlich zugesetzt haben.« Sie lächelte mitfühlend.

Huub rollte mit den Augen. Es sah ulkig aus. Überhaupt war der Mittfünfziger ein auffälliger Typ. Jule schwor, dass er nicht unter einem Solarium nächtigte – trotzdem sah er so aus. Damit seine Bräune hübsch zur Geltung kam, weigerte er sich, Shirts mit Ärmeln zu tragen. Wer sich vom Anblick seiner sonnenverwöhnten Bizeps-Tattoos löste und ihn direkt ansah, wurde mit geschwärzten, gezupften Brauen belohnt. Die passten hervorragend zu seiner Wetlook-Dauerwelle, deren Ansatz er alle zwei Wochen tintenschwarz nachfärbte. Er war eine Erscheinung, die Bloem tief in ihr Herz geschlossen hatte.

Deshalb wurmte es sie auch, dass Rouven bereits über ihn herzog, während Huub noch in Hörweite war.

»Mein Gott, was war das denn? Rocky Balboa für Arme? Jemand sollte ihm sagen, wie alt er ist. Andererseits ...« Rouven lachte hämisch, »wer in seinem Alter noch auf so einen Hiwi-Job angewiesen ist, dem ist nicht zu helfen. Vielleicht sollte deine Jule mal überlegen, ihn zu feuern. Einen Grund hat sie jedenfalls: Ich sage nur, geschäftsschädigender Anblick!«

Bloem hatte Jan völlig vergessen. Jetzt schob er sich in ihr Sichtfeld und baute sich mit verschränkten Armen vor Rouven auf. »Sie sollten gehen!«, sagte Jan schlicht.

Was Rouven mit erhoben Brauen beantwortete. Als Jan darauf nicht reagierte, legte er nach. »Was soll das heißen?«

»Das soll heißen, dass ich Ihnen nicht zumuten möchte, sich von einem Hiwi bedienen zu lassen. Gehen Sie! Und beehren Sie die Bar meiner Frau bitte nicht wieder.«

Jan war ein lockerer Typ und beruflich so erfolgreich, dass er es nicht nötig hatte, sich künstlich aufzublasen. Er nahm die meisten Dinge locker, und er legte keinen Wert auf ein förmliches Sie. Dass ausgerechnet er Rouven nun nicht mehr duzte, sondern von oben herab und distanziert ansprach, war kein gutes Zeichen.

Bloem griff nach seinem Arm, bis er sie ansah. »Hey, das war nicht so gemeint.« Zumindest hoffte sie das. Denn wenn Rouven es ernst gemeint hätte, wäre es schrecklich.

»Doch«, Jans Blick wurde weich, als er sie ansah. »Das war es. Tut mir leid, du kannst gern bleiben. Du weißt, dass du uns immer willkommen bist. Ihn will ich hier nicht mehr sehen. Das gilt auch für die Hochzeit. Da ist Huub unser Gast und ich möchte ihm nicht zumuten, sich mit jemandem, der so wenig Anstand und Respekt hat, an einen Tisch zu setzen.«

Schlagartig wurde es Bloem eiskalt. Sie schüttelte den Kopf. »Du kennst Rouven nicht. Er meint es nie ...«

»Hör auf!«, rief Rouven mit schneidender Stimme dazwischen. »Entschuldige dich nicht für mich, als wäre ich nicht zurechnungsfähig. Ich weiß, was ich gesagt habe. Und ich habe jedes Wort gemeint.« Rouven, dem offenbar völlig gleichgültig war, dass die Umstehenden ihn ansahen, knallte sein halbvolles Wasserglas auf den nächstbesten Tisch, dass es nur so spritzte. Dann griff er Bloems Hand und zog sie an seine Seite.

»Um ehrlich zu sein, bin ich nur Bloems wegen hier. Persönlich ziehe ich niveauvollere Läden vor.«

Bloem schloss die Augen, öffnete sie wieder, wollte sich die Ohren zuhalten. Oh Gott, oh Gott, sie wusste gar nicht, wie ihr geschah. Tränen brannten in ihren Augen und in ihrem Hals formte sich ein Kloß so dick, dass sie kaum Luft bekam.

Das alles fühlte sich so falsch an, dass sie schreien wollte. Nur kam kein Wort heraus. Hilflos ließ sie sich von Rouven aus der Bar ins Freie ziehen und wünschte sich nur eins: Sie wollte zurück zu Hans.

Mit jedem Meter, den Rouven sie durch den Dünenweg mit sich zog, wuchs ihr Widerwille. Dieses kleine Fünkchen, das sich in ihrem Magen in letzter Zeit so oft geregt hatte, flammte auf. Bloem konzentrierte sich voll darauf, es im Zaum zu halten. Wem brachte es etwas, wenn sie ihrer Wut jetzt freien Lauf ließ? Niemandem. Die Situation war verfahren genug. So etwas löste man ruhig, mit Verständnis.

Sie sagte sich das im Geiste immer wieder vor. Immer schneller. Du darfst jetzt nicht ausflippen. Beruhig dich, dann kannst du ihn beruhigen und danach redest du mit ihm über all die scheußlichen Dinge, die er gesagt hat.

Schamröte stieg Bloem ins Gesicht, als sie daran dachte, wie er Georg verspottet hatte. Und dann die Szene mit Huub, den sie so gern mochte. All das rotierte so laut durch ihren Kopf, dass sie gar nicht hörte, was Rouven sagte, während er sie immer weiter mit sich zog.

Sie erreichten die Fußgängerzone, bogen ab, betraten die nächste Gasse, bis sie endlich vor ihrer Wohnung standen.

Sie hätte nicht sagen können, wie sie hier gelandet waren. Aber sie merkte, dass Rouven jetzt ruhiger war. Wenn nur ihr Vater die Strandbar nicht schon vor ihnen verlassen hatte. Wenn er nur nicht im Wohnzimmer saß und mit seinen selbstgerechten Reden Öl ins Feuer goss. Ihr Herz raste. Sie hielt den Atem an, als sie die Tür aufschloss. Alles dunkel. Zum Glück!

»Was hältst du davon, wenn ich schnell dusche und wir dann zu Bett gehen, Sweetie? Ich bin echt erledigt nach diesem beschissenen Abend. Kommt an und will mir erzählen, was ich sagen, tun und lassen darf. Der spinnt doch.«

Sie sah Rouven an – und wünschte sich diesen seltsamen, tranceähnlichen Schwebezustand der letzten Viertelstunde zurück. »Ja, geh duschen. Ich putze mir schnell die Zähne und ...«

Aber er hörte ihr gar nicht mehr zu, stieß die Badezimmertür auf und schimpfte erneut auf Jan. Und auf Georg.

Bloem schnappte ihre Zahnbürste und verkrümelte sich in das kleine Gästebad. Zehn Minuten. Nur ein bisschen Zeit, um sich zu sammeln. Mechanisch drückte sie die Paste auf die Borsten, öffnete den Mund und sah in den Spiegel.

Der Anblick traf sie wie ein Schlag. Sie wirkte gehetzt, verschreckt, entsetzt. All das nahm Bloem mit nur einem Blick war. Dann mochte sie die feige Frau im Spiegel nicht länger ansehen und ließ sich auf den Toilettendeckel sinken.

Die Zahnbürste fiel ihr aus der Hand. Als sie sah, dass sie zielsicher mit der Paste nach unten landete, schmunzelte Bloem. Das war Murphys Law. Wenn etwas schiefgehen konnte, passierte es. So entstanden schlimme Dinge. Zumindest in ihrem Leben. Sie war unachtsam, der Zufall half nach. Aber sie tat nie absichtlich etwas, um jemanden zu verletzten. Darum ging es doch. Man musste es gut mit den Menschen um sich herum meinen.

Tja, und warum lässt du dann diesen bornierten Ernährungsnazi bei dir duschen? Wie erklärst du dir, dass du dich an jemanden klammerst, der nicht nur dir nicht guttut, sondern auch jedem anderen Menschen, der ihm je über den Weg gelaufen ist? Ist ja nett, dass er sich anfangs zurückgehalten hat. Aber jetzt wird er mit jedem Tag schlimmer? Und? Was sagst du dazu?

Bloem wusste die Antwort. Sie schämte sich dafür, lieber mit jemandem zusammen sein zu wollen, der wie eine Dampframme durch ihr Leben tobte, als allein. Und sie schämte sich, dass sie jemanden verschmähte, der gut und hell und richtig für sie war, wenn auch nur auf Zeit, weil sie Angst hatte, bei seinem Weggang eine Enttäuschung zu erleben.

Da war sie, die Wahrheit. Es lag alles klar vor ihr. Sie musste nur aufstehen, sich einmal, ein einziges Mal den Tatsachen stellen und Farbe bekennen.

Der Gedanke machte ihr eine Heidenangst. Ihr Kopf sagte, dass sie darüber nachdenken sollte. Doch Bloems Füße entschieden anders. Plötzlich stand sie und setzte einen Fuß vor den anderen. Wieder. Und noch einmal. Bis sie vor der Tür des Badezimmers stand, in dem Rouven brüllte, als müsste er eine Kompanie jugendlicher Intensivtäter strammstehen lassen.

Bloem klopfte nicht. Sie stieß die Tür einfach auf und schaute ihn wortlos an. Er war noch nicht einmal ausgezogen.

»Sieh dir das an. Haare. Dieser Mistkerl hat seine Haare überall verteilt. Als wäre er noch nicht einmal dazu fähig, sich die Brause zu schnappen und seine widerlichen Hinterlassenschaften durch den Ausguss zu jagen.«

Kurz schloss Bloem die Augen. Diesmal musste sie sich nicht gut zureden, um sie wieder zu öffnen. Sie lehnte sich in den Türrahmen und sah Rouven mit fast schon unheimlicher Ruhe an. »Weißt du, da geht es mir wie Jan mit Huub. Ich will dir auch nichts zumuten. Vielleicht ist es besser, wenn du einfach nach Hause fährst und dort duscht.«

»Blödsinn! Mach einfach das Bad sauber und alles ist gut.«

Ob er so mit den Krankenschwestern auf seiner Station redete? Das würde erklären, warum sie ihm gegenüber angeblich so renitent und aufmüpfig waren. Denn es war haargenau das, was Bloem in diesem Moment fühlte.

»Rouven, ich werde das Bad putzen. Aber erst, nachdem du gegangen bist.«

»Was? Bist du jetzt auch verrückt geworden? Du schickst mich wegen eines Streits über die hygienischen Zustände in deinem Bad nach Hause?« Er sah sie an, als wäre ihm nie ein dümmerer Mensch untergekommen.

Das Kompliment konnte sie zurückgeben. Nun ja, vielleicht nicht so deutlich. »Rouven, du und ich – wir passen nicht zusammen. Genauer gesagt passe ich nicht mehr in dieses Wir. Mir gefällt nicht, wie du über Menschen redest. Und das nicht erst seit heute. Da waren so viele kleine Anzeichen. Du hetzt über Wanderarbeiter, was ich fürchterlich finde. Du hasst meinen Vater. Du magst Huub nicht. Und jetzt auch noch Jan. Jeder, der die leiseste Kritik an deiner Selbstherrlichkeit äußert, wird von dir zum Spinner degradiert. Dabei habe ich wirklich versucht, es dir recht zu machen, dir entgegenzukommen, weil ich so sehr wollte, dass es funktioniert, dass ich mich fast selbst nicht mehr erkenne. Aber ich bin noch da, tief in mir hat sich nichts geändert. Ich mag Fleisch. Und ich liebe Kaffee. Ich hasse es, laufen zu gehen, und obwohl ich Wochen ohne einen Tropfen Alkohol auskomme, genieße ich ihn gern in Gesellschaft. Mir ist nicht wichtig, ob jemand seine Hemden bügelt. Okay, das hat nichts mit dir zu tun. Diesen Ordnungsfimmel hatte ich vor dir. Aber du hast mir klargemacht, dass er überflüssig ist, weil gestärkte Hemden nun einmal nichts über ihren Inhalt aussagen. Jeder, wie er will. Wichtig ist mir, dass Menschen ein gutes Herz haben. Dass sie hilfsbereit sind. Und dass sie niemanden verurteilen, weil er anders aussieht oder ja, meinetwegen auch riecht. Und bei Gott, ich hasse dein Aftershave. Es ist das Aufdringlichste, was mir je untergekommen ist. Einmal einatmen und meine Nase ist betäubt. Vielleicht komme ich deshalb so gut mit Georg aus.« Sie lächelte. Und sie redete. Und es tat gar nicht weh.

Während der ganzen Zeit hatte Rouven geschaut, als hätte sie ihm ein Rätsel aufgegeben, über das er wie Deep Thought 7,5 Millionen Jahre nachdenken könnte – nur würde er keine Lösung finden.

»Heißt das, du wirfst mich raus, weil du dich betrinken und Fleisch in dich reinstopfen willst?«

Da bitte, er hatte nicht ein Wort begriffen.

Bloems Lächeln wurde breiter. Plötzlich fühlte sie sich richtig leicht. »So in etwa. Ich packe deine Sachen zusammen und lasse dich wissen, wann du sie abholen kannst.«

»Sweetie ...«

Sie hob gebieterisch die Hand. »Ich hasse diesen Namen. Dabei fühle ich mich immer wie etwas flauschig Gelbes aus Polyester.«

Dass er es vermutlich für kreativ gehalten hatte, erkannte sie an dem verkniffenen Ausdruck, den er nun an den Tag legte. Tja, Rouven und Kritik – zwei Dinge, die nicht füreinander bestimmt waren.

Wortlos sah Bloem zu, wie er ging. Natürlich nicht, ohne die Tür mit lautem Knall hinter sich ins Schloss fallen zu lassen.

Dann beseitigte sie die Haare und die Sauerei mit der Zahnpasta. Und dabei war ihr leicht ums Herz. So leicht wie ... ja, wie sie es zuletzt gefühlt hatte, bevor sie Rouven begegnet war.

15. KAPITEL

Nie wieder. Nie, nie wieder würde sie eine Hochzeit organisieren. Bloem könnte nicht nervöser sein, würde sie selbst vor den Altar treten. Es gab so schrecklich viel zu bedenken. So vieles, das schiefgehen konnte in dieser Bar mit der windschiefen Terrasse und den groben Bodendielen.

Okay, die Tische standen schon seit gestern Abend optimal. Zwei schöne, antike Landhaustische, die je vierzig Personen Platz boten. Der Verleiher, ein Halsabschneider aus Zandvoort, der für drei Tage Miete einen Wucherpreis aufrief, hatte sie in einem französischen Landhaus aufgestöbert und aufwändig restauriert. Dass es keine passenden Stühle gab, war kein Beinbruch. Hans und sie hatten bequeme Konferenzraumstühle gemietet, die Huub wahrscheinlich gerade mit den weißen Hussen bezog.

Bloem hatte mit sich gehadert. Eine schicke Tischdecke tat viel für die Optik. Aber die Tische waren toll und sorgten für rustikales Flair. Also hatte sie all die kleinen Vasen in der Tischmitte aufgereiht, die Hans und sie zusammengetragen hatten. Keine war höher als zwanzig Zentimeter, damit die Leute sich beim Essen mit ihrem Gegenüber unterhalten konnten, dafür gab es zwanzig verschiedene Modelle, jeweils in zehnfacher Ausfertigung. Bauchig, verspielt, geriffelt oder schlicht und ergreifend. Gerade jetzt musste die Floristin sie mit einer Wagenladung Blumen bestücken. Einzelne Rosen, Hortensien und zarte Wiesenblumen in allen nur denkbaren Rosétönen und dazu jede Menge Gräser hatten sie geordert. Dazwischen standen Windlichter mit farblich passenden Kerzen, die mit Muscheln und Sand dekoriert waren.

Nachdem die Tische gestern Abend gestanden hatten, hatte Bloem exemplarisch einen Platz eingedeckt. Zuunterst ein gestärktes, cremefarbenes Baumwollset, darauf ein großer, cremefarbener Platzteller mit einem Relief aus Wiesenblumen am Rand. Fünf Gläser pro Gedeck. Ein Satz Besteck lag auf dem Tisch. Die Catering-Crew, die Jule angeheuert hatte, weil sie wollte, dass Huub und die Aushilfen mit ihr und Jan feierten, würde später alle Plätze nach Bloems Muster eindecken. Weiteres Geschirr und Besteck war auf einem separaten Tisch beim Buffet deponiert, damit die Leute nachnehmen konnten, wenn ihnen der Sinn danach stand.

Jule hatte lauter silberne Wannen angeschafft, so genannte Chafing Dishes, in denen das Essen mit Brennelementen warmgehalten wurde. Die Bühne stand und war für den heutigen Anlass festlich dekoriert.

Als besondere Überraschung hatte Anna eine Karaoke-Maschine organisiert. Heimlich hatten sie die Gäste gebeten, etwas einzustudieren. Ansonsten gab es nicht viel, das Bloem an Jans und Jules großem Tag noch organisieren musste, und genau das war es, was sie nervös machte.

Normalerweise würde sie jetzt an der Braut herumzupfen, die Friseurin instruieren und die Make-up-Artistin verfluchen. Doch Jule würde sich selbst schminken und die Beachwaves, die sie zu ihrem Blütenkranz tragen wollte, bekam sie auch allein hin. Nur eine Extravaganz hatte Jule sich überlegt. Sie würde hoch zu Ross über den Strand reiten. Und weil sie das mit dem Kleid im Damensitz nicht konnte, würde sie jemand führen.

Bloem warf ihre übliche Ausrüstung (Mundspray und Lippenstift, eine paar Haarklemmen, Panzertape, Sicherheitsnadeln, Handy, Nähseide und Heftpflaster) in ihre Tasche. Dann ging sie ins Schlafzimmer, wo immer noch Rouvens fertig gepackter Koffer stand.

An ihn hatte sie seit dem verheerenden Konzertabend vor einer Woche nicht einmal gedacht. Waren ihre Gedanken nicht um die Hochzeit gekreist, hatte sie sich in Gedanken an Hans verloren. Obwohl – es war umgekehrt gewesen. Was sie auch tat und wo sie auch war, sie suchte den Horizont nach einem türkisfarbenen Segel ab, hatte seine Stimme im Ohr, sein Bild vor Augen. Nur wenn diese Fantasien versagten, blieb Raum für Rouven.

Lag sie abends im Bett, schlug ihr Herz einen Takt an, der klang wie Hans-Hans-Hans. Es war albern. Und es war schön. Und sie war zu feige, um zu ihm zu gehen und ihn zu fragen, was er davon hielt, dass sie frei und verliebt war – in ihn.

In den letzten Tagen hatte es keinen Grund gegeben, ihn zu treffen. Und was ihre Stimmung noch trüber machte: Nach der Hochzeit würden sie sich gar nicht mehr sehen. Höchstens zufällig in Jules Bar oder wenn Bloem bei Jan und ihr zum Essen eingeladen war.

Letzteres fiel allerdings erst mal flach, denn Jan hatte Bloem in seine große Überraschung eingeweiht. Morgen würde seine Mutter Helene ins Haus ziehen und für eine Woche die Kinder hüten, während Jan Jule in die Flitterwochen entführte. Ziel: streng geheim!

Bloem, die sich mit dem Motto »lässig« für die Kleiderordnung abgefunden hatte, sah zu dem Catsuit, der an ihrem Schrank hing. Sie war noch nie in Hosen zu einer Hochzeit gegangen. Aber diesmal gab es kein Brautjungfernkleid. Ein Cocktailkleid schied aus, weil es den Dresscode sprengte. Unschlüssig hatte sie Boutiquen von Noordwijk bis Amsterdam durchkämmt. Es fehlte gerade noch, dass sie ausgerechnet bei der Hochzeit ihrer liebsten Freundin aus der Rolle fiel. Und dann war sie über besagten Anzug quasi gestolpert. Weich fließender Stoff. Vorn bis zum Hals geschlossen. Im Nacken gab es einen einzigen Knopf, darunter tat sich ein Schlitz bis zur Taille auf. Stand sie still, sah man keine Haut. Die blitzte nur durch, wenn sie ging. Oder wenn sie tanzte – was sie fest vorhatte.

Viel zu früh griff Bloem nach ihrer mauvefarbenen Tasche, schlüpfte in die gleichfarbigen Kitten Heels und flitzte los.

Nach Georg sah sie gar nicht erst. Sein Biorhythmus widersprach allen gängigen Gepflogenheiten. Stand sie morgens auf, machte er den Fernseher im Arbeitszimmer aus und schloss die Augen. Entsprechend erhob er sich erst wieder von der zugemüllten Schlafcouch, wenn Bloem am Nachmittag aus der Schule kam. Meist kochte sie dann und dabei schwärmte er von seinen Reisen, seiner Karriere und – was ihr sauer aufstieß – »den Weibern«.

Die Hoffnung, er könne sich für sie interessieren, war Bloem abhandengekommen, als er nach einer Woche Campings in ihrem Arbeitszimmer ganz erstaunt gefragt hatte, wieso sie als Kindergärtnerin sich denn mit der Korrektur von Mathehausaufgaben herumärgerte.

Seltsamerweise hatten ihre eigenen Fragen immer mehr an Bedeutung verloren. Je klarer sie sah, wie Georg tickte, je mehr schloss sie mit ihm ab. Seine Motive schienen ihr nicht mehr wichtig. Darüber hinaus gab es nichts, was sie ihm zu sagen hatte. Gar nichts.

Sie sah auch sehr klar, warum er zu ihr gekommen war. Sein Charisma war aufgebraucht, sein Charme verflogen. Er war ein verlebter Mann um die fünfzig, knittrig, geltungssüchtig, übellaunig, mit einem nicht zu knappen Alkoholproblem. Seine alte Masche verfing nicht mehr bei Frauen. Seinen letzten Aufriss hatte er an dem Abend in der Bar vom *Huis ter Duin* gehabt, in dem er sich eigentlich hatte mit Bloem treffen wollen – nur hatte die Dame ihn am nächsten Morgen vor die Tür gesetzt. Diesem Umstand verdankte Bloem seinen zweiten Anruf, bei dem er ja tatsächlich artig auf sie gewartet hatte.

Bloem wusste, dass sie seine letzte Hoffnung war. Das Jahr ging zu Ende. Die Nächte wurden kalt. Irgendwo musste er wohnen.

Nur tat sie sich immer schwerer mit seiner raumgreifenden Art. Seufzend warf sie einen Blick in die verwüstete Küche und machte ein Handyfoto vom frisch geputzten Bad, das sie ihm vielleicht ausdrucken würde, damit er wusste, wie sie es morgens verließ – und am Nachmittag wieder vorzufinden gedachte.

Eine Woche konnte er noch bleiben, schlimmstenfalls zwei. Nur so lange, wie sie brauchte, um ihrer Mutter diesen ganzen Mist zu beichten – und Carin klarzumachen, dass sie ihn nicht aufnehmen durfte.

Bloem freute sich, dass Jule ihre Mutter eingeladen hatte, aber die Hochzeit war nicht der Ort für diese Art von Gespräch. Nächste Woche würde sie zum Apfelhof fahren und das in Ruhe in Angriff nehmen.

Sobald das geklärt war, würde sie in Deutschland eine Einrichtung suchen, die sich um Georg kümmerte.

Als sie ihren notdürftig reparierten Mini erreichte, fiel ihr der Tag ein, an dem Hans sie auf dem Hof eingesammelt hatte. Schwamm drüber. Nicht an ihn denken! In ein paar Monaten wäre er weg. Der Gedanke schmerzte. Aber dann ließ Bloem ihn doch zu, um sich für die Begegnung zu wappnen. Traurig stieg sie ein und fuhr zur Strandbar.

Die erste, die sie traf, war Mia. Bloem umarmte sie stürmisch. »Mein Gott, ich dachte schon, du kommst gar nicht mehr wieder. Wo ist Joni? Hast du sie mitgebracht?« Seit Mia beschlossen hatte, ihre Babypause auf Texel zu verbringen, um den beiden potenziellen Vätern ihrer kleinen Tochter tunlichst aus dem Weg zu gehen, hatte Bloem sie vermisst.

Falls das auf Gegenseitigkeit beruhte, verbarg Mia es gut. Sie wirkte mürrisch wie eh und je, manchmal fragte Bloem sich, ob ihre Freundin in einer Eiswanne statt in einem Kinderbett groß geworden war.

»Was habt ihr nur alle mit Joni?«, echauffierte Mia sich nun. »Manchmal denke ich, dass das einzig Interessante an mir plötzlich das Kind ist.«

»Du hast die zuckersüßeste Tochter, die ich mir vorstellen kann und ja, dich habe ich auch vermisst – und deine spitze Zunge.«

Mia seufzte. »Joni ist bei meinen Eltern. Die tragen sie den ganzen Tag herum, machen komische Babylaute und singen Lieder, die so dämlich sind, dass jeder denkende Mensch schreiend weglaufen würde. Sie findet das prima – und wird mich morgen den ganzen Tag auf Trab halten, weil sie das Gleiche von mir erwartet.«

Bloem lachte. Sie hatte selbst erlebt, dass Mia völlig hysterisch wurde, wenn das Baby auch nur den Mund verzog, aus Angst, die Kleine könne in Tränen ausbrechen. Aber wenn sie cool tun wollte, bitte.

»Ist Anna schon hier?«, wechselte sie das Thema.

»Drinnen. Entweder sie ist auch schwanger, oder auf den Kopf gefallen. Sie bricht ständig in Tränen aus, weil sie kaum glauben kann, dass du die Strandbar in ein gottverdammtes Landhaus verwandelt hast.« Ja – so war Mia.

Bloem grinste breit. »Besser, als wenn sie schreiend wegläuft. Lass uns auch reingehen. Ich will kontrollieren, ob wirklich alles so ist, wie wir es abgesprochen hatten. Du glaubst nicht, was Cateringkräfte anrichten können, wenn ihnen zufällig ein paar Pappbecher in die Hände fallen.«

Aber so sehr Bloem den Raum auch absuchte. Sie fand nichts, was sie hätte anders haben wollen. Es war rustikal und so weit entfernt von einer Märchenhochzeit, wie es überhaupt nur ging. Und doch war es zauberhaft. Die vielen Vasen in der Tischmitte wirkten verspielt und festlich zugleich. Wenn erst die Windlichter brannten und das Glas funkelte, würde es noch schöner aussehen. Um nicht zu sagen: perfekt.

»Das haben wir gut hingekriegt, Blümchen. Oder was meinst du?« Diese raue, warme Stimme.

Bloem hätte sie aus jeder noch so großen Menge herausgehört. Sie wirbelte herum. Und da stand er. In einem makellos gebügelten, meerblauen Hemd. Dazu trug Hans eine dunkelblaue Anzughose. Lässig, doch nicht stillos. Aber hatte sie das erwartet? Hans war – bei all dem Schabernack, den er fabrizierte – immer ernsthaft und verlässlich gewesen, wenn es darauf angekommen war.

»Sag mal, wenn du mit deinem Orchester spielst, trägst du einen Anzug?«

»Pft? Wer bin ich? Der Mann aus der letzten Reihe? Natürlich trage ich einen Smoking.«

»Mit Fliege?« Bloem bekam sich kaum noch ein.

»Was sonst?«

»Und dein Hut? Wie läuft das? Gibst du den an der Garderobe ab?«

Hans hob eine Braue, zückte sein Handy und scrollte darauf herum. Als er es umdrehte, lief ein Video. Diesmal spielte er nicht Saxofon, er hielt eine Klarinette in Händen. Alle anderen Orchestermusiker hatten offenbar Pause. Dann hob Hans sein Instrument an die Lippen und spielte eine Melodie, die lauter wurde, in einen langgezogenen, klagenden Ton überging, ehe er zurück in die Melodie fand und Trompeten und Geigen einstimmten.

Bloems Herz klopfte wie wild. Er sah fantastisch aus in seinem dunklen Anzug. Aber das allein war es nicht. Dieses Strahlen, der Ausdruck purer Glückseligkeit auf seinem Gesicht, nahm ihr schier den Atem.

»Na, hast du's erkannt?«, wollte er wissen.

»Gershwin«, gab Bloem atemlos zurück. Wer kannte die Rhapsody in Blue nicht?

Hans zwinkerte ihr zu. »Die volle Punktzahl. Ich glaube, dafür werde ich dich später mit einem Törtchen belohnen. Hast du die Gulaschkanone schon gesehen?«

Bloems Lachen gefror. »Was?«

»Ja, ich habe mir gedacht, dass du so schauen wirst, Blümchen. Aber ich hatte kein Vetorecht. Und du auch nicht. Jule will das Buffet um sechs Uhr eröffnen. Gegen halb neun werden die Reste abgeräumt und gegen elf Uhr gibt es dann noch eine deftige Suppe und frisch gebackenes Landbrot.«

Der Stupser in Hans' Rippen fiel ein wenig heftiger aus als geplant. »Mensch! Sag das doch gleich. Ich hatte schon Angst, dass sie das Buffet cancelt und gegen eine Gulaschkanone tauscht. Aber ein später Imbiss ist super. Das kommt immer gut an. Vor allem, wenn die Leute ein bisschen was getrunken haben.«

Hans legte den Arm um sie. Es war eine freundschaftliche Geste, trotzdem rannen heiße Schauer über ihren Rücken.

»Raus mit uns, Blümchen. Jule und Jan wollen ab hier keine Planung mehr. Wenn etwas schiefgeht, dann ist das eben so.

Aber wir haben von allerhöchster Stelle den Auftrag, uns zu amüsieren.«

»Und die ...?«, wollte Bloem protestieren.

Er unterbrach sie, indem er ihr vorsichtig die Lippen mit dem Zeigefinger verschloss. »Was auch immer du fragen wolltest – lass es. Wir setzen uns jetzt nach draußen. Hast du's gesehen? Der Baldachin über den Windschutzgläsern ist schon angebracht. Dank der Heizstrahler ist es da wirklich angenehm. Da warten wir auf Jule. Jan weiß nicht, dass sie den Strand entlang reitet. Unsere Aufgabe ist es, uns draußen hinzusetzen und möglichst viele Leute dazu zu animieren, sich zu uns zu setzen. Alles andere findet sich.«

Bloem war nicht wohl dabei. Herrje, anscheinend begriff niemand, was alles schiefgehen konnte.

Aber es ging nichts schief. Wie sollte es auch? Für den Rahmen hatten Hans und sie bestens gesorgt. Nun mussten ihn die Gäste mit Leben füllen. Und das taten sie. Mit allem, was die emotionale Klaviatur zu bieten hatte.

Sie waren hingerissen, als Jule auf einem Schimmel in Sicht kam. Sie machten »Ah« und »Oh«, als Jan sie – mit Tränen in den Augen – in ihrem wunderschönen Kleid vom Pferd hob. Noch mehr Tränen beim Jawort auf der Terrasse, fröhliches Gelächter bei den Reden, für die es diesmal kein Zeitlimit gab. Das Kuchenbuffet kam gut an, die Spiele, die sich die Gäste ausgedacht hatten, sorgten für Kurzweil. Die Band spielte den Hochzeitswalzer, Jules Brüder zeigten ein lustiges Video aus Jules Kindertagen. Jeder hatte sich – wie Hans und Bloem gebeten hatten – Gedanken gemacht und das von Herzen.

Als das Buffet eröffnet war, gesellte Hans sich zu Bloem. »Wo ist eigentlich Rouven? Hat er Dienst in der Klinik, oder kommt er später?«

Sie mochte an diesem schönen Tag nicht von ihrer Trennung reden. Also nickte sie. Wahrscheinlich war es noch nicht einmal eine Lüge, besessen wie Rouven von gefliesten Räumen und Desinfektionsmitteln war, hing er bestimmt in der Klinik herum.

Später, Hans und sie saßen beim Essen, sah er sie ernst an. »Bist du denn zufrieden, Blümchen?«

Irritiert runzelte sie die Stirn. »Womit?«

»Na, sieh dich um. Wir sind auf einer Hochzeit – und du hast während der Planung jeden einzelnen Punkt grässlich gefunden.«

Sie legte den Kopf schief und seufzte. »Um ehrlich zu sein, ist es die tollste Hochzeit, auf der ich je war.«

Hans musterte sie neugierig: »Weil?«

»Himmel, du ersparst mir wirklich nichts. Da muss ich erst mal nachdenken.«

»Tu dir keinen Zwang an.«

Bloem lehnte sich zurück. Und plötzlich stand die Antwort in dicken, fetten Lettern vor ihrem geistigen Auge, ohne dass sie hätte grübeln müssen. »Vielleicht klingt es albern, aber ich hatte noch bei keiner Hochzeit so sehr das Gefühl, dass zwei Menschen einfach ihre Liebe feiern und ihre Gäste daran teilhaben lassen wollen.« Kein pompöses Kleid, kein geziertes Getue, die ihnen den Blick auf Jan und Jule verstellt hätten. Die beiden waren der Mittelpunkt. Und das war gut so.

»Toll gemacht, Blümchen«, Hans schenkte ihr einen so intensiven Blick, dass es in ihrem Magen zu flattern begann.

»Ich? Du hast ...«

»Ich war nur dabei und habe deiner Planung gelegentlich ein paar Rüschen abgeschnitten. Aber im Prinzip ist das dein Werk, denn nachdem ich Veto gebrüllt hatte, hast du im zweiten Anlauf die richtige Wahl getroffen. Ehrlich, Blümchen, von den Tischkarten bis zu den Gläsern – es ist perfekt.«

Hans nahm ihre Hand, hauchte einen Kuss darauf und stand auf. »Tut mir leid. Ich muss auf die Bühne.« Damit drehte er sich einfach um und ging, ohne den Hauch einer Ahnung zu haben, was er gerade angerichtet hatte.

Bloems Synapsen kollabierten. Wo seine Lippen sie berührt hatten, kribbelte Bloems Haut, als hätte sich darauf eine Horde Ameisen erleichtert. Selbst wenn jetzt die apokalyptischen Reiter über den Strand geritten kämen, sie würde es nicht mitbekommen. Ihre Augen klebten an seinem Hintern und ihre Mundwinkel waren in Smiley-Position festgefroren.

»Da sieh an. Kaum bin ich ein paar Wochen weg, lachst du dir nicht nur einen potenziellen Ehemann an, sondern auch eine Nummer zwei, die ihn im Bett vertreten kann. Ich hörte, dein Medizinmann hat häufig Nachtschicht?«

»Gott, Mia, nicht jede Frau möchte mit der Lostrommel zum Standesamt gehen, weil sie nicht weiß, wer der Vater ihres Kindes ist.«

»Na ja. Sie sind beide toll. Ich dachte, ich lasse das Schicksal entscheiden. Sieh dir Joni an – es scheint funktioniert zu haben.«

Anna, die seit einigen Minuten neben ihnen stand, räusperte sich. »Habt ihr die Glitzerfummel dabei?«

Bloem seufzte. »Ich hatte das so schön verdrängt, aber jetzt, wo du es sagst ...« Sie brach ab und schüttelte sich beim Gedanken an die pinkfarbenen Pailletten.

»Dann mal los. Dein Hans spielt exakt fünf Titel, dann macht er die Karaokemaschine an und es geht los.«

Eine nach der anderen verließen Bloem, Mia und Anna unter einem Vorwand das Fest, um sich im Möbelcontainer zu treffen und dort umzuziehen. Sie hatten You don't own me nur zweimal per Videochat proben können, weil Mia bekanntlich auf Texel gewesen war.

»Wir können das noch abblasen«, warf Bloem ein.

Doch Anna winkte ab. »Das hättest du gern. Und was soll schon schiefgehen? Die Stimmung ist bombig. Besser als bei jeder anderen Hochzeit, auf der ich je war. Ein dankbareres Publikum findest du nie wieder.«

Tatsächlich zitterte Bloem wie Espenlaub, als wenig später eine der Cateringkräfte zu ihnen kam. »Das ist das letzte Lied. In zwei Minuten seid ihr dran.«

Bloems Knie schlotterten noch, als sie auf die Bühne stieg. Wie hatte sie das hier für eine gute Idee halten können? Ausgerechnet sie, die sonst immer einen Bogen ums Rampenlicht machte. Doch Bloems Nervosität verflog, als sie sah, wie die Leute mitgingen. Viele kannten das Lied. Niemand machte sich lustig.

Als die drei fertig waren mit ihrer Darbietung, gab es dröhnenden Applaus. Jule stürmte freudestrahlend auf sie zu.

»Mein Gott, ihr habt diese grässlichen Fummel tatsächlich nur für uns angezogen?« Sie kam auf die Bühne und umarmte sie. »Ich seht aus wie wandlende Diskokugeln und dafür liebe euch. Das wisst ihr doch, oder? Hätte ich Jan nicht getroffen, wäre ich irgendwann in einer alte-Schachteln-WG mit euch gelandet.«

»Ich will ja nicht nerven«, Jules Bruder, ein Knabe in der Pubertät, trat zu ihnen, »aber wir sind jetzt dran.« Er grinste. »Die Toten Hosen. Extra für Jule. Also wenn ihr weiter rumheulen wollt, dann woanders.«

Bloem war glücklich, dass sie sich getraut hatte – und wieder aus dem Glitzerkleid steigen konnte. Als sie zurück in die Bar kam, sangen gerade Jules und Jans‘ Mütter einen alten Barbara Streisand-Titel. Weitere Karaokedarbietungen – teils hart an der Schmerzgrenze – folgten. Dann spielte Hans wieder mit seiner Band.

In der Menge entdeckte Bloem ihre Mutter endlich wieder. Nach dem Essen hatten sie sich aus den Augen verloren, dabei tat sie sich schwer, Kontakte zu knüpfen. Sah man einmal von den Angestellten auf dem Hof ab, kam Carin definitiv zu selten unter Menschen. Aber heute wirkte es ... Bloem überlegte, weil sie die Veränderung nicht recht greifen konnte. War ihre Mutter gelöster? Ihr kam es jedenfalls so vor.

»Es ist wirklich nett hier«, sagte Carin, als Bloem sich bei ihr unterhakte, »aber lange werde ich nicht mehr bleiben. Ich muss morgen früh raus.«

»Immer noch die Ernte? Du weißt, dass ich komme und dir helfe, wenn du mich brauchst?«

Carin schüttelte den Kopf. »Das ist es nicht. Thijs geht es schlechter.« Sie seufzte bekümmert. »Gestern saß ich mit ihm auf der Terrasse, bin schnell rein, um meinen Kuchen aus dem Ofen zu holen. Als ich zurückkam, war er weg. Drei Stunden später hat ihn jemand am Strand aufgelesen. Er stand völlig durchgefroren da und hat geweint, weil er nicht wusste, wo er ist…«

Schlagartig verflog Bloems gute Stimmung. »Was kann ich tun?«

»Nichts. Es sei denn, du willst auf den Hof ziehen und dich mit uns abwechseln, während wir ihn bewachen.«

Bewachen? Das klang heftig. Unwillig schüttelte Bloem den Kopf. »Ist es wirklich so schlimm?«

»Nein ...« Carin geriet ins Stocken, gab sich einen Ruck. »Doch, es ist so schlimm. Die Phasen, in denen er klar ist, werden kürzer. Fanny und ich denken darüber nach, eine Pflegerin zu engagieren. Sie muss nicht viel machen, wir wollen uns ja kümmern. Aber wir wissen keine andere Lösung, damit wirklich rund um die Uhr jemand da ist und aufpasst, damit er nicht den Herd andreht und alles in Brand setzt, wenn wir auf dem Hof zu tun haben.« Carins Blick schweifte zu den Gästen, die vor der Bühne tanzten. »Was jammere ich dir an so einem schönen Abend die Ohren voll? Du solltest dich amüsieren und feiern. Alles andere können wir ein andermal klären. Allerdings sollten wir das bald tun. Ich habe ein Hühnchen mit dir zu rupfen.«

»Wieso das?«

»Ach«, Carin streichelte über die Schulter ihrer Tochter, um dem Gesagten die Schärfe zu nehmen. »Ein andermal.«

»Dann bleib wenigstens noch ein bisschen und hör Hans und seiner Band zu. Und genehmige dir etwas von dem Wein. Der ist köstlich. Draußen auf dem Parkplatz stehen den ganzen Abend zwei gemietete Minivans, die die Gäste nach Hause oder in ihre Hotels fahren.«

Carin sah zur Band, nahm dann wieder ihre Tochter ins Visier. »Wo ist eigentlich dein Rouven?«

»Von mir gegangen.« Bloem breitete theatralisch die Arme aus. »Keine Sorge. Seither geht es mir besser.«

»Schade, ich dachte, er ...« Mitten im Satz brach Carin ab.

Bloem folgte ihrem Blick und sah Georg in die Bar wanken. Mist. Wieso musste er hier aufkreuzen? Und das, bevor sie Gelegenheit gehabt hatte, Carin davon zu erzählen.

Rasch sah sie ihre Mutter an, doch die drehte nicht durch. Im Gegenteil wirkte sie ärgerlich.

»Mama?«

Carin reagierte nicht, sie hielt den Blick starr auf Georg geheftet. »Ich weiß, dass er bei dir wohnt, deshalb will ich ja ein Hühnchen mit dir rupfen. Er war nämlich bei uns und hat sich beklagt, dass es bei dir in der Wohnung zu beengt für ihn ist. Deshalb wollte er vorfühlen, ob wir ihn aufnehmen. Er hat sich tatsächlich eingebildet, dass ich ich alles vergebe und vergesse. Hat er dir das erzählt? Ich wollte es erlauben, aber Fanny wollte das nicht. Daraufhin ist er sehr heftig geworden. Er hat Sachen gesagt ... Er ... war so betrunken ...« Sie brach ab und verschränkte die Arme vor der Brust, als könnte sie sich so vor Georg schützen. Dabei glitzerten Tränen in ihren Augen, die sie heftig fortblinzelte.

In diesem Moment begriff Bloem: Ihre Mutter hatte es endlich verstanden. Was auch immer Georg an diesem Tag getan hatte, musste wie ein Weckruf gewirkt haben.

Jetzt hatte er sie entdeckt und kam auf sie zu.

»Oh nein, er wird Jule den ganzen schönen Abend ruinieren«, befürchtete Bloem.

Carin runzelte die Stirn. »Keine Sorge, ich bringe ihn raus«, sagte sie entschiedener, als Bloem es für möglich gehalten hatte. »Es kommt mir vor, als hätte ich achtzehn Jahre lang in einer Traumschleife festgesteckt. Jetzt, wo ich wach bin, begreife ich nicht, dass ich vergessen konnte, wie demütigend es damals für mich war, ihn wie ein besoffenes Wrack aus irgendwelchen Schützenzelten zu schleifen.«

»Mama?«

Carin drehte sich zu ihrer Tochter um.

»Was hat er zu dir gesagt?«

Carins Blick wurde weich. »Bist du sicher, dass du das hören willst?«

»Ja.«

»Und es lässt dir keine Ruhe, wenn wir es verschieben und irgendwann in den nächsten Tagen darüber reden?«

»Nein, wahrscheinlich nicht.«

Carins Blick wurde mitfühlend. »Als ihm klargeworden ist, dass Fanny nicht nachgeben wird und er bei uns nicht unterkommt, hat er geschrien, dass er die Zeit mit mir verflucht. Du seist das einzig Gute daran. Weil er sich jetzt keine Sorgen mehr machen muss, wo er die Wintersaison verbringt.« Carin schloss ihre völlig entgeisterte Tochter in ihre Arme und redete weiter.

»Weißt du, hätte er auf mir herumgetrampelt, hätte es mir wahrscheinlich nicht so viel ausgemacht. Aber die Tatsache, dass er dich ausnimmt und ausnutzt, wie er es früher mit mir gemacht hat, ist ... Plötzlich war da dieser Reflex, dem sich keine Mutter entziehen kann: Tu ihrem Kind nicht weh, oder du wirst es bereuen!« Sie zog Bloem noch fester an ihre Brust. »Wir müssen wirklich in Ruhe darüber reden. Was habe ich dir mit ihm nur eingebrockt? Bis zu seinem Besuch habe ich das nicht begriffen.« Traurig schüttelte sie den Kopf. »Aber nicht jetzt. Jetzt feierst du. Mach dir keine Sorgen. Es fühlt sich nicht schön an, aber ich begreife es jetzt.«

Damit drehte Carin sich um, lief zu Georg, hakte ihn unter und schleppte ihn so resolut aus der Kneipe, als hätte sie in einem früheren Leben als Rausschmeißerin gearbeitet.

Bloem sah zur Uhr. War die Zeit schon je so schnell verflogen? Es war nach zwölf. Die Reihen lichteten sich nur langsam. Am Kindertisch hielten Anike und Mats Hof – schließlich waren auch sie ein Teil dieser Beziehung, die heute gefeiert wurde. Vor der Bühne tanzten die Leute ausgelassen. Mittendrin Jule und Jan, die so glücklich waren, dass Bloem es fast mit Händen greifen konnte.

»Bekomme ich den nächsten Tanz?« Hans stand hinter ihr.

»Warst du nicht eben noch auf der Bühne?«

»Jetzt bin ich es nicht mehr. Also?« Er breitete einladend die Arme aus.

Ohne lang zu überlegen, umschlang sie seine Hüften und spürte im nächsten Moment seine starken Hände auf ihrem Rücken. Federleicht bewegte er die Finger. Als sie es zuließ, wurde er mutiger. Eine Hand auf Bloems Hüfte, glitt die andere in den Ausschnitt ihres Catsuits.

Zu spüren, wie seine Finger ihr nacktes Rückgrat hinabglitten, ließ Bloem genüsslich schnurren. Dann lehnte sie den Kopf an seine Brust und atmete seinen wunderbaren Duft. Federleicht drehten sie sich, wiegten sich zu der langsamen Musik.

Nur war es für Bloem viel mehr. Es fühlte sich an, als käme sie nach einer langen, ermüdenden Suche endlich an bei dem Menschen, der ihr ein Zuhause sein konnte.

Sie sah auf, traf seinen brennenden Blick. Fast meinte sie, sein Herz schneller schlagen zu fühlen.

Tatsächlich beugte er sich zu ihr herab.

Das war alles, was sie brauchte. Sie hob sich auf die Zehenspitzen und küsste ihn. Erst federleicht und zart, dann fordernd und sinnlich. Und dabei fühlte sie sein Herz wirklich wummern, während sein Atem ihre Lippen kitzelte und seine Zunge ihre fand.

Sie selbst schmolz dahin. Nie im Leben hatte sie sich so lebendig und zugleich schwerelos gefühlt. Sie glitten über die Tanzfläche, streichelten, küssten, liebkosten einander und Bloem fühlte, wie ihr das Herz aufging, wie es größer wurde und sich immer weiter öffnete – für ihn!

Irgendwann ließ es sich nicht mehr ignorieren. Um sie herum tanzte niemand mehr. Die Band hatte eine Pause eingeläutet, während sie sich noch immer im Takt einer Musik wiegten, die längst verstummt war. Hektisch blinzelnd machte Bloem sich los und sah sich Jule gegenüber. Nur wirkte Jule nicht entsetzt, auch nicht irritiert. Sie strahlte.

Als Bloem klarwurde, dass Jule das exakte Spiegelbild ihres eigenen, strahlenden Anblicks war, begann sie zu lachen – und mit ihr Hans.

»Wir spielen noch eine Stunde«, raunte er ihr leise zu.

Bloem hörte nicht nur das, sondern auch die unausgesprochene Frage, die zwischen den Worten lauerte.

Ja, sie würde warten.

Ja, sie wollte später mit ihm kommen.

Und ja, sie wollte ihn.

Also nickte sie lächelnd und gab Hans frei – zumindest für die nächste Stunde.

16. KAPITEL

Hans hatte nie probiert, eine Bühne zu betreten, während sich in seinem Schritt eine stattliche Erektion zusammenballte. Nun wusste er, wie es war – und würde es niemandem zur Nachahmung empfehlen.

Bloem machte ihn wahnsinnig.

War sie nicht in seiner Nähe - dachte er an sie.

Erschien sie im Doppelpack mit diesem Rouven – verfluchte er sie.

Ihr Talent, das Gute in jedem Einzelnen zu sehen, war eine Sache. Dass sie dabei die negativen Seiten ausblendete, stand auf einem anderen Blatt. Wieso erkannte sie nicht, dass dieser Körner fressende, aufgeblasene Wichtigtuer sie klein machte? Hans wurde regelrecht krank, wenn er mitanhören musste, wie dieser an ihr herummäkelte und -erzog. Zu sehen, wie sie sich dabei verspannte, ja, regelrecht schrumpfte, tat ihm in der Seele weh.

Was bei dem Konzert am Freitag zwischen Huub und Rouven vorgefallen war, hatte Jan ihm nicht bis ins Detail erzählt. So wie Jan in Rage gewesen war, hatte Hans nicht nachhaken wollen. Ihm reichte Jans Kernbotschaft: Kein Rouven auf der Hochzeit!

Hans hatte das erleichtert. Die Aussicht, den ganzen Abend auf der Bühne zu stehen und dabei zuzusehen, wie Rouven auf Bloems Nerven herumtrampelte, hatte ihn nicht begeistert. Zumal er wusste, dass er künftig keinen Vorwand mehr hatte, um das Blümchen zu treffen.

Die Hochzeitsplanung war abgeschlossen. Morgen würde Jan seine frisch angetraute Frau zu kurzen Flitterwochen an die Amalfiküste entführen, so dass Bloem auch keinen Grund mehr hatte, im Haus vorbeizuschauen. Das war das Ende.

Oder doch nicht. Nicht, wenn er seinem Herzen Luft machte und ihr die Wahrheit sagte. Was hatte er schon zu verlieren?

Hans musste an sich halten, um nicht vom Podest zu springen und Bloem aus der Bar zu zerren. Egal wohin, solange sie nur endlich allein waren – und sie ihn wieder so küsste.

Den Gästen mochte es nicht auffallen, doch ihm war sehr bewusst, dass er Einsätze verschlief, das Tempo zu sehr anzog oder schlicht den falschen Ton traf. Wie lang konnte eine gottverdammte Stunde sein? Er sah auf das Programm. U2, die Simple Minds, ein Stück von den Dire Straits und zwei weitere von Robbie Williams standen noch aus. Mit dem Titel Angels würden sie den Abend ausklingen lassen. Hans‘ Freund Bengt, der am Mikro stand, hatte rundheraus erklärt, mehr würden seine Stimmbänder nicht hergeben.

Hans hatte bei der Vorplanung noch ein paar Titel anhängen wollen. Jetzt war er froh, überstimmt worden zu sein. Physisch mochte er noch auf der Bühne stehen – im Geiste war er längst allein mit dem Blümchen und tat all die süßen, sündigen Dinge mit ihr, von denen er seit Wochen träumte.

Der letzte Ton verklang. Als Bengt sich beim Publikum bedankte, verstaute Hans bereits seine Instrumente.

Das Blümchen erschien am Bühnenrand. Ihre Wangen waren gerötet, das Haar vom Tanzen zerzaust. Mit leuchtenden Augen sah sie zu ihm auf. »Soll ich dir beim Tragen helfen?«

Wortlos gab er ihr seine teuerste Klarinette. »Hüte sie wie deinen Augapfel«, sagte Hans, schulterte den Saxofonkoffer, griff den anderen Klarinettenkoffer und sprang von der Bühne. Dort ergriff er Bloems freie Hand und suchte nach Jan und Jule. Die verabschiedeten gerade Jules Eltern und ihre Brüder. Also schlossen Hans und Bloem sich dem warmen Dank von Jules Familie an.

Jan sagte nichts, aber sein amüsierter Blick sprach Bände. Jule sah kurz zu Hans' Hand, die fest mit Bloems verwoben war, aber auch sie ersparte ihnen einen Kommentar.

Dann waren sie endlich draußen. Allein. Eng umschlungen schafften sie es halb durch den Dünenweg, dann waren die beiläufigen Küsse nicht mehr genug. Sie blieben stehen, klammerten sich hungrig aneinander und küssten sich mit so verzehrender Leidenschaft, dass Hans' erneut spürte, wie sein Schwanz anschwoll.

Fuck! Sie mussten weiter. Sex am Strand hatte man als Teenager. Und das exakt einmal, weil man danach wusste, wie fies es scheuerte, wenn Sand ins Getriebe kam. Allerdings würde er für Bloem eine Ausnahme machen – wenn es denn unbedingt sein musste.

Gott, sie roch so süß. Dann waren da diese kleinen Brummlaute, die ihm sagten, wie sehr sie ihn genoss. Und wie sie sich an ihn schmiegte. Weich und nachgiebig, ein Versprechen auf mehr. Auf alles!

Es kostete Hans Überwindung, sich von ihr loszumachen. »Blümchen, es ist zu kalt hier. Und ich habe keine Jacke, die ich dir geben könnte.«

Sie seufzte. »Wir können nicht zu mir. Georg ist da und ...«

Jule hatte ihm schon erzählt, dass sie ihren Vater aufgenommen hatte. Noch so eine Sache, die er nicht verstand, ihr aber hoch anrechnete.

»Lass uns einfach in den Shuttle-Bus steigen und zu mir fahren«, schlug er vor.

Im schwachen Schein der Laternen, die den Verbindungsweg zwischen Straße und Strand beleuchteten, erkannte er, wie sie das Gesicht verzog. »Und wie komme ich da wieder weg, ohne Jule und Jan zu begegnen?«

Hans sah sie an – und lachte. Er lachte so vergnügt und unbeschwert wie zuletzt nach seiner kleinen Einlage beim Lauchkauf im Biosupermarkt.

»Blümchen, alle haben uns da drin gesehen. Jeder hat mitbekommen, wie hastig wir uns verdrückt haben. Was glaubst du, werden sie denken, dass wir jetzt tun? Uns sittsam voneinander verabschieden? Außerdem ist Jule kein Problem, denn die sitzt morgen früh um neun mit Jan in Schiphol im Flieger.«

Das Blümchen holte tief Luft, ehe sie sagte: »Also dann!« Dabei streichelte sie mit der freien Hand über seine Wange und hob sich erneut auf die Zehenspitzen, um ihn zu küssen.

Diesmal drehte er den Kopf weg. Sie mussten weiter. Wenn er in seinem Hemd fror, wie musste es ihr da erst mit diesem langen Rückenschlitz gehen?

Energisch legte Hans den Arm um ihre Schultern und dirigierte sie zu dem wartenden Van. Keine fünf Minuten später standen sie vor Jans Büro, erklommen die Außentreppe und betraten Margrits Wohnung.

Lächelnd lehnte er sich von innen an die geschlossene Wohnungstür und sah Bloem an. Er hatte sich so sehr nach ihr gesehnt, dass es wehtat. Endlich war sie da. Bei ihm. Ein wilder Knurrlaut, wie er ihn noch nie von sich gegeben hatte, entrang sich Hans' Kehle.

Bloem lachte. »Heulst du etwa den Mond an?«

»Besser – ich knurre dich an.«

»Um ...« Sie küsste ihn. »... mich ...« Noch ein Kuss. »... wissen zu lassen ...« Diesmal visierte sie seine Nase an. »... dass du ein großer, böser Wolf bist?«

Lachend zog er sie mit sich. »So ungefähr.« Und das war das Letzte, was Hans für eine lange Zeit sagte.

Sie küssten sich, taumelten weiter. Das Oberteil ihres Catsuits fiel, bauschte sich um Bloems Taille, derweil sein Hemd auf dem Fernseher landete. Immer schneller, mit zittrig fliegenden Fingern und ungestümer Hast schälten sie Stück für Stück ihre Kleidung ab und legten die bloße, salzige Haut des anderen frei.

Hans stockte der Atem. Er fand Bloem von jeher schön. Was sie auch tat, ihre ruhigen, fließenden Bewegungen waren anmutig. Er hatte sie dutzende Male beobachtet, hatte sie in engen Tops und kurzen Röcken gesehen. Von den perfekten Schenkeln bis zu ihren sanft gerundeten Hüften, hatte er tatsächlich geglaubt, sie zu kennen, aber das – war fast zu fiel.

Die sanfte Rundung ihrer Brüste, die rosafarbenen Spitzen, die sich fest zusammengezogen und aufgerichtet hatten. Er beugte sich herab, hauchte seinen warmen Atem darüber, leckte sie, sog sie in seinen Mund, knabberte leicht daran und erkannte mit Befriedigung, wie sie sich dabei wand, sich ihm entgegen reckte und stumm um mehr bettelte.

Und sie gab es ihm zurück. Zarte Küsse auf sein Schlüsselbein. Dann bewegte sie sich tiefer, hinterließ eine feuchte Spur, unter der seine Haut vor Verlangen brannte.

Er wollte sie schnell und hart, zart und sanft. Er wollte sie unter und über sich. Aber mehr als das wollte er einfach in ihr sein und ihren herrlichen Leib genießen.

Als sie endlich mit fester Hand seinen Schaft umschloss, während er mit der cremigen Nässe ihrer Lust spielte, wusste er, dass er nicht mehr lange durchhalten würde. Es war einfach zu lange her und er zu erregt, um sich Zeit zu lassen. Zufrieden sah er, dass es ihr nicht besser ging.

Bloems Lider flatterten, ihre geschwollenen Lippen waren leicht geöffnet, so dass er ihren keuchenden Atem auf seiner Haut spürte.

Den Blick fest mit ihrem verwoben, glitt Hans zwischen Bloems gespreizte Schenkel. Er liebkoste sie mit der Spitze seiner Erektion, drang in ihre feuchte Enge vor, zog sich zurück, bis er sie Stück für Stück tiefer und tiefer eroberte.

Bloem keuchte, stöhnte, wand sich unter ihm, kam ihm entgegen und stieß immer wieder kurze, spitze Laute aus, die ihr

Entzücken verrieten. Sie waren eine Einheit, verschmolzen, bewegten sich voneinander weg, um dem anderen sofort wieder entgegenzukommen. Als er fast so weit war, den höchsten Punkt der Welle ritt, tastete er nach ihrer Hand, verwob seine Finger mit ihren, legte sie auf sein Herz. Dann trieb er sie beide das letzte Stückchen den Gipfel hinauf, wartete, bis sie so weit war – und dann sprangen sie.

Hitzewellen zuckten durch seinen Körper, ließen ihn erbeben. Seine kehligen Laute vermischten sich mit ihrem süßen Stöhnen. Hans zerfloss, während eine Explosion aus tausend kleinen Lichtern vor seinen Augen vorüberzog.

Als sie endlich wieder ruhig atmeten, legte er sich auf den Rücken und zog ihren heißen Leib an sich. Schweiß glitzerte auf ihrer Haut. Ihr Haar war herrlich zerrauft. Doch was ihn mehr als alles andere traf, war ihr Blick. So warm, so rückhaltlos leuchtend, dass diesmal er derjenige war, der die Lider schloss. Nur für einen Moment. Als wäre sein Auge eine Kameralinse, die den perfekten Moment eingefangen hatte und sich nun schloss, um ihn zu konservieren – und nie mehr zu verlieren.

»Alles in Ordnung?«, fragte das Blümchen zaghaft.

Er brummte genießerisch. »Sollte es das nicht sein?«

»Na, du kneifst sonst nie die Augen zu. Entweder imitierst du mich ...?«

»Oder«, hakte er nach, als sie nicht weitersprach.

»Das musst du mir wohl sagen.«

Also erklärte er es ihr. »Klingt das albern für dich?«

»Würde es ein anderer sagen, vielleicht. Aber bei dir ...«

»Bist du so an Albernheiten gewöhnt, dass es nicht weiter ins Gewicht fällt?«, unterbrach Hans sie grinsend.

Bloem schüttelte den Kopf. »Nein, das ist es nicht. Du hast recht, wenn du deine dollen fünf Minuten hast, raubst du mir echt den Nerv. Aber du hast auch ein wunderbares Gespür, das Richtige zu tun und zu sagen, wenn es darauf ankommt.« Sie reckte sich, zog sich langsam an seinen Schultern hoch und verschloss seine Lippen mit einem innigen Kuss. Gott, wie sie sich das gewünscht hatte.

Dann wurde der Kuss fordernder, leidenschaftlicher. Hundert unausgesprochene Fragen lagen darin und ebenso viele ungesagte Antworten. Heute verständigten sie sich anders. Besser. Mit hungrigen Lippen, streichelnden Händen und schließlich ihren Körpern, die wie von selbst wieder in diesen wunderbaren Gleichklang verfielen.

Der Morgen dämmerte bereits herauf, als das Blümchen in seinen Armen einschlief. Als Hans diesmal die Augen schloss, konservierte sein inneres Auge diesen zauberhaften Anblick von weichem, blonden Haar, das wie ein Fächer über das Kissen gebreitet lag. Das Bild ihrer geröteten vollen Lippen, die im Schlaf leicht geöffnet waren. Und das Bild von den Schatten, die ihre dunklen Wimpern auf die helle Haut warfen. Und schließlich den seligen Ausdruck auf ihrem Gesicht, mit dem sie in seinen Armen lag und schlief.

Kindergeschrei drang durch die geöffneten Terrassentüren. Heute blähten sich die Vorhänge nicht sanft im Wind, sie wehten wild und ungezügelt.

Der Herbst war wirklich unwiderruflich da. Aber wo war Bloem? Hans richtete sich auf, stützte sich auf die Ellbogen und lauschte auf die Geräusche in der Wohnung. Es war nicht leicht, denn draußen schrie Anike immer wieder, ihre Oma solle die Schaukel anschubsen. Letztlich war es das laute Mahlen des Kaffeeautomaten, das ihm sagte, dass Bloem nicht gegangen, sondern in der Küche war.

Hans angelte seine Boxershorts vom Boden, schloss die Terrassentüren und fand Bloem auf einem Barhocker. Genauer gesagt stand sie auf dem Ding und kramte in den deckenhohen Hängeschränken herum. Da sie nur sein Hemd trug, hatte er einen wunderbaren Blick auf ihre langen Beine.

»Sagst du mir, was du da oben suchst? Falls du nach dem Muckibohnen-Brotaufstrich suchst, muss ich dich enttäuschen. So exklusive Veganmarken besitze ich nicht.«

Sie lächelte auf ihn herab. »Du mal wieder. Ich suche nichts Bestimmtes. Irgendetwas Essbares reicht mir. Aber diese Schränke sind wie Wundertüten. Ich komme einfach nicht dahinter, nach welchem System du sie organisierst.« Sie zog eine Tüte Kaffeebohnen vom obersten Regal und wedelte damit. »Mal ein Tipp: Die Sachen, die man am häufigsten benötigt, kommen unten hin.«

»Ich geb's gern so weiter. Tatsächlich benutze ich nur den Kühlschrank. Also hast du Margrits Ordnung vor dir.«

Bloem kam unter – sehr ansprechend aussehenden – Verrenkungen auf dem Hocker zu sitzen. »Okay, der Kühlschrank reicht aus, wenn man nur frühstücken will. Aber wie ernährst du dich?«

»Jules Küche, Jules Strandbar, die Unimensa und der Lieferdienst vom Chinesen am *Palaceplein*.«

Bloem schlang die Arme um seine Hüften, wobei sie ihn ansah, als wäre er Münchhausen persönlich. »Du kannst nicht ständig Fastfood essen und so aussehen.«

»Jule kocht gesund. In der Mensa genehmige ich mir gerne einen Salat mit gegrillten Scampi oder Hähnchenstreifen. Und der Chinese ist wirklich gut. Kein Fettfinger, der alles in Öl ersäuft.«

Hans beugte sich herab und küsste sie.

Dabei schlang Bloem die Schenkel um seine Mitte und zog sich an seinen Schultern hoch.

Die Arme um ihren Po geschlungen, trug Hans sie zum Sofa.

»Also gut: Bin dabei. Ruf deinen fettfreien Chinesen an und sag ihm, dass du ein halbes Schwein auf Toast brauchst. Und zwar schnell, weil du dich in der Gewalt einer ausgehungerten Wahnsinnigen befindest, die vor zwei Tagen zuletzt etwas gegessen hat.«

Hans stutzte. »Willst du mir sagen, dass du gestern nichts von dem köstlichen Buffet genommen hast?«

Sie zuckte die Achseln. »Hochzeitssyndrom. Ich bin jedes Mal so nervös, dass ich nichts runterkriege. Sollte ich je in die Breite gehen, schule ich auf Wedding Plannerin um.«

»Du weißt, dass dir etwas entgangen ist?«

»Klar, ich kenne Jule seit einer halben Ewigkeit. Wenn jemand weiß, wie hervorragend sie kocht, bin ich das.« Der Satz war kaum heraus, als Bloems Magen jämmerlich zu knurren begann.

Hans lachte. »Ich hab's ja kapiert. Viel Schwein, wenig Toast. Sonst noch etwas? Er macht die Frühlingsrollen selbst, die sind hervorragend.«

»Die und Peking-Suppe. Wenn's geht ein bisschen Reis mit Ei und Gemüse.« Sie diktierte immer weiter.

»Gut, dann rufe ich jetzt an und du gehst duschen. Ich lege dir einfach einen Pulli raus und eine Jogginghose, die du zuknoten kannst. Das sollte funktionieren.«

Während das Blümchen unter der Dusche schräg und laut sang – was er ihr nicht zugetraut hätte -, richtete er den Esstisch her. Als sie mit feuchten Haaren herauskam, stand bereits ein halbes Dutzend dampfender Schüsseln auf dem Tisch.

»Mein Gott, das ging schnell. Hat er sich mit der Lieferung überschlagen?« Sie kam näher. »Wer soll das alles essen?«, fragte Bloem fassungslos.

Hans verdrehte die Augen. »Du hast mir die Liste doch selbst diktiert.«

»Klar, aber ich dachte, wir teilen die Frühlingsrolle und die Suppe und ... überhaupt alles.« Im Schneidersitz ließ sie sich auf dem Stuhl nieder.

»Übrigens soll ich dir von Jan und Jule danken«, warf Hans ein. »Sie überlegen, sich scheiden zu lassen, damit du ihnen im nächsten Jahr wieder so ein rauschendes Fest ausrichten kannst.«

Bloem ließ die Gabel sinken. »Du hast sie gesehen?«

»Ja, als heute Morgen das Taxi kam, um sie zum Flughafen zu bringen, bin ich kurz raus auf die Dachterrasse. Sie waren todmüde – aber glücklich.«

»Und du hast mich nicht geweckt?«

»Nein, erst mal hast du gewirkt, als würdest du Schlaf brauchen. Und dann hast du gestern Abend ziemlich deutlich zum Ausdruck gebracht, dass es dir nicht recht wäre, wenn jemand mitbekommt, dass du hier übernachtet hast.«

Das war der Moment, um sie nach Rouven zu fragen. Hans wusste ja, dass Jan ihn von der Hochzeit ausgeladen hatte. Aber das erklärte nicht, wie Bloem zu diesem gelackten Kräuteraffen stand. War sie nur wegen Jans Verbot allein erschienen? Waren sie zerstritten? Hatten sie sich ganz getrennt? Das nicht zu wissen, brachte ihn fast um. Hans war sich nicht sicher, wie er damit umgehen würde, wenn Bloem nach Hause fuhr, um ihn zu treffen.

Nur brachte er die Frage nicht über die Lippen. Er verwarf eine Formulierung nach der anderen, während er sich Bissen um Bissen in den Mund schob. Sie waren bereits beim Nachtisch, als er sich endlich eingestand, dass er nicht fragen würde. Hans Verhoeven, der nie ein Feigling gewesen war, kniff den Schwanz ein, weil er Angst vor einer Wahrheit hatte, die ihm das Herz brechen konnte.

Denn im Grunde, das sah er plötzlich glasklar, hatte sich nichts geändert. Er war immer noch Musiker. Ein Ausschlusskriterium, das noch schwerer wog, weil er den Mann, mit dem er all die Wochen verglichen worden war, jetzt kannte und sich auf einer Stufe mit ihm nicht wohlfühlte.

Außerdem würde er immer noch weggehen. Die Entscheidung des *Conservatoriums* stand aus. Dafür war der Vertrag für New York unterschrieben, der Flug gebucht, Hans hatte sogar schon ein Apartment gefunden, in dem er vor der Tournee wohnen würde.

Wenn er sich Fragen über Rouven herausnahm, musste Hans Bloem umgekehrt zugestehen, dass sie ihn nach seinen Plänen fragte. Das konnte nicht gut enden.

Also tat er, was er konnte, um sie ohne Worte zu überzeugen. Den ganzen langen Sonntag verbrachten sie im Bett, in der Wanne, auf dem Sofa. Sie redeten und lachten und liebten sich so verzweifelt, dass die Zeit im Nu verflog.

Irgendwann lagen sie eng aneinander gekuschelt im Bett und Bloem sah auf seinen Wecker. »Himmel, es ist schon nach Mitternacht. In sechseinhalb Stunden muss ich wieder aufstehen.« Sie setzte sich auf.

Sein Herz schlug schwer. »Sag nicht, dass du jetzt noch nach Hause fahren willst?«

»Ich will nicht. Ich muss.« Zärtlich küsste sie ihn auf die Lippen, dann erhob sie sich, griff ihre Sachen und ging ins Bad.

Als sie herauskam, hatte Hans sich ein Shirt übergestreift und stieg gerade in seine Jeans. »Ich bringe dich nach Hause.«

»Ich könnte lauf...«

»Keine Widerrede«, ging Hans rigoros dazwischen. »Wenn all die anderen Argumente, die du sicher hundertmal gehört hast und die dagegensprechen, dass du nachts allein durch die Stadt spazierst, nicht ziehen, habe ich eins, das du nicht ignorieren kannst: Es ist kalt da draußen. Und du bist nicht vernünftig angezogen.«

Lächelnd, wenn auch ein wenig zögerlich, nickte sie und verließ Hand in Hand mit ihm die Wohnung.

Kaum saßen sie im Wagen, kippte die Stimmung. Statt den Kontakt zu ihm zu suchen, wie sie es den ganzen Tag lang getan hatte, die Hand auf sein Bein oder seinen Arm zu legen und ihn zu streicheln, verschränkte Bloem die Hände im Schoß. Mehr als das, sie verhakte die Finger so fest ineinander, dass die Knöchel weiß schimmerten.

Sie fuhren den kurzen Weg schweigend und waren fast da, als Bloem leise fragte: »Du wirst in die USA gehen, richtig?«

Sie hatte so leise gesprochen, dass Hans überlegen musste, ob er richtig gehört hatte. Sein Mut sank weiter. »Ja. Ich fliege am ersten März nach New York.«

Neben ihm versteinerte sie. Er meinte, einen leisen Laut zu hören, der an ein Schluchzen erinnerte. Aber dieses beschissene alte Auto, das er sehr wahrscheinlich nie restaurieren würde, war so verdammt laut, dass er nicht sicher war. Er kam auch nicht dazu, sie zu fragen, denn kaum hatte er vor ihrem Haus gehalten, sprang sie aus dem Wagen, als wäre der Leibhaftige hinter ihr her.

Hans schlug so fest aufs Lenkrad ein, dass seine Fäuste brannten. Dann hechtete er aus dem Wagen und über den Bürgersteig. Er hatte die Tür fast erreicht, als sie mit leisem Klicken ins Schloss fiel.

Impulsiv hob er den Finger an die Klingel, um sich im letzten Moment zu bremsen. Was, wenn Rouven da war und auf sie wartete? Oder wenn Georg zu Hause war? Frustriert trat er zurück und sah zu den hohen Fenstertüren am Ende des langgezogenen Gebäudes. Das Licht brannte – und das, obwohl Bloem bestimmt noch nicht in der Wohnung war.

Hans fühlte sein Herz rasen. Und doch konnte er nichts tun, als in den Wagen zu steigen und den Heimweg anzutreten.

Hans ging zu Bett, stand wieder auf, lief die halbe Nacht lang Spurrillen in Margrits edles Parkett und legte sich erneut hin. Das war albern, an Schlaf nicht zu denken. Also kramte er sein Zeug für die Uni hervor und bereitete sich auf sein Seminar vor.

Viel zu früh saß er wieder im Wagen und fuhr gen Amsterdam. In der Wohnung war es einfach nicht auszuhalten. In all den Wochen, die er dort verbracht hatte, war er bemüht gewesen, nicht allzu viel zu verändern. Margrit legte größten Wert auf Design und Ordnung und Makellosigkeit. Dem hatte er sich – als Gast – untergeordnet. Mit dem verheerenden Ergebnis, dass diese makellos schöne Wohnung nun Bloems Fingerabdrücke zierten.

Da hatte sie gesessen. Auf dem Hocker gestanden. Hier hatte sie sich auf dem Boden vor Lachen gekugelt. Und hier, da und dort hatten sie sich wieder und wieder und wieder geliebt.

In der Uni war er besser aufgehoben. Überall, wo ihn nichts an sie erinnerte, war er besser aufgehoben.

Hans lief rastlos durch die Stadt, kam an dem unsäglichen Brautladen vorbei – und musste an sich halten, um einem Jugendlichen, der ihn achtlos anrempelte, keine runterzuhauen.

Was, wenn er es ihr gesagt hätte? Wenn er ihr von seinem Traum erzählt hätte? Davon, dass es womöglich seine letzte berufliche Reise sein würde, weil damit sein sehnlichster Wunsch in Erfüllung ging und er ab hier niemandem mehr etwas beweisen musste. Auch nicht sich selbst.

Er könnte ihr von der vagen Möglichkeit berichten, anschließend nach Amsterdam ans *Conservatorium* zurückzukehren, um sesshaft zu werden. Würde das Bloem milde stimmen? Ihr eine Hoffnung gegeben, die sich ebenso gut zerschlagen konnte, weil er nun mal keinen Einfluss auf die Entscheidung des Gremiums hatte, das die Professoren berief?

Nervlich war er ein Wrack. Abgesehen einmal davon, dass er feine Stiche im Herzen verspürte, die sich verdammt mit den Erzählungen von Infarktpatienten deckten. Fahrig fuhr er seine Studierenden an, knallte Türen, war unausstehlich und ungerecht, bis er endlich in sein Auto steigen und heimfahren konnte.

Es war paradox. Wo er auch war und was er auch tat, es gab kein Entkommen. Nicht vor seinen Gefühlen. Nicht vor seinen Gedanken. Und erst recht nicht vor diesen schönen, berührenden, hinreißenden sexy Bildern von ihr, die sich unauslöschlich in seinen Geist gebrannt hatten.

Das war kein Leben. Noch eine Woche in dem Zustand und er würde durchdrehen. Für so etwas war Hans ganz entschieden nicht der Typ. Er ging die Dinge frontal an. Mal gewann er, mal verlor er, aber er saß die Entscheidungen seines Lebens nicht taten- und machtlos aus oder benahm sich wie ein Kind, das seine Richtung mit Gänseblümchen auslotete: Sie mag mich, sie mag mich nicht. Sie trennt sich, sie tut es nicht. Oh nein, er würde es angehen und die Karten offen auf den Tisch legen. Dann sollte das Blümchen entscheiden, ob er es ihr wert war, den manipulativen Kräuterfuzzi in die Wüste zu schicken und sich darauf einzulassen, dass Hans für sie beide eine Lösung finden würde. Dieses halbe Jahr musste sie ihm für seinen Traum lassen – und darauf vertrauen, dass er anschließend einen Weg finden würde, mit dem sie beide leben konnten.

Als er in ihre Straße bog, war das Magenflattern zurück. Hans suchte den Straßenrand nach einer Lücke ab und stand schon fast vor ihrer Terrasse, als er das Blümchen sah.

In eine kuschelige Strickjacke gehüllt trat sie nach draußen und setzte sich an den Tisch, an dem Rouven auf sie wartete. Er stoppte, ließ zu, dass der Schmerz in seiner Brust zunahm, bis er meinte, es nicht mehr aushalten zu können, und dann noch ein bisschen länger.

Sie redeten und das Blümchen, sein Blümchen, lächelte. Auf Hans wirkte es vertraut und verstörend. Er war kein Experte für Herzschmerz und Liebeskummer, aber jede Wette, dass er auf einer Skala mindestens eine Elf erreichte.

Leise rollte er an Bloems Terrasse vorbei. Rouven und sie waren so ins Gespräch vertieft, dass sie ihn gar nicht bemerkten. Dennoch gab Hans erst Gas, nachdem er abgebogen war.

Damit stand seine Entscheidung. Er hatte Jans Gastfreundschaft lange missbraucht. Die Pendelei nervte ihn schon länger. Wieso nicht in das Apartment ziehen, das Beert für Gastmusiker bereithielt? Abends konnte er sich die Seele aus dem Leib spielen. Morgens würde er mit dem Rad zur Uni kommen. Die Surfsaison war ohnehin vorbei. Was sollte ihn jetzt noch hier halten?

In all den Wochen, die sie mit Rouven verbracht hatte, war es Bloem nie so leicht erschienen, mit ihm zu reden. Dass er seinen

Koffer abholte, erleichterte sie. Dass sie sich nicht im Bösen trennten, war auch gut. Insgeheim hatte sie damit gerechnet, dass er ihr bei dieser Gelegenheit ebensolche Spitzen um die Ohren hauen würde wie Huub oder ihrem Vater. Sie hätte nicht gewusst, wie sie damit umgehen soltle. Doch so war es zum Glück nicht. Der Rouven, der ihr heute gegenübersaß, war der charmante Arzt, über den sie vor einem halben Jahr im Schockraum gestolpert war.

Tja, die Leute redeten immer davon, dass ihr Gegenüber die Maske fallen lassen sollte. Dass sie die Menschen in ihrem Umfeld pur und wahrhaftig wollten. Nur gab es schöne Fassaden nicht ohne Grund. Meist lauerten dahinter Dinge, die besser verborgen bleiben sollten.

Doch was Rouvens manipulative Seite betraf, trug sie ihm nichts nach. Wie sollte sie, wo sie ihm doch eigentlich dankbar sein musste? Wenn sie durch Rouven eins wirklich begriffen hatte, dann war es die Tatsache, dass selbst ein Mensch mit ihrem Harmoniebedürfnis Grenzen besaß. Dass es Dinge gab, die sie gern tat. Sei es aus Nettigkeit, Liebe oder Mitgefühl. Wenn das jedoch dazu führte, dass man an ihr zerrte und sie verbog, war es die Sache nicht wert. Sie war dankbar, das gelernt zu haben. Und vielleicht hatte wirklich jemand so Übergriffiges wie Rouven in ihr Leben treten müssen, damit sie endlich den Mund aufbekam.

Nicht, dass sie mit seinen Lästereien im Reinen war. Und das war für Bloem ein weiteres Erweckungserlebnis. Normalerweise bemühte sie sich, fair zu sein, ihrem Gegenüber zugutezuhalten, dass er etwas im Zorn gesagt hatte oder vor Enttäuschung. In solchen Momenten sagten Menschen nun einmal dumme Dinge.

Doch dank Rouven wusste sie nun auch, dass es Augenblicke gab, die sich nicht mehr auslöschen ließen. Sätze, die so böse waren, dass man sie nicht zurücknehmen konnte und die dazu führten, dass sie das Bild, das man von einem Menschen hatte, unumkehrbar veränderten. Sätze, die ab jetzt immer zwischen ihnen stünden. Selbst wenn sie ihm vergab – was sie nicht vorhatte.

Sofern es sie betraf, war Rouvens Stern gesunken, als er die schrecklichen Dinge über die Leiharbeiter ihrer Mutter gesagt hatte. So sprach man nicht von Menschen. Und so ging man auch nicht mit ihnen um. Sie sah das mittlerweile so klar – und schämte sich, es nicht früher begriffen zu haben. Schon damals hätte sie ihm das sagen müssen. Aber es war nun einmal Teil ihres Lernprozesses. Eine Grenze, die zu überschreiten sie hatte lernen müssen.

»Wenn du noch etwas vermisst, sprich mir einfach auf den AB. Dann halte ich danach Ausschau.«

Rouvens Lächeln erschlaffte. »Und wenn wir es noch einmal probieren? Kein Laufen. Ich werfe morgens sogar die Kaffeemaschine für dich an.«

Beinahe hätte sie laut gelacht. Kein Kaffee der Welt konnte so gut schmecken, dass sie seine Boshaftigkeiten weiter überhörte.

»Ich fürchte, es liegt an mir. Ich habe mich verändert und das in eine Richtung, die nicht mehr parallel zu deinem Weg verläuft.«

Rouven, der die Schuld noch nie bei sich gesucht hatte, nickte verständig – obwohl er nichts verstanden hatte. »Dein Vater. Das ist das Problem, stimmt's? Ich hätte das nicht sagen sollen.«

Nein, es lag nicht an seinen Lästereien über Georg. Es war so viel mehr, dass sie es nicht aufzählen mochte. Sie war müde. Und sie wollte endlich allein sein und darüber nachdenken, was das mit Hans war.

»Rouven, ich schätze, ich muss ins Bett.«

»Es ist noch nicht mal acht.«

»Ja, aber das Hochzeitswochenende war anstrengend.« Auch wenn sie mit ihm nicht über ihre ganz private Aftershow-party reden würde.

Zögerlich stand Rouven auf. Er wirkte verunsichert.

Dass sie das noch erlebte.

Schweigend brachte Bloem ihn zur Tür. Kaum war sie ins Schloss gefallen, kam Georg aus dem Gästezimmer.

»Endlich. Ich dachte schon, der Schickimicki nistet sich wieder bei dir ein.« Seine Fahne war zum Gotterbarmen.

Noch so ein Gespräch, das sie dringend hinter sich bringen wollte. Morgen!

»Ich bin noch mal weg«, sagte sie unverbindlich zu Georg, dem das eh egal war. Solange der Kühlschrank gefüllt wurde und sie ihm keine Standpauke hielt, war ihm alles recht.

Bloem griff ihre dicke Jacke und schlenderte durch das Städtchen. Wenn es ein zuverlässiges Zeichen dafür gab, dass die Touristen mit ihren locker sitzenden Portemonnaies weg-blieben, dann waren es die leeren Ladenlokale. Im Winter standen Souvenirshops und Bademoden nicht hoch im Kurs. Ganz schön trist, dachte Bloem und schlenderte zu der Aussichtsplattform beim *Palaceplein.*

Am Strand war es zu dunkel, um zu laufen. Aber wenn sie hier saß, roch sie das Meer. Möwen ließen sich auf dem Holzgeländer nieder, in der Hoffnung auf einen Leckerbissen. Wie sie gegen den schneidenden Wind ankamen, war Bloem ein Rätsel. Ihr blies er das Haar aus dem Gesicht und zupfte wie verrückt an ihrer Jacke.

Sie streckte die Beine aus, schlug die Knöchel übereinander und dachte an Hans. Im nächsten Sommer würde sie nicht Aussicht halten nach dem türkisfarbenen Segel. Dann würde er in den Hamptons surfen, oder wo man das sonst so tat, wenn man in New York war.

Sie wusste, dass die Stadt groß war – und nicht am Meer lag. Zwei Gründe, aus denen es sie nie wirklich dorthin gezogen hatte. Aber Hans war eben anders. Er brauchte keine Beschaulichkeit, sondern eine Welt, die groß war und weit, und die erobert werden wollte von einem Verführer, der mit Tönen und Melodien jonglierte.

Sie liebte ihn. Das war ihr klarer als irgendetwas zuvor. Kein Rouven der Welt konnte ihr Hans ersetzen.

Nicht, dass sie ihn noch immer mit Georg verglich. Aber ein Quäntchen dessen, was sie in ihrer Kindheit begriffen hatte, traf doch zu. Georg hatte die Welt gewollt – während Carin allein mit ihm zufrieden gewesen wäre.

Carin hätte ihr Leben besser in die eigene Hand genommen. Und das sollte sie auch. Bloem sah das jetzt. Ihren Traum vom

Häuschen im Grünen mit einem anderen Menschen zu verknüpfen, das ging nicht auf. Vielleicht traf sie ja wieder einen Hans. Einen, der auch von einem Eigenheim und Kindern träumte. Aber was, wenn nicht? Wollte sie ewig in ihrer Wohnung hocken und darauf hoffen, alles zu bekommen – oder sich mit nichts zufriedengeben?

Das Geld hatte sie. Sauer erspart. Und wer weiß, wenn sie ihre Wohnung aufgab und die Miete sparte, würde es vielleicht für die Tilgung eines Hauskredits reichen. In jedem Fall wäre es ein Anfang.

Und noch etwas Gutes hätte das Projekt: Sie wäre abgelenkt. Sie könnte Fanny und Carin mit Opa Thijs helfen. Und sie hätte eine Aufgabe. Ein Neuanfang, in dem sie nichts an Hans erinnerte.

Ihm hinterher zu laufen, verbot sich. Was, wenn er tatsächlich ihr zuliebe hierblieb, um in ein paar Jahren festzustellen, dass sie den Anfang vom Ende seiner Träume bedeutete? Um ihn einzuschränken und an sich zu ketten, liebte sie ihn zu sehr. So sagte man doch: Wen man liebte, den ließ man gehen. Wenn er dann zurückkam, dann war es echte Liebe.

In ihrer Wohnung zu hocken und abzuwarten, wäre auch nicht besser: Oder wollte sie jahraus jahrein auf ihrer Terrasse sitzen und insgeheim darauf warten, dass Hans lachend vorbeiradelte und ihr dabei von seinen Einkäufen erzählte?

Irgendetwas regte sich in ihrer Brust. Keine Wut. Eine seltsame Aufbruchstimmung. Nur war sie diesmal nicht aufgeregt, weil sie Hans oder Rouven hinterher hechelte. Sie ging auf etwas zu. Was das war? Hm ... da musste sie mit Jan sprechen.

Und mit Mia, die bekanntlich zurück war und bald wieder hinter ihrem Schreibtisch in der Bank sitzen würde.

Bloem stand auf. Tränen rannen über ihr Gesicht. Und das war okay. Wenn sie um Hans nicht weinen konnte, um wen dann?

17. KAPITEL

»Hey, ihr seid zurück? Wie war es? Und wo seid ihr überhaupt gewesen? Aus Jan war nichts herauszukriegen. Und Hans hat nur von der Amalfiküste gesprochen und die ist bekanntlich lang.« Bloem klang richtig munter. Dabei fraß der Liebeskummer sie langsam innerlich auf. Aber das sah Jule am Telefon gottlob nicht.

Normalerweise hätte sie Jule besucht, um mit ihr zu reden. Aber das Haus und die Strandbar waren nun mal Orte, an denen sie Hans über den Weg laufen konnte. Dem war sie nicht gewachsen. Noch nicht.

»Punkt eins: Wir sind erst gestern zurückgekommen, weil unser Flug überbucht war. Pech für Alitalia. Wir haben uns auf ihre Kosten jedenfalls prächtig amüsiert. Zu zwei: Es war toll – aber die pikanten Details lasse ich aus. Und wenn ich dir den Namen des Örtchens sage, kennst du es ja doch nicht. Also komm lieber her, sieh dir die Fotos an und sei so richtig neidisch, damit ich mich noch ein bisschen besser fühle.«

»Herkommen?«, rutschte es Bloem entsetzt heraus. Was dumm war. Normalerweise ging sie ständig bei Jan und Jule ein und aus. Tat sie es jetzt nicht mehr, würde das nur Fragen aufwerfen, auf die sie keine Antworten hatte.

Aber Jule fragte nicht. Sie sagte auch nichts. Im Gegenteil blieb sie ziemlich lange still. »Habe ich dir eigentlich schon erzählt, dass Hans nach Amsterdam gezogen ist? Direkt nachdem wir geflogen sind.«

Das war doch eine Fangfrage. »Nein, hast du nicht. Weiß man wieso?«

»Wenn du mit man mich meinst? Keine Ahnung. Jan ist auch ratlos. Zumal Hans klammheimlich verschwunden ist und sich noch nicht mal von Helene und den Kindern verabschiedet hat. Das sieht ihm gar nicht ähnlich.«

All diese harmlosen, kleinen Informationen, die Jule ihr wie Brosamen hinwarf. Das kam doch nicht von ungefähr. Jule wollte sie animieren, etwas zu sagen.

Besser sie machte erst mal einen großen Bogen um ihre liebste Freundin. Andererseits fehlte Jule ihr. Und sie wollte unbedingt mit Jan sprechen. Mia hatte Bloems Finanzen letzte Woche durchgerechnet und eine mögliche Kreditsumme genannt, mit der sich bestimmt etwas anfangen ließ. Bloem hatte die Zahl jedenfalls den Atem verschlagen.

»Sag mal, ist Jan zu Hause?«

»Jep, der fährt erst morgen wieder auf die Baustelle. Ich habe ihm eine Dosis Homeoffice verordnet.«

»Kannst du ihn fragen, ob er Zeit für mich hat? Nicht lange«, fügte Bloem hastig hinzu. Schließlich war Jan ein gefragter Architekt. Wer wusste schon, ob er überhaupt Interesse an ihrem winzigen Auftrag hatte.

»Da muss ich ihn nicht fragen. Für dich nimmt er sich Zeit. Das solltest du eigentlich wissen. Also erwarte ich dich um sieben zum Essen. Und richte dich darauf ein, dass die Kinder nach einer Woche mit großmütterlicher Milde keine Manieren mehr haben. Besser, du ziehst etwas an, das eine Kochwäsche überlebt.«

»Ich werde es beherzigen«, sagte Bloem und war froh, endlich auflegen zu können und sich der einzig wichtigen Frage zu widmen: Hans.

Hans war fort. Dafür konnte es tausend gute Gründe geben. Die Pendelei war ihm zu viel geworden. Er wollte Jans Gastfreundschaft nicht länger strapazieren. Nur waren das keine Gründe, aus denen man sich Hals über Kopf fortstahl. Falls er es jedoch bereute, sich mit ihr eingelassen zu haben, falls er ihr aus dem Weg gehen wollte, damit sie sich nicht wie ein Mühlstein an seinen Hals hängte und ihn zum Hierbleiben bewog – ergab sein überstürzter Auszug Sinn.

Die Erkenntnis traf Bloem hart. Ein weiterer Schmerz, der sich zu dem großen, nagenden in ihrem Herzen gesellte. Es tat so weh, dass sie kaum atmen konnte.

Rasch streifte sie die Jacke über und radelte zum Strand. Das Rad warf sie achtlos an den Rand der Dünen, schloss es ab und lief los.

Das Meer war heute mächtig bewegt, als würden unter einer blau melierten Decke dunkle Mächte miteinander kämpfen, schäumte und wogte es bis zum Horizont. Dass sich darüber schwere, graue Wolken türmten, passte zum Bild. Und zu ihrer Stimmung.

Sie lief bis zur Strandbar, wo jetzt nicht mehr mit Hans zu rechnen war, und ließ sich von Huub einen Kakao mit einer Extraportion Sahne servieren.

»Wo ist dein Freund hin?«

»Verlorengegangen.«

»Ein Verlust?«, Huub nahm Bloem gegenüber Platz und sah sie aufmunternd an.

»Nein. Und das ist das wahrhaft traurige. Da verbringe ich ein halbes Jahr mit jemandem, bevor ich verstehe, dass ich ihn im Grunde meines Herzens nicht mag.«

»Ach, ach. Besser spät als nie. Kein Grund, um Trübsal zu blasen. Stell dir vor, du hättest ihn geliebt und verloren. Das wäre schlimm.«

Bloem lächelte ihn an. Das war doch verrückt. Da sprachen sie von Rouven, aber den letzten Teil des Satzes übertrug sie schon wieder auf Hans. Ja, es war schlimm. So sehr.

»Du hast das übrigens richtig toll gemacht mit der Hochzeit. Ich kenne Jule schon lange. Und ich habe sie noch nie so glücklich gesehen. Ich hatte ja befürchtet«, Huub gestattete sich ein verschämtes Lächeln, »du weißt schon ... dass du es ein wenig übertreibst und Jule völlig erdrückt wird.«

Bloem lächelte traurig. »Das hätte ich auch. Hans ...« Sie holte tief Luft, weil es schon weh tat, seinen Namen auszusprechen. »Er hat dafür gesorgt, dass ich nicht eskaliere.«

»So, so. Und wofür hat der Musikus noch gesorgt? Für mich sah das ja aus, als würdet ihr euch gut verstehen.«

Natürlich. Am liebsten hätte Bloem sich vor die Stirn geschlagen. Huub mochte aussehen wie ein sorgloser Draufgänger. Aber hinter seiner Turbobräune verbarg sich ein einfühlsamer Charakter. Ob er sie deshalb nach Rouven gefragt hatte? Damit sie von sich aus auf Hans zu sprechen kam?

»Huub, ich muss los.« Bloem legte einen fünf Euroschein auf den Tisch, stand auf und zog dabei ihre Jacke von der Stuhllehne.

»Flüchtest du jetzt meinetwegen?« Er wirkte bestürzt.

»Ich würde es keine Flucht nennen. Jule steht am Herd und ich bin eingeladen.« Es stimmte – und auch wieder nicht. Bis sie da sein musste, blieb ihr eine Stunde.

Bloem lief ziellos zurück durch den feinen Sand hinab zum Meer und weiter, bis sie auf Höhe des Stadtzentrums war. Langsam kam sie sich vor wie eine Rennmaus. Aber stillsitzen konnte sie auch nicht. Nichts half gegen dieses stete Gedankenkreisen, das allein Hans zum Thema hatte.

Als sie bei Jule klingelte, war es immer noch zu früh. Aber tatsächlich konnte Bloem lachen, als Jule und Anike ihre übliche Diskussion um die Sprechanlage führten.

Die Kleine sah nicht ein, wie sie herausfinden sollte, wer draußen stand, solange die Tür noch zu war. Und Jule schaffte es nicht, ihr zu erklären, dass es dazu eines Umwegs bedurfte – und zwar über die verflixte Technik.

»Komm rein. Du isst doch Fleisch?«

»Kommt darauf an. Wenn du es mir roh auf den Teller wirfst, bin ich raus.«

»Dann freu dich, dass ich mich an einem italienischen Rezept probiere. Kalbfleisch gekocht in einem Tomaten-Kräutersud. Du hast noch nie etwas so Zartes gegessen.«

»Bekomme ich dazu Pasta?«

»Sogar hausgemacht. Jan ist durchgedreht und hat eine Nudelmaschine gekauft. Du wirfst oben Mehl und Wasser rein und fünf Minuten später kommen unten fertige Nudeln raus. Für mich hätte es zu Hause auch eine kleine Maschine aus dem Elektronikmarkt getan, aber für Jan musste es ein schickes Edelstahlmodell sein. Du willst nicht wissen, was wir für das Übergepäck drauflegen mussten.«

»Solange dir der Preis nicht auf den Magen schlägt und den Appetit verdirbt?«

»Oh, mir nicht. Ich weiß, was gute Küchengeräte kosten. Allerdings wäre es schön, wenn du die Nudeln beim Essen überschwänglich lobst. Dann ist Jan auch ausgesöhnt mit den Kosten für das Übergepäck. Apropos Jan, was willst du von ihm?«

Jule war nicht eifersüchtig. Hätte sie dazu Grund, würde sie nicht mit Bloem reden, sondern ihrem frisch Angetrauten den Kopf abreißen. Sie war schlicht interessiert.

Und weil Bloem dankbar war, dass Jule nicht wieder von Hans redete, griff sie das Thema gierig auf. »Ein Haus.«

»Äh ... nimmst du es als Bausatz? Oder fertig mit einer Schleife drum rum?«

Jule stellte Wein und Wasser und Gläser auf den Tisch und bedeutete Bloem, es sich gemütlich zu machen.

Sie goss sich von beidem ein und überlegte, wo sie am besten mit ihrer Erzählung anfing. »Rouven ist weg. Nachdem er sich neulich beim Konzert so danebenbenommen hat, ist mir klargeworden, dass nicht Rouven das Problem ist, ich bin es. Ich meine, er ist kein sonderlich angenehmer Charakter, wenn man ihn einmal genauer kennt. Dumm ist nur, dass ich das nicht wahrhaben wollte. Ich war so glücklich, dass es jemanden gibt, der mit mir meine Zukunft träumt, dass ich alles andere ausgeblendet habe.«

Jule wirkte erleichtert. »Gott sei Dank. Obwohl, dass ich ihn nicht mochte, ist natürlich kein Kriterium. Hätte er dich glücklich gemacht, ich hätte mich mit ihm arrangiert, das weißt du hoffentlich?«

»Ja, das weiß ich. Nur ist es so, dass ich jetzt wieder allein bin und begriffen habe, dass es mich nicht glücklich macht, immer nur zu träumen. Was, wenn kein anderer kommt, der meine Ziele teilt? Sitze ich dann mit fünfzig mit einem Haufen Katzen in meiner Wohnung, toleriere im Winter meinen Vater und hechele im Sommer von einem Date zum anderen?«

Jule blinzelte. Dann sprang sie auf, zerrte an Bloems Armen, bis sie ebenfalls stand, und fiel ihr um den Hals. »Gott, Süße, du weißt nicht, wie lange wir schon darauf warten, dass dir die Warterei endlich zu blöd wird und du dein Leben in die Hand nimmst.«

Bloem war das ein wenig peinlich. Dass sie ihr Leben in die Hand nahm, war die eine Sache. Dass sie es so Hals über Kopf tat, hing mit Hans zusammen. Sie brauchte eine Aufgabe, die sie ablenkte. Einen Neuanfang, der ihr Leben gründlich auf den Kopf stellte. Verschämt machte sie sich los. »Hallo? Ich habe dir noch gar nicht gesagt, was ich plane.«

»Ist das nicht egal?« Jule war richtig außer sich. »Alles ist besser, als von einem Date zum nächsten zu hetzen auf der Suche nach deinem Wunscherfüller. Außerdem kann ich es mir denken. Jan. Haus. Du willst bauen. Ist eine ziemlich klare Sache, oder liege ich falsch?«

»Du liegst goldrichtig.«

»Erzähl!«

»Können wir Jan dazu holen? Sonst muss ich es doppelt erzählen.«

»Wenn das kein Grund ist, ihn vom Schreibtisch wegzulocken.« Sie rannte los. Die Kinder, die im Flur spielten, liefen hinterher.

»Was ist denn, Jule?«, wollte Mats wissen.

»Nichts. Wir holen euren Papa und essen. Ich bin einfach ein bisschen aus dem Häuschen.«

»Ach so.« Mats widmete sich wieder seiner Playmobilsammlung, offenbar daran gewöhnt, dass seine neue Stiefmutter hin und wieder durchdrehte.

Bei Bloem war es genau umgekehrt. Zum ersten Mal seit jener verhängnisvollen Nacht vor zehn Tagen kam sie zur Ruhe, ohne das Gefühl, am liebsten aufspringen und wegrennen zu wollen.

Sie griff nach dem Glas, gönnte sich einen kleinen Schluck Wein und sah hinaus in den Garten dieses prächtigen Anwesens. Der Pool war abgedeckt, die Bäume fast kahl, lag das Grundstück da, als warte es auf den Winterschlaf.

»Bloem!« Jan erschien in der Küche. Er trug Jeans und ein Poloshirt mit langem Arm. Wie eine etwas schmalere Ausgabe von Hans. Sein Haar war nicht so lang, er würde auch nie ein Hütchen tragen. Aber diese innere Haltung, mit sich und der Welt im Reinen zu sein, war unverkennbar.

Sie stand auf, um ihm die Hand zu geben, doch auch Jan zog sie in eine Umarmung. »Schön, dich zu sehen, Bloem. Und danke! Wir waren wirklich überwältigt von dem, was du mit Hans auf die Beine gestellt hast. Und das Tolle ist, dass ihr euch reingehängt habt, als bei uns beruflich und privat manches drüber und drunter ging. Wir wissen noch nicht, wie wir uns erkenntlich zeigen können. Aber irgendetwas wird uns schon einfallen.«

Das war doch ein guter Gesprächseinstieg. »Du könntest mir zuhören, weil ich etwas auf dem Herzen habe. Auch wenn ich nicht sicher bin, ob es eine Nummer zu klein für dein Büro ist.« Bloem fehlten die Fachbegriffe. Schließlich hatte sie noch nie gebaut. Aber in groben Zügen skizzierte sie den Reetdachbungalow ihrer Träume. Offener Wohn- und Küchenbereich. Ein Schlafzimmer mit begehbarem Schrank und Bad en Suite. Zwei weitere Zimmer, die man irgendwann als Kinderzimmer nutzen konnte, und die durch ein Bad verbunden waren. Arbeitsraum, Abstellkammer, Terrasse. Fertig.

Jan nickte. »Kein Problem. Das Grundstück hast du, nehme ich an?«

Es stimmte. Nur konnte Bloem sich nicht erklären, woher er das wusste. »Wie kommst du darauf?«

»Du sprachst von einer kleinen ›Brücke über den Bach‹ und einer ›Begrenzung durch die Apfelplantage‹, das klang für mich schon ziemlich konkret. Das Grundstück deiner Familie?« Er endete mit einem Achselzucken.

»Sehr aufmerksam«, lobte Bloem ihn, die noch immer nicht glauben konnte, dass er ihre Idee nicht als zu popelig abtat.

»Und ja, ich möchte tatsächlich auf dem Hof meiner Familie bauen. Also habe ich ein Grundstück.«

»Baurecht gibt es?«

»Jep!« Bloem nickte.

»Gut, dann reden wir mal vom Geld. Es macht keinen Sinn, wenn ich dir die tollsten Dinge ausmale, um dir die Wurst anschließend unter der Nase wegzuziehen, weil du sie nicht bezahlen kannst.«

Bloem erklärte ihm, wieviel Eigenkapital sie hatte. Und welche Darlehenssumme laut Mia realistisch war, wenn sie nicht mehr berappen wollte als ihre aktuelle Miete.

Wieder zuckte Jan die Achseln. »Da du für die Architektenleistung nicht zahlen wirst, sondern nur für die Genehmigungen und behördlichen Eintragungen, ist all das drin, was du aufgezählt hast. Vorausgesetzt, du hast beim Innenausbau keine allzu extravaganten Wünsche.«

Bloem legte ihr Besteck beiseite. »Moment mal, natürlich bezahle ich dich.«

»Das ist Pech, weil ich von dir kein Geld nehme.«

»Aber ich! Gib es mir! Für die Spardose.« Mats, der ihrem Gespräch gefolgt war, hatte glänzende Augen.

Jan und Jule lachten.

»Wenn du Bloem mal einen Gefallen tust, kannst du mit ihr aushandeln, was sie dir dafür geben soll, okay?« Jan wuschelte ihm durchs Haar.

Dann sah er wieder sie an. »Bloem, ich habe einen talentierten, jungen Architekten, Carl, dem ich ein volles Gehalt zahle, obwohl er momentan nur Däumchen dreht. Ich will ihn nicht entlassen, weil er gut ist. Aber in Amsterdam kann ich ihn gerade nicht brauchen. Und das neue Projekt geht erst in zwei Monaten in die heiße Planungsphase. Also nimm ihn, du tust mir sogar einen Gefallen, wenn du ihm etwas zu tun gibst.«

Sie kannte Jan gut genug. Wenn er etwas so ausführlich erklärte, dann, weil er nicht nachgeben würde und die Diskussion beenden wollte.

»Noch etwas. Ich habe vor Jahren ein sehr ähnliches Anwesen gebaut. Wenn dir der Grundriss gefällt und wir nur die Wände verschieben, die nicht tragend sind, können wir die Statik und die Pläne weitgehend übernehmen. So könnte es mit der Genehmigung sogar sehr schnell gehen, weil die Pläne nicht von Grund auf geprüft werden müssen. Sieh es dir einfach mit Carl im Büro an. Gefällt es dir nicht, denken wir neu.«

Bloem bedankte sich überschwänglich. Dann griff sie wieder zum Besteck. »Sag mal, Jule, woher hast du die Nudeln? Die sind echt der Hammer!«

Bloem guckte Jan nicht direkt an, aber im Augenwinkel sah sie, wie er strahlte.

Sie redeten noch ein wenig über Bloems Pläne. Dabei kam sie immer wieder ins Grübeln. Jan und Jule hatten es bei der Hochzeit auch erlebt, wie sie und Hans sich geküsst hatten. Es gab keine Möglichkeit, sich unverfänglich nach ihm zu erkundigen. Also ließ sie es und verabschiedete sich.

Ihre Vorfreude hielt, bis sie die vermüllte Wohnung betrat. Georg hockte im Arbeitszimmer auf dem Bett. Der Klamottenstapel neben ihm ragte mittlerweile so hoch auf, dass sie gerade mal seinen Scheitel sah. Dafür dröhnte der Fernseher durch die ganze Wohnung, sie verstand sogar in der Küche jedes Wort. Genervt ging sie zu ihm und riss die Tür auf. Dichter Qualm waberte wie ein Schleier durch das kleine Zimmer. Das war doch ... Ihr fehlten die Worte. Er rauchte. In ihrer Wohnung. Aber ... Moment mal: Bloem schnupperte noch einmal. Das war kein Tabak, sondern der charakteristisch süßliche Geruch von Marihuana. Ihre Wohnung stank wie die Kellerkneipe von diesem Beert.

Jetzt war es genug. Bloem durchquerte den Raum wie eine Furie und riss das Fenster auf. Als nächstes zog sie dem Fernseher den Stecker. Grenzen! Es war wirklich Zeit.

»Raus mit dem Joint.«

»Hey, hier bei euch ist das legal.«

»In Holland vielleicht – in meiner Wohnung nicht.« Der Satz mochte jeder Logik entbehren, aber Bloem fand, dass er ihr Ansinnen sehr schön auf den Punkt brachte.

»Gut, kein Dope in der Wohnung. Dann gehe ich eben auf die Terrasse.«

»Ha, das fehlt gerade noch. Die grenzt an den Bürgersteig. Falls es dir noch nicht aufgefallen ist: Ich bin Lehrerin und das in einer Kleinstadt. Das letzte, was ich brauche, sind Gerüchte, dass ich daheim einen Coffeeshop betreibe. Von dem Gestank erst gar nicht zu reden.«

»Also gut, kein Dope!« Georg klang wie ein unverstandener Sechzehnjähriger. Genaugenommen entsprach das wahrscheinlich sogar seiner geistigen Reife. Sie hatte ihn aufgenommen, um einen Vater zu finden, und einen problembeladenen Teenie gekommen. »Du musst ausziehen.«

»Hey, komm schon. Der Joint ist aus. Wo ist das Problem?«

Bloem zog das Kabel unter einem Berg leerer Chips- und Weingummitüten hervor und hängte es über den Flachbildschirm. Das Ding war nicht leicht. Trotzdem schaffte sie ihn ins Wohnzimmer. »Das ist mein Fernseher, meine Wohnung. Und mein Recht, zu entscheiden, wie lange ich Gäste beherberge.« Sie klang nicht wie sie selbst. Sie benahm sich nicht wie sie selbst. Trotzdem fühlte es sich gut an.

Georg kam hinter ihr her geschlurft. »Du kannst mich nicht raussetzen. Wo soll ich denn hin?«

»Du bist deutscher Staatsbürger. Da gibt es ein wunderbares soziales Netz. Melde dich beim Sozialamt und ...«

»Die gibt es nicht mehr. Und diese Jobcenter sind Mist«, fiel er ihr mit listigem Blick ins Wort. Seine Pupillen waren groß wie Untertassen. Außerdem lallte er, also hatte er wahrscheinlich auch getrunken. Sie war dafür nicht geschaffen. Menschen helfen – gut und schön. Aber auf einem Pulverfass zu leben und sich dabei einen übergriffigen Kraken vom Leib zu halten, das war zu viel.

Dass der Liebeskummer sie innerlich auffraß, machte es nicht besser.

»Georg, du hast ein Auto. Das laden wir morgen mit deinen Sachen voll. Anschließend hätte ich gern meinen Wohnungsschlüssel zurück.« Sie kannte ihn mittlerweile gut genug. Wenn sie den Schlüssel nicht konfiszierte, würde er den Fernseher mitgehen lassen und alles andere, was er zu Geld machen konnte. Die Dose mit dem Haushaltsgeld, die sie vor einer Woche aufgefüllt hatte, war jedenfalls leer.

»Musst du nicht arbeiten?« Seine Frage klang seltsam hoffnungsvoll.

Also lag sie mit ihrer Vermutung richtig. Er würde sich hier schön austoben, während sie in der Schule war. »Keine Sorge, ich wecke dich. Gemeinsam kriegen wir das schon hin – bevor ich zur Arbeit muss.« Bloem, deren standhafte Miene langsam Risse bekam, machte auf dem Absatz kehrt und ging ins Bad, das nicht besser aussah als ihr Arbeitszimmer.

Bewaffnet mit Schwamm und Handschuhen beseitigte sie seinen Dreck. Er haarte nicht nur fürchterlich. Er war auch nicht in der Lage zu pinkeln, ohne dass es bis auf die Fliesen spritzte. Als sie endlich fertig war und unter der Dusche stand, kamen ihr die Tränen. Hans war weg. Ihr blieb der müffelnde Alkoholiker.

Diesmal stellte sie es klüger an und schloss das Bad ab, nachdem sie fertig war. Sollte Georg sich halt mit dem Gästebad begnügen, sonst musste sie morgen früh vor dem Duschen schon wieder putzen.

Als sie am nächsten Tag in Jules Küche stand und von dem Rauswurf erzählte, sah ihre Freundin sie mitfühlend an.

»Du hast ihm wirklich den Schlüssel abgenommen? War bestimmt nicht leicht. Aber ich bin stolz, dass du dich überwunden und es durchgezogen hast. Das war überfällig.« Jule schnappte sich einen Lappen und begann zu wienern, um wie beiläufig zu fragen: »Hast du etwas von Hans gehört?«

Schlagartig wich alle Farbe aus Bloems Gesicht. Ihr kamen die Tränen. Ohne dass sie es wollte, stand sie schluchzend in Jules Küche.

Die war völlig bestürzt. »Meint Gott, ich habe nicht gewusst, dass es dir so nahe geht.«

Bloem hätte gern darüber geredet. Aber die vergangenen Tage hatten ihr gezeigt, dass es seinen Preis hatte, Gedanken an Hans zuzulassen. Es laugte sie aus, machte sie traurig und hilflos.

»Können wir bitte ...« Bloem schluchzte. »Ich ... ich habe gleich einen Termin mit Carl. Wegen des Hauses. Er hat mir heute Morgen Jans alte Skizzen gemailt und ...« Sie brach ab. Was sollte sie Jule etwas erklären, das die wahrscheinlich schon wusste?

»Kann ich vorher etwas Gutes für dich tun? Tee? Ein Stück Schokolade? Dich drücken?«

»Nein, bitte nichts davon. Sonst werde ich nur rührselig und kriege mich nicht mehr ein.«

Jule schien nicht überzeugt. »Du weißt, wo du mich findest, wenn du jemandem erzählen willst, wie beschissen die Welt ist?«

»Ja, das weiß ich. Und ich weiß es zu schätzen. Aber ich fürchte, diesmal ist es mit reden nicht getan. Ich muss das ... irgendwie in meinen Kopf kriegen. Das wird schon werden. Es braucht nur ein bisschen Zeit.«

Aber es wurde nicht. Nicht, während sie mit Carl an den Plänen für ihr Haus arbeitete. Nicht, während sie ihre Möbel in der alten Apfelscheune einlagerte und zu ihrer Mutter ins Haus zog, um die Miete zu sparen. Auch nicht, als die Bodenplatte gegossen wurde und die Arbeiter anrückten. Alles überschlug sich. Es gab tausenderlei Dinge, mit denen Bloem sich hätte ablenken können. Trotzdem blieb ihr Herz wund und die Tage waren grau in grau in grau.

Carl bat sie mehrfach, mit ihm auszugehen. An Silvester gab Bloem nach und nahm ihn mit zur großen Party in Jules Bar. Er war nett und gab sich Mühe und vielleicht war es unfair, dass sie ihn mit Hans verglich – aber für Bloem blieb er ein blasser, netter Schreibtischtäter, der ihr Herz mit seinen Komplimenten erwärmte, aber es niemals dahinschmelzen lassen könnte.

»Du wirst nicht warm mit ihm, richtig?«, fragte Anna.

Die anderen hatten sich wegen der Kälte längst wieder in die Bar geflüchtet. Bloem stand allein draußen und bestaunte die letzten Feuerwerksraketen am Nachthimmel.

»Carl? Er ist nett.«

»Es freut mich, dass dir das nicht mehr reicht.«

»Dabei würde es vieles leichter machen«, gab Bloem weise zurück. »Vielleicht sollte ich mich damit begnügen, dass mein Herz funktioniert, statt zu explodieren.«

»Sagte die Frau, die sich am Feuerwerk nicht sattsehen konnte.«

»Spitzfindig ins neue Jahr mit Anna Jong.«

»Besser als trübsinnig mit Bloem Bosman.« Eine Weile schwieg Anna, dann lehnte sie sich mit dem Rücken an das Windschutzglas und sah Bloem an. »Hast du mit Hans geredet?«

»Worüber denn? Ob ich mein letztes bisschen Würde und Selbstachtung über Bord werfen und ihm das Bett wärmen will, bis er weiterzieht?«

»Es muss so nicht kommen. Das weißt du.«

»Falsch. Glaub mir, ich laufe seit Wochen mit diesem alles andere überlagernden Kummer herum. Ich weiß, dass ich mich nie mehr von ihm erholen würde, wenn ich zuließe, dass er mir noch näherkommt, als er es schon war, und dann weggeht.«

»Und was sagt er dazu? Wie geht es ihm?«

»Ich weiß es nicht. Wie auch? Er war ja einfach weg. Das scheint sein Ding zu sein. Das Leben genießen und weiterziehen.«

»So siehst du ihn?«

»Ja! Nein ... ach, ich weiß es nicht. Er ist weg. Ich bin hier. Würde er das Gleiche wollen wie ich, hätte er doch wohl mit mir geredet.«

Anna schüttelte den Kopf. »Ich fasse es nicht. Du hast Jahre deines Lebens damit verbracht, mittelmäßigen Aufschneidern hinterherzurennen. Kein Datingportal hast du ausgelassen. Und dann kommt ein Mann. Ein richtiger Mann. Einer, dessen Beschützerinstinkt nicht sofort in den Amokmodus schaltet, wenn er dich liebreizendes, hilfloses Blümelein sieht, sondern der es dir schwer macht, weil er sieht, wie du wirklich bist, und sich mit dir misst – und da bist du zu feige, um über deinen Schatten zu springen? Du bringst es nicht übers Herz, dich ihm anzuvertrauen?« Anna wurde richtig laut. »Himmel, Bloem, das kann doch nicht wahr sein.

Und es kam schlimmer, denn nun trat auch Jule zu ihnen auf die Terrasse.

»Sagt jetzt nicht, dass ihr hier draußen steht, um Neujahrsvorsätze zu fassen? Ihr seid nicht zu dick, ihr trinkt nicht zu viel, lasst es.«

Anna schnaubte. »Darum geht es nicht. Ich will, dass sie mit Hans redet. Ich verstehe ihn sowieso nicht. Da ist Rouven endlich aus dem Rennen und er greift nicht zu. Entweder spinnen die Männer, oder ...« Mit einem leisen Kieksen brach sie ab. Ihre Augen wurden riesig. »Bloem, du hast es ihm doch erzählt? Er weiß, dass Schluss ist, richtig?« Sie griff nach Bloems Schultern und schüttelte sie.

»Hör auf?«, fauchte Bloem.

»Erst antwortest du mir: Dass Rouven Geschichte ist, weiß Hans das?«

»So weit kam es nicht. Ich habe mit Rouven Schluss gemacht und in der Zeit hat Hans seine Koffer gepackt. Synchronität der Ereignisse – entweder sind beide da oder keiner. Das war es dann wohl.«

Nun schnappte auch Jule der Mund auf. »Du hast es ihm nicht gesagt? Aber wieso nicht?« Sie schrie regelrecht. »Mein Gott, er war der Richtige. Der Eine. Und du hattest ihn und lässt ihn gehen!« Sie raufte sich das Haar. »Verdammt, Bloem, ich möchte dich schütteln.«

»Wow, was wird das denn? Ist das so eine Art blöder ins neue Jahr mit Bloem-Spiel? Nur, damit ihr es wisst. Wir haben die Nacht zusammen verbracht. Genaugenommen sogar einen Tag und eine Nacht und danach war er weg. Vom Erdboden verschwunden. Und jetzt kommt ihr: Erklärt mir, wie ihr euch das schöngeredet hättet?«

Jule und Anna sahen sich an, bevor sie Bloem wieder ins Visier nahmen. »Noch mal. Er ist gleich nach dieser Nacht-Tag-Geschichte verschwunden?«

»Wenn ich es euch doch sage.« Er war geflohen, als es ernst geworden war. Schlimm genug, dass sie sich trotzdem die Augen wegen ihm ausheulte.

»Wollen wir hier draußen allein weiterfeiern? Oder gehen wir rein?« Bloem wartete die Antworten von Jule und Anna nicht ab, sondern marschierte wie ein hölzerner Gardesoldat hinein, hielt auf Huub zu und sagte finster. »Caipirinha!«

»Frohes neues Jahr!« Jan schlug Hans auf die Schulter, ehe er sich auf den freien Barhocker neben ihm setzte. »Wie hast du gefeiert?«

Hans breitete die Arme aus. »Dir auch ein frohes neues Jahr. Reingefeiert habe ich hier. Sieht so aus, als würde ich nicht nur hier wohnen. Ich bin auch der Unterhaltungschef.«

Hans hatte mit seiner Band in Beerts Jazzkneipe gespielt, bis er es gegen drei nicht mehr ausgehalten hatte, glücklich feiernde Paare zu sehen.

Jan nickte bedächtig. »Ich hatte gehofft, du würdest vorbeikommen und mit uns feiern.«

»Ja, du hast so etwas erwähnt.« Tatsächlich hatte er Jan in der letzten Woche zweimal getroffen und sich beide Male angehört, wie rauschend die Silvesterfeier in Jules Bar werden würde.

Es war nichts Jans Art, die Dinge derart auszuschmücken. Hans musste nicht Holmes mit Nachnamen heißen, um den Kuppelversuch zu durchschauen. Er wusste ja, dass Jan Rouven nicht mochte und nur ungern sah, dass Bloem mit ihm ausging. Aber das war nicht mehr Hans‘ Problem. Wenn jemand diesen Idioten entsorgen konnte – dann Bloem. Aber das würde sie nicht tun.

Hans knirschte mit den Zähnen.

»Was ist dir denn über die Leber gelaufen?«, wollte Jan wissen.

»Nichts. Es ist alles in Ordnung«, herrschte Hans ihn an. Dann schloss er die Augen und rieb sich über das Gesicht. »Tut mir leid. Das war eine kurze Nacht. Für dein Neujahrsbier bin ich wohl die falsche Gesellschaft. Ich sollte mich hinlegen.«

»Hm«, Jan nickte nachdenklich.

Hans sah, dass seinen Freund etwas umtrieb. Er konnte sogar ziemlich sicher sagen, worum es dabei ging. »Falls du die Schweigenummer abziehst, weil du nicht weißt, wie du es ansprechen sollst: Lass es!«

Jan tat ganz arglos. »Was denn?«

Fein eingefädelt. Entweder Hans kam von sich aus auf Bloem zu sprechen, oder sie würden sich weiter umkreisen. »Ich will nicht über Bloem reden. Ich will noch nicht mal an sie denken. Das ist vorbei. Es hat mich genug Nerven gekostet, das hinter mir zu lassen. Wenn du mir jetzt also von eurer Party erzählen willst und wie toll sich Bloem mit Rouven amüsiert hat ...«

»Aber Rouven ...«, unterbrach Jan ihn.

Nur ließ Hans ihn nicht ausreden. So abrupt, dass der Barhocker scheppernd umfiel, stand er auf. »Ich will den Mist nicht hören. Ich bin mit der Sache durch und dabei will ich es belassen.« Er legte Beert das Geld für sein Bier auf den Tresen und klopfte Jan auf die Schulter. Dann wandte er sich ab und hob den Hocker auf.

»Komm schon, ich weiß, dass ich dir versprochen habe, ihren Namen nicht in den Mund zu nehmen. Aber ...«

Wieder ging Hans dazwischen. »Ein sehr kluger Mensch hat mal gesagt, dass alles, was vor dem Wörtchen aber kommt, nichts als Bullshit ist. Also was: Willst du doch davon anfangen?«

Jan seufzte.

Hans sah ihm an, wie er mit sich rang. Sollte er seine Botschaft loswerden? Oder hielt er sich lieber an ihre Übereinkunft, Bloem mit keiner Silbe zu erwähnen – und behielt einen Freund?

»Ich wünschte wirklich, du würdest mir zuhören.«

»Sorry, aber ich bin fertig mit ihr. Und das hat nichts mit Rouven zu tun.« Das war gelogen. Jedes einzelne Wort. Aber irgendwie musste er Jan bremsen. Er ertrug es nicht, über sie zu reden. Und noch weniger würde er es ertragen, sie zu sehen.

Er hatte den letzten Abend in Gedanken wieder und wieder durchgespielt. Daran gab es nichts misszuverstehen. Das Blümchen hatte mit ihm geschlafen. Und keine vierundzwanzig Stunden später hatte sie mit Mr Safety first auf ihrer Terrasse gesessen und geplaudert, als wäre nichts passiert.

Dabei war etwas passiert. Alles. Zumindest für ihn. Und das Bloem das anders sah, tat weh. Mehr noch. Hans hätte blind die Hand dafür ins Feuer gelegt, dass sie ehrlich war. Dass sie mit niemandem spielte. Doch da hatte er sich wohl getäuscht.

»Sorry, lass uns ein andermal auf ein Bier treffen. Wie gesagt, heute bin ich keine gute Gesellschaft.«

Jan nickte. »Wann immer du so weit bist.«

Hans rang sich ein Lächeln ab, obwohl ihm die Sehnsucht nach Bloem gerade in diesem Moment die Kehle zuschnürte.

»Gut, dass du das sagst, Kumpel. Ich habe nämlich gute Neuigkeiten: Mein Sabbatsemester ist bewilligt. Nach New York komme ich zurück und bleibe.«

Nun stand auch Jan auf und klopfte ihm auf die Schulter. »Das nenne ich eine gute Neuigkeit. Wenn du für den Anfang etwas zum Wohnen suchst, rede ich mir Margrit und frage sie, wann sie hier sein wird. Sofern die Wohnung leer steht ... du bist uns jederzeit willkommen.«

Es tat Hans gut, dass Jan das anbot, denn es zeigte ihm, dass er ihm diesen verfahrenen Abend nicht nachtrug. Auch wenn Hans jetzt schon wusste, dass er das Angebot ablehnen würde. Bloem ständig bei Jan und Jule zu sehen, würde ihn krank machen. Obwohl – war er das nicht längst? Noch so eine Sache, über die er nachdenken sollte.

Hans verabschiedete sich und diesmal ging er tatsächlich. Er hatte es ja nicht weit, denn er lebte noch immer in dem schäbigen Apartment über Beerts Kellerkneipe.

Eine Matratze auf Europaletten, ein abgeschabtes Ledersofa, eine Küche, die den Namen nicht verdiente, weil sie aus nicht mehr als einem klapprigen Regal, einem Kühlschrank und einer Spüle bestand. Es war erbärmlich – aber es war sauber und immer noch besser, als zurück in Margrits Wohnung zu gehen, in der ihn alles an Bloem erinnern würde.

18. KAPITEL

Hans Verhoeven unterzeichnete den Vertrag mit dem *Conservatorium* an einem tristen Januartag. Er wusste, dass er das Richtige tat. Es war schön gewesen, etwas von der Welt zu sehen. Nun war es an der Zeit, anzukommen.

Lächelnd schnappte er sich die Papiere, schwang sich auf sein Rad und fuhr zurück zu Beert. Er hatte seinen Frieden mit der kargen Unterkunft gemacht. Bis am ersten März sein Flug nach New York ging, lohnte es nicht, sich eine neue Bleibe zu suchen. Abgesehen davon, dass in Amsterdam schon eine Wohnung in der Größe eines Pappkartons ein Vermögen kostete.

Blieb die Frage, wo er leben wollte, wenn er aus New York zurück war. Jans Angebot, erneut in Margrits Wohnung unterzukommen, hatte er mittlerweile dankend abgelehnt. Aber erneut bei Beert zu wohnen, war auch keine Lösung.

Hans schnappte sich die Papiere, schwang sich hinter das Lenkrad seiner Rostlaube und fuhr nach Noordwijk. Jetzt, wo die Tinte getrocknet war, konnte er seinen Eltern endlich sagen, dass er im Herbst zurückkommen würde – diesmal nicht nur für ein halbes Jahr.

Es war Lintje, die ihm die Tür öffnete. Wiedersehensfreude sah anders aus.

»Ach du bist's nur«, bemerkte sie knapp, machte auf dem Absatz kehrt und verschwand im Wohnzimmer.

Hans schloss die Tür und folgte ihr. »Wo sind Mama und Papa?«

»Tja, das ist das große Rätsel. Wenn du es löst, bekommst du eine Extraportion Nachtisch.«

Hans spürte, wie ihm die gute Laune abhandenkam. »Linni, was ist hier los?«

»Ich weiß es nicht. Gestern hatte ich eine Nachricht auf der Mailbox, dass ich mich bitte um die Blumen und meine Kinder in den kommenden beiden Wochen allein kümmern möge.« Sie lachte demonstrativ gekünstelt. »Sehr witzig. Wie soll ich Nachtschichten schieben, wenn ich niemanden für die Kinder habe? Das ist so egoistisch. Und es sieht ihnen kein bisschen ähnlich.«

Hans warf seinen Hut auf den Tisch, öffnete seine Jacke und nahm Platz. »Wie oft arbeitest du denn nachts?«

»Das ist eine Scherzfrage, richtig?«, rief sie hitzig.

Hans sah zum Fenster. Im Garten spielten die dick gegen die Kälte vermummten Jungs mit einem Spielzeugbagger. »Lintje, solange ich nicht lache, ist es mir ernst mit meinen Fragen. Also?«

»Herrje, fünf Tage die Woche!«, stieß sie biestig hervor. Sie stand völlig unter Strom.

Hans zwang sich, ruhig zu bleiben. Niemandem war gedient, wenn er – passend zu ihrem Ton – herumpolterte.

»Ist dir mal die Idee gekommen, dass ihnen das zu viel werden könnte?«

»Was soll ich denn machen?«, fauchte Lintje ihn an. »Der Unterhalt von Luuk reicht hinten und vorne nicht. Und die Summe, die er mir für den Umbau des Hauses schuldet, hat er nicht flüssig. Weißt du, was Kinderschuhe für den Winter kosten? Und das ist nur die Spitze des Eisbergs. Einmal tanken und ich bin siebzig Mäuse los. Den Einkaufswagen im Supermarkt für die Woche vollpacken? Da sind achtzig Euro weg. Klar könnte ich mich für die Tagschicht bewerben. Aber dann bin ich nicht zu Hause, wenn Wim aus der Schule kommt. Von Gant ganz zu schweigen, da geht die Betreuung nur bis eins. Ich komme gerade mal dazu, ein paar Stunden zu schlafen.« Sie redete und redete und gestikulierte dabei wie eine wildgewordene Furie.

Hans schaltete ab. Den Kern des Problems hatte er längt kapiert.

Als sie endlich fertig war, beugte er sich vor und stützte die Ellbogen auf die Knie. »Setz dich bitte mal hin.«

»Ich kann jetzt nicht sitzen. Gestern Abend habe ich mich krankgemeldet. Das kann ich mir heute nicht schon wieder erlauben. Und ich habe keine Ahnung, wo Mama und Papa sind. Ans Telefon gehen sie jedenfalls nicht. Ich drehe durch.«

Sie lief auf und ab. Hans wartete geduldig.

Als Lintje endlich begriff, dass er nicht weiterreden würde, solange sie sich wie ein Hamster in seinem Rad benahm, setzte sie sich tatsächlich. »Was?«, rief sie mit hitziger Feindseligkeit.

»Ist dir mal die Idee gekommen, dass der Job nicht die Lösung für dich ist?«

»Ah, und dann willst du mir jetzt wohl einen anderen vermitteln. Ich bin ganz Ohr.«

»Sei nicht albern. Woher soll ich einen Job nehmen? Was ich dir zu sagen versuche, ist, dass du es dir ganz schön leicht machst. Du gibst die Kinder abends hier ab. Mama und Papa können dann zusehen, wie sie die beiden ins Bett kriegen. Morgens müssen sie raus, Frühstück richten und die Jungs wegbringen.«

»Das weiß ich«, fauchte Lintje.

»Und weißt du auch, wie die beiden sich ihren Ruhestand vorgestellt haben? Sie wollten sich ein Wohnmobil leisten und reisen. Sie wollten ausschlafen und die Tage am Strand genießen. Möglich, dass das nicht hilfreich für dich ist, aber sie haben es sich verdient.«

»Kein Grund, einfach abzuhauen.«

Das sah Hans anders. Er war in den letzten Wochen einige Male zum Essen bei ihren Eltern gewesen. Jedes Mal hatten Lintje und die Kinder mit am Tisch gesessen. Und das, obwohl Lintje mittlerweile eine eigene Wohnung hatte.

»Sie sind nicht einfach abgehauen. Sie haben dir wieder und wieder erklärt, dass es so nicht geht. Mama hat dir gesagt, dass sie die Jungs gern nachmittags abholt und auf sie aufpasst, bis du Feierabend hast. Papa hat dir gesagt, dass ihm das zu viel ist. Dass er zu alt wird, um jeden Abend den Zirkus mitzumachen, weil Wim nicht ins Bett will und alle terrorisiert. Und du hast lächelnd danebengesessen und ihnen gesagt, dass sie sich nicht so haben sollen, weil das alles kein Problem sei.«

»Du übertreibst.«

»Und du lebst an der Realität vorbei. Die Kinder fast jede Nacht hier zu haben, sprengt für Mama und Papa jeden Rahmen. Wahrscheinlich wussten sie sich nicht mehr anders zu helfen und sind deshalb geflüchtet. Gar nicht dumm, denn jetzt musst du handeln.« Hans hatte Mitleid mit Linni, aber das würde er ihr nicht sagen, weil er sonst ihren Eltern in den Rücken fiel.

»Na, wenn du so schlau bist – sag mir, wie das alles gehen soll.«

»Ganz einfach. Ich bin noch sechs Wochen hier. In der Zeit nehme ich die Jungs nachts, setze sie morgens auf dem Weg zur Uni ab und du kümmerst dich ab mittags.«

Linni sah ihn mit großen Augen an. »Ist das dein Ernst? Du hilfst mir?«

Es kränkte Hans, dass es bei ihr mal wieder klang, als wäre er der letzte Mensch auf Erden, bei dem man mit Großherzigkeit rechnen durfte. Doch hier ging es nicht um ihn, also schob er seinen verletzten Stolz beiseite. »Unter einer Voraussetzung: Du suchst dir einen Job, bei dem du das Tageslicht siehst.«

Sie seufzte. »Wird nicht leicht ohne die Nachtzulagen.«

Hans war nicht sicher, für wen die Situation härter würde. Für ihn, wenn er bei Jan wohnte und ständig Bloem über den Weg lief – oder für Lintje, die mit einer Tankfüllung weniger pro Monat auskommen musste.

»Du schaffst das.«

»Hm, wahrscheinlich.« Sie sah ihn an, als würde sie jetzt erst wirklich kapieren, dass er da war. »Was machst du eigentlich hier? Solltest du nicht in Amsterdam sein, um deine Studenten zu quälen?«

»Ganz genau«, er zog den Vertrag aus einer Mappe. »Ich wollte Mama und Papa sagen, dass ich im Herbst zurückkomme und eine feste Stelle am *Conservatorium* antrete.«

Kurz verschlug es Lintje die Sprache, dann rief sie: »Das kann unmöglich dein Ernst sein. Weißt du, wie ich dich beneidet habe? Rom, Mailand, Paris, dann Berlin und wieder Paris. Ich hätte getötet, um dein Leben zu führen. Und dann diese großkotzige Art, mit der du mir immer erklärt hast, dass du aus Prinzip nur eine Spielzeit bleibst, weil du dich nicht festlegen und etwas von der Welt sehen willst. Und jetzt sieh dich an: Mein kleiner Bruder wird genauso ein Scheißspießer wie der Rest der Familie.«

Hans zuckte die Achseln. Was sollte er auch sagen? Nachdem er die ersten Erfolge mit dem Kinderorchester gehabt hatte, war Lintje wie eine Verrückte durch die Gegend gerannt und hatte ständig neue Dinge probiert. Tennis, reiten, schwimmen. Singen, Geige, Gitarre. Es hatte sie rasend gemacht, kein Talent zu besitzen, das sie hätte zu ihrer Profession erklären können. Für sie musste das hart gewesen sein, danebenzustehen und seine Erfolge mitanzusehen. Aber sie waren erwachsen. Langsam sollte sie damit klarkommen.

Hans stand auf. Er musste dringend mit Jan über Margrits Wohnung reden. Mit zu Beert ins Rotlichtviertel konnte er die Jungs schlecht nehmen. »Ich bin dann wieder weg. Und während du hier herumrennst und dich über Mama und Papa aufregst, kümmere dich um die Blumen.« Er drückte Lintje einen

Kuss auf die Wange. »Bringst du die beiden um sieben zu Margrits Wohnung?«

Sie nickte. »Du weißt, dass ich nicht der Typ Frau für Dankesarien bin. Aber das ...« Sie schluckte bewegt. »Ich rechne dir das wirklich hoch an.«

Jan lächelte knapp, dann schlüpfte er ins Freie und setzte sich in den Wagen.

In den letzten Wochen hatte es sich angefühlt, als würde Bloem verblassen. Er hatte an sie denken können, ohne den Appetit zu verlieren. Und er hatte endlich wieder geschlafen, ohne sich vorher eine halbe Ewigkeit herumzuwälzen. Aber das war nur graue Theorie gewesen. Zum ersten Mal seit Monaten lief er nun Gefahr, sie zu sehen. Der Gedanke zog ihm den Boden unter den Beinen weg.

Hans kramte sein Handy aus der Jackentasche und wählte Jans Nummer.

»Guten Tag!« Anikes glockenhelle Stimme schallte ihm entgegen.

»Hallo Süße, hier ist Hans. Ist der Papa in der Nähe? Kannst du ihn ans Telefon holen.«

»Der Papa ...«

»Sag mal«, hörte Hans Jan im Hintergrund schimpfen, »was machst du mit meinem Handy.«

»Aber das ist doch der Hans«, erklärte Anike empört. »Wir unterhalten uns.«

»Du konntest aber nicht wissen, dass er dran ist.«

»Klar nicht. Deshalb bin ich ja rangegangen.«

Schmunzelnd verfolgte Hans den Dialog, den er in abgewandelter Form – mit der Gegensprechanlage im Mittelpunkt - schon ein Dutzend Male gehört hatte.

Dann endlich war Jan am Telefon. Hans erklärte ihm, was er mit Lintje abgesprochen hatte.

»Klar, kein Problem. Margrit kommt erst zurück, wenn du schon in New York bist. Du kannst deine Neffen in dem Zimmer unterbringen, das Mats und Anike nutzen, wenn Margrit hier ist.«

»Du hast echt etwas gut bei mir.«

»Nachdem du uns die Hochzeit organisiert hast? Vergiss es. Übrigens: Falls du dir Sorgen machst, dass die, deren Namen wir so hübsch ausklammern, hier auftaucht ... sie ist nur noch selten hier, seit sie aus der Stadt weggezogen ist.«

Hans Hirn kam mit quietschenden Bremsen zum Stillstand. »Sie ...«, rutschte es ihm heraus. »Alles klar. Das beruhigt mich ungemein. Ich fahre dann mal nach Amsterdam, packe ein paar Sachen und bin am Nachmittag zurück. Hast du die Zahlenkombination vom Schloss geändert?«

»Nein, ist gleichgeblieben. Sonst noch was? Wir wollen essen.«

Hans verneinte. Er konnte gar nicht schnell genug auflegen. Wieso war Bloem weggezogen? Und wohin? Sie hatte doch immer gesagt, dass sie auf genau dem Fleckchen Welt lebte, auf das sie gehörte. Dann dämmerte es ihm: Rouven. Wahrscheinlich war der Idiot versetzt worden und hatte Bloem mitgeschleppt.

Das sollte ihn erleichtern. Er würde nicht ständig Gefahr laufen, in der Stadt über das Blümchen zu stolpern. Er konnte Jan und Jule gefahrlos besuchen. Er konnte in die Strandbar gehen. Ja, wenn er im Herbst wiederkam, konnte er sogar nach Noordwijk ziehen. Das war nicht eine, das waren tausend frohe Botschaften. Doch was Hans fühlte, war keine Freude, sondern ein furchtbar großer Kloß, der in seinem Hals saß und ihm die Luft abdrückte.

Einen riesigen Stapel frisch korrigierter Mathearbeiten vor sich auf dem Tisch, sah Bloem hinüber zu Thijs.

Ihr Großvater hatte es sich auf einem Sessel beim Fenster bequem gemacht und blätterte planlos durch ein paar Zeitschriften, die Bloem in einem Antiquariat gefunden hatte. Sie hatte nach Luft geschnappt, als der Verkäufer zwanzig Euro pro Ausgabe hatte haben wollen. Und das für ein paar Fachblätter über die Landwirtschaft. Nun jedoch gratulierte sie sich stumm, das Geld klug angelegt zu haben.

Thijs, dessen Gedächtnis immer mehr nachließ, freute sich jeden Tag aufs Neue über den Lesestoff. Und er blätterte ihn immer wieder durch, als hätte er ihn nie zuvor gesehen.

»Was hältst du davon, wenn wir rüber zur Baustelle gehen und schauen, wie weit die Maler sind?«, schlug Bloem vor.

Jan und Carl hatten die Handwerker wie verrückt angetrieben. Teils hatten zehn und mehr Arbeiter an Bloems Häuschen gewerkelt. Anfangs hatte sie das gewundert. Schließlich klagten Gott und alle Welt, dass momentan kaum Handwerker zu bekommen seien. Dann hatte sie ein Gespräch von zwei Schreinergesellen mitangehört, die sich Chancen ausrechneten, bei Jans nächstem Großprojekt einen ansehnlichen Auftrag zu ergattern, wenn sie sich gut mit ihm stellten und an Bloems Häuschen rasche und gute Arbeit ablieferten.

Bloem war gerührt gewesen, dass Jan ihretwegen persönliche Gefallen einforderte. Der Heizungsbauer, der Reetdachdecker und der Fliesenleger, alle hatten Bloem respektvoll gebeten, doch bitte ein gutes Wort bei Herrn de Fries einzulegen, falls sie mit ihrer Leistung zufrieden sei.

Sobald das Haus fertig war, würde sie sich etwas für Jan einfallen lassen. Aber erstmal musste sie ihren Opa dazu bringen, vor die Tür zu gehen, was er – angesichts der Januarkälte – gern verweigerte.

»Na, was sagst du? Bist du dabei, wenn ich rübergehe?«

Sie erntete einen verständnislosen Blick.

»Opa, weißt du, wer ich bin?«

Es hatte – vor einigen Wochen – Momente gegeben, in denen er aggressiv geworden war, wenn er sie nicht erkannt hatte. Eine Rebellion gegen die Einmischung Fremder, die nach und nach abgeebbt war. Mittlerweile fand er sich damit ab, dass ständig Unbekannte in seinem Leben herumspazierten.

»Wer denn?«, fragte er mit brüchiger Stimme.

Bloem schnürte es die Kehle zu. Früher hatte Oma Fanny ihn gern einen stattlichen Mann genannt. Nun hingen seine Schultern schlapp, er verlor zusehends an Gewicht und seine Stimme, diese wohlklingende, dunkle Stimme, der Bloem nach ihrer Rückkehr aus Deutschland so gerne gelauscht hatte, wurde immer leiser.

»Herr Bosman, wie wäre es, wenn wir uns mal den Hof ansehen? Ich bräuchte Ihren Rat.«

Seine Miene hellte sich auf. »Wegen Äpfeln.«

»Genau! Sehen wir uns mal an, ob die Regale im Apfelkeller schön trocken stehen.« Sie stand auf und ging zu Thijs, um ihn zu stützen, wenn er aufstand.

Es war ein Kreuz, dass nicht nur sein Gedächtnis, sondern auch seine Kraft vergingen. Andererseits lief er nun nicht mehr weg. Nur konnte sich keine der Bosman-Frauen darüber freuen.

Ihre Mutter litt am meisten darunter, ihn so zu sehen. Ihr Vater war immer ein strenger Mann gewesen, aber auch ihr Fels in der Brandung, seit sie von ihrem Abenteuer mit Georg zurückgekehrt war.

Oma Fanny hingegen hatte schon lange damit gerechnet. Seit ihr vor zwei Jahren die ersten feinen Anzeichen aufgefallen waren und Thijs immer mehr Dinge verlegt und vergessen hatte, war sie gewarnt.

Bloem hakte ihn unter, half ihm dabei, in warme Schuhe und seine dicke Jacke zu schlüpfen, und zog sich dann selbst etwas Warmes über.

»Wo gehen wir hin?« Er klang wie ein staunendes Kind in einer Welt voller Wunder.

Natürlich hatte er das mit dem Apfelkeller wieder vergessen.

»Wir gehen rüber in den Anbau, Herr Bosman.«

Opa Thijs nickte. Sein Blick war so leer und haltlos, dass Bloem schlucken musste.

Sie überlegte, wieso er so viel besser reagierte, wenn man

ihn mit seinem Nachnamen ansprach. Der Arzt hatte ihnen erklärt, dass bei einer Demenz erst die jüngeren Erinnerungen verblassten und das Kurzzeitgedächtnis oft ganz versagte. Die Erlebnisse der Kindheit schienen hingegen in sein Gedächtnis eingebrannt, weswegen man ihn mit Erzählungen aus seiner Kindheit lange fesseln konnte. Nur erklärte auch das die Sache mit dem Namen nicht, den hatte er schließlich auch schon immer gehabt.

Als Bloem ihr Haus sah. Einen strahlend weißen Flachbau mit hübschem Reetdach, ging ihr das Herz auf. Noch war die Erde drumherum von den Baumaschinen aufgewühlt. Die Butzenscheiben waren noch mit Folie überklebt. Es war viel geschafft – und es gab viel zu tun.

Im Frühjahr würde sie Blumen pflanzen und ihren eigenen Apfelbaum. Sie sah das üppige Grün schon vor sich. Und wie immer, wenn sie nicht aufpasste und ihn konsequent aus ihren Gedanken aussperrte, sah sie Hans, der mit verschmitztem Lächeln und seiner unnachahmlichen Präsenz auf der Terrasse saß und auf sie wartete.

Das war kein Liebeskummer mehr. Es fühlte sich an wie eine Krankheit. Ihr tat das Herz weh, ihr Magen rebellierte, nachts fand sie nicht in den Schlaf und tags kam sie nicht zur Ruhe.

Sie hatte ein paarmal versucht, mit Anna und Jule darüber zu reden, doch die waren sich einig gewesen: »Fahr nach Amsterdam und rede mit Hans!«

Eine tolle Idee. Wohin würde er wohl diesmal fliehen? Nach New York? Haha! Natürlich würde sie das nicht tun. Bloem verfiel zwar nicht mehr in ihr Musikervorurteil, aber die eine Parallele zu Georg und Carin, die sah sie trotzdem: Ein freiheitsliebender Weltenbummler und eine Frau, die gern am gleichen Fleck blieb, das konnte nicht gut gehen.

Hans hatte das gesehen und war gegangen.

Sie sah das nun auch und blieb.

»Was ist das für ein Haus?« Thijs stand im Flur auf der dicken Plane, die Bloems frisch verlegtes Parkett bedeckte, und sah sich um.

»Das ist mein Haus, Opa.«

»Dein Haus?« Er brummte vor sich hin. »Und wer bist du?«

»Das ist Bloem, Papa.« Carin trat zu ihnen und sah sich um. »Hübsch, dieser Vanilleton. Wann kommt denn die Küche?«

»Nächste Woche. Aber ich glaube, mein Bett und ein paar Möbel schaffe ich schon am Wochenende her.«

»Brauchst du Hilfe?«

Bloem schüttelte lächelnd den Kopf, denn es hatte sich herausgestellt, dass es Vorteile hatte, keinen Mann zu haben. Mittlerweile besaß sie nicht nur einen Akkuschrauber, sie konnte auch damit umgehen. Sie war den Parkettlegern zur Hand gegangen und den Fliesenlegern und hatte dabei nicht nur lauter nützliche Dinge gelernt - selbst mit anzufassen, verband sie mit ihrem Haus. Bloem hatte mehr getan, als dafür zu zahlen – sie hatte zumindest einen kleinen Beitrag geleistet und das machte sie stolz.

»Soll ich Thijs wieder mit rüber nehmen?«, bot sich Carin an.

Bloem nickte. »Ich würde gern auf einen Sprung zu Jule

fahren und sehen, ob sie da ist.«

»Du könntest sie vorher anrufen«, schlug Carin vor.

»Ja, könnte ich, aber das ist etwas für Feiglinge.« Und zu denen wollte sie nie wieder gehören.

Bloem zwinkerte Carin zu. Dann gab sie Thijs einen Kuss auf die Schläfe und kramte den Wagenschlüssel aus ihrer Jeans.

Aus alter Gewohnheit nahm sie nicht die Uferstraße, sondern lenkte den Wagen durch die Stadt. Erst als sie in ihre alte Straße rollte, fiel ihr auf, dass sie buchstäblich auf dem Holzweg war. Sie wendete lächelnd, nahm den Weg Richtung Kreisverkehr und bog rechts ab in Richtung Dünen.

Bloem hatte Jans Haus fast erreicht, als ihr der rostige Sportwagen auffiel, der von der Promenade her in die Straße einbog. Hans! Er kam ihr entgegen. Bloems Herz machte einen Satz. Mit fliegendem Puls und offenem Mund begann sie zu blinzeln. Das Auto war unverkennbar und wäre es das nicht gewesen – dann der Hut, den der Fahrer trug.

»Hans.« Sein Name hallte durch Bloems Wagen. Sie wollte Gas geben und einfach vorbeifahren, aber dazu war die Straße zu schmal. Bloem latschte auf die Bremse. Doch statt langsamer zu werden, gewann ihr knallroter Mini an Fahrt, bis es ohrenbetäubend schepperte.

19. KAPITEL

Hans Verhoeven, der Mann, der stolz war, dank guter Augen Noten selbst dann noch lesen zu können, wenn das Licht an seinem Notenständer den Geist aufgab, glaubte nicht, was er vor sich sah.

Weggezogen? Wie kam Jan denn auf die Idee? Sie war nicht nur in Noordwijk. Sie war hier. Hier! Tatsächlich musste er sich das dreimal vorsagen, ehe er es auch glaubte.

Unmöglich. Er würde hier nicht einziehen. Nicht, wenn Bloem immer noch bei Jan und Jule ein und aus ging. Hans überlegte, Gas zu geben und einfach weiterzufahren, nur sah er keine Ausweichmöglichkeit. Im Gegenteil müsste er rechts ranfahren, um sie durchzulassen. Er suchte noch nach einer Lücke, als Bloems Wagen einen Satz machte. Laut scheppernd bretterte sie frontal in ihn hinein.

Das war ... nein, es war nicht möglich. Hans stellte den Motor ab und blieb ganz ruhig sitzen. Das war ein Tagtraum. Genauer gesagt ein ziemlich lebhafter Albtraum. Mit Schleudertrauma und Klingeln in den Ohren. Das ganze Paket.

Aber so oft er auch blinzelte, nicht nur das Klingeln blieb.

Auch das Blümchen erschien ihm seltsam real. Sie stieg aus, lief zur Motorhaube und schloss sie Augen.

Da endlich kapierte Hans, der von dem Aufprall vermutlich einen Mordsschock davongetragen hatte, dass sie real war. Traumgestalten schlossen nicht die Lider. Sie schlugen sich auch nicht die Hand vor den Mund, um sich gleich darauf das Haar zu raufen und immer wieder »Oh Gott, das tut mir so leid!« zu rufen.

Zumal Jule, angelockt von dem Knall, aus dem Haus stürmte, Bloem auch zu sehen schien und rief: »Du lieber Himmel, was ist denn hier passiert?«

Eine Frage, auf die Hans auch gern eine Antwort hätte. Er stieg aus und fühlte, wie all seine sorgsam errichteten Schutzwälle einer nach dem anderen kollabierten. Sie war so schön, so zart, so entsetzt. Sein Herz lief über, als er sie so sah.

Langsam ging er auf Bloem zu und zog sie an sich. »Hey, alles gut. Guck mich an.«

Fast rechnete er damit, dass sie wieder die Augen zukneifen würde. Doch tatsächlich hob sie den Kopf und sah ihm direkt in die Augen. »Das wollte ich nicht. Wirklich nicht. Ich wollte bremsen und dann habe ich dich gesehen und ...«

Hans verschloss ihr die Lippen mit seinem Zeigefinger. »Es ist nur Blech. Solange uns nichts passiert ist, ist alles okay.« Er schob sie ein kleines Stück von sich weg und nahm den Kopf zurück, um sie besser ansehen zu können. »Dir ist doch nichts passiert?«

Sie lächelte ihn kopfschüttelnd an – und dabei wirkte sie völlig benommen.

Jule rüttelte an ihrer Schulter. »Jan fährt eure Wagen aufs Grundstück. Ihr kommt mit rein. Ich koche euch eine Tasse Tee und dann erzählt ihr, wie ... wie ihr euch auf einer gut einsehbaren Straße am helllichten Tag im Schritttempo entgegenkommen und übersehen konntet. Das ist doch nicht möglich.«

Bloem schluckte, während sie aufs Haus zuliefen. »Also ich habe ihn gesehen. Aber irgendwie habe ich Gas und Bremse verwechselt und ich ...« Sie seufzte. »Ich hab‘ nur Hans gesehen.«

»Er scheint ja immer noch eine ziemliche Wirkung auf dich zu haben«, gab Jule cool zurück. Dann wandte sie sich ihm zu. »Was ist mit dir? Hast du nur Bloem gesehen und auch irgendwas verwechselt? Oder war dein Bremspedal kaputt?«

»Ich ... ja, irgendwie so.« Stück für Stück wurde Hans bewusst, was hätte passieren können, wären sie schneller unterwegs gewesen. Er hatte nicht auf den Tacho geschaut, aber vermutlich hatte Jule recht, in der schmalen Straße waren sie höchstens Schritttempo gefahren – bis Bloem Gas gegeben hatte.

»Setzt euch. Ich mache euch einen Tee. Kekse habe ich auch noch da.«

Jule war pragmatisch wie eh und je. Hans schätzte sie sehr dafür. Nur gerade jetzt war ihm das zu viel.

»Macht es dir etwas aus, uns kurz allein zu lassen?«

Sie sah zu Bloem, die kreidebleich war. »Überhaupt nicht. Nehmt euch so viel Zeit, wie ihr wollt. Ihr könnt euch natürlich auch in Margrits Wohnung aussprechen, wenn ihr mögt. Da habt ihr Ruhe.«

Für Hans, der sich endlich wieder klar fühlte, klang das vernünftig. Also stand er auf, zog Bloem von ihrem Stuhl hoch und griff ihre Hand. Sie ließ sich von ihm führen, als wäre sie in Trance. Wenn das mal nicht ein Fall für den Superdoktor war. Er könnte einen astreinen Schock diagnostizieren.

Aber erst mal gehörte sie ihm. Nach all den Wochen und Monaten, in denen Hans sich das Hirn zermartert hatte, wollte er es von ihr hören. Das Blümchen sollte ihm sagen, wieso sie, die ihm alles bedeutete, einfach zu diesem Quacksalber zurückgekehrt war.

Langsam erklommen sie die vereisten Stufen, Jan gab die PIN-Nummer für das Türschloss ein und bugsierte Bloem auf ein Sofa. Wo Margrits Teevorräte lagerten, wusste er. Also warf er den Wasserkocher an, und als er mit zwei dampfenden Teebechern zurückkam, hatte das Blümchen schon wieder Farbe im Gesicht.

Er stellte die Becher ab und ging vor ihr in die Hocke. Wie sie roch. Und wie sie ihn anschaute.

Hans sah Bloem sich vorbeugen, bis sie ihm so nah war, dass er ihren Atem auf seine r Haut fühlte. Sie schlang die Arme um ihn – und dann hielt die Welt an diesem Nachmittag zum zweiten Mal den Atem an.

Bloem Bosman, die darauf geschworen hätte, dass Sex ohne ein frisch gemachtes Bett zwar möglich, aber alles andere als erstrebenswert war, verbrachte den ausschweifendsten Nachmittag ihres bisherigen Lebens auf einem langflorigen Teppich zwischen Designersofa und Couchtisch.

Genauer gesagt lag sie halb auf Hans. Ihr Kopf ruhte auf seiner Brust, ihren Schenkel hatte sie um seinen geschlungen. Auf ihren zerzausten, verschwitzten Locken trug sie ein drolliges Hütchen und am restlichen Körper – mal nachsehen – nein, unter der Decke, die Hans vom Sofa gezogen hatte, war nichts. Absolut gar nichts. Was sich wirklich gut traf, denn Hans war ebenfalls nackt. Splitternackt.

»Ist dir klar, dass es in den letzten Monaten wirklich bergab mit mir gegangen ist? Ich liege – Achtung: Wortspiel – praktisch am Boden«, ulkte Hans.

»Na ja, ich sag's nicht gern, aber ich baue gerade ein Haus. Und was deine Bilanz noch etwas trauriger aussehen lässt: Ich werde darin garantiert nicht am Boden schlafen, denn ich habe ein Bett. Ganz bequem. Und breit. Ich kann sogar Leute einladen, darin zu schlafen. Oder mit mir zu schlafen. Also, vorausgesetzt, dass mir danach ist.« Bloem hob den Kopf und ließ ihn so abrupt nach vorn schnellen, dass ihr der Hut ins Gesicht rutschte. Grinsend legte sie ihr Kinn wieder auf seine Brust.

»Du weißt, dass du eine ziemliche Angeberin bist?«

»Tja, ich habe etwas zum Angeben. Du nicht!« Sie prustete so unbeschwert, dass sie es selbst kaum glauben konnte. Wann hatte sie sich zuletzt so leicht und angekommen gefühlt? Einen Moment hing sie dem Gedanken nach. Bis sich herauskristallisierte, dass die Antwort »noch nie!« lauten müsste. Doch das schob Bloem beiseite. Wie gerade überhaupt nichts in diesem Raum Platz hatte, außer ihr und Hans.

Sie zeichnete mit dem Finger die Muskeln seines Bizeps nach. »Wieso bist du bei Jan ausgezogen?«

»Das ist die Frage?«

»Natürlich ist sie das. Würde dir jemand erzählen, dass ich Hals über Kopf geflohen bin, nachdem ich gerade eine berauschende Sexnacht mit dir hatte ... was würdest du denken?«

»Zunächst mal, auf die Beschreibung ›berauschend‹ würde ich später gern zurückkommen. Ich mag es, wenn Frauen mein sexuelles Talent zu würdigen wissen.«

»Hör auf mit den Witzen. Ich muss das wissen, Hans!« Es war so viel leichter, wütend herumzupoltern, wenn man einen Hut aufhatte und nichts sah.

»Ich war am Montag bei dir. Ich wollte mit dir reden. Mir war das ... ich kann es dir nicht beschreiben. Mir war noch nie etwas so wichtig wie das zwischen dir und mir. Ich wollte ...« Er stockte.

Bloem zwang sich, ihn nicht zu drängen. Irgendwie klang er, als wäre er tief in die Erinnerung eingetaucht.

»Weißt du, wie es mich verletzt hat, dich mit ihm auf der Terrasse sitzen zu sehen? Ihr habt gescherzt, geplaudert. Als wäre zwischen uns nichts gewesen, bist du einfach zu ihm zurückgegangen.«

»Aber das bin ich nicht.«

Sie fühlte, wie er sich verspannte. »Keine Lügen. Du kannst mir alles sagen, das weißt du, aber spiel nicht Bullshit-Bingo mit mir. Wir verdienen mehr als das.«

»Hans, es stimmt! Erinnerst du dich an den Krach zwischen Jan und Rouven, als ihr euer erstes Konzert in der Bar gespielt habt? Wir sind nach Hause gegangen, ich habe ihm zugehört und ... und mich gefragt, wie ich während all der Zeit mit Rouven überhören konnte, wie bösartig er ist. Noch am gleichen Abend habe ich mich von ihm getrennt. In der Woche danach habe ich dich nicht gesehen, da war keine Gelegenheit, es dir zu sagen. Und die Hochzeit war so ein schöner Tag, den wollte ich mir nicht mit Rouven verderben.«

»Bloem, wieso war er dann da? Auf deiner Terrasse, meine ich?«

»Um seine Sachen abzuholen. Wir haben geredet. Dann ist er gegangen.« Sie erwartete, dass Hans sich nun wieder entspannen würde, aber das tat er nicht. Es war, als würde sie auf einem harten Brett liegen.

»Sag mal, spinnst du? Du hättest uns dieses ganze Drama ersparen können, ist dir das klar? Zwei Worte: Rouven vorbei. Keine Tränen, keine Verzweiflung, nichts von alledem. Was ... was hast du dir dabei gedacht?«

»Ehrlich gesagt hatte ich Angst, dass du dich unter Druck gesetzt fühlst. Du solltest nicht denken, dass ich mich deinetwegen getrennt habe und dafür im Gegenzug erwarte, dass du hierbleibst.«

Dass Hans darauf ziemlich lange still blieb, machte ihr Angst.

»Das ist verrückt, Blümchen, ist dir das klar? Ich bin durch die Hölle gegangen, weil du nicht in der Lage bist, zu sagen, was du willst.«

Na, da machte er es sich schön einfach. »Sagst du mir denn, was du willst?«, rief sie heftig. »Ziehst einfach aus. Was sollte ich denn denken? Dass der Sex mit mir so mies war, dass du keinen Bedarf hattest, das zu wiederholen? Oder das du Angst hattest, ich könnte klammern und deshalb das Weite gesucht hast? Nein, antworte mir nicht. Ich kann dir nämlich sagen, dass ich beide Optionen durchgespielt habe – und sie haben sich beide beschissen angefühlt.«

Hans sah sie an – genauer gesagt das, was unter dem Hut hervorlugte – und begann schallend zu lachen. »Du hast gerade doch nicht etwa ... doch du hast beschissen gesagt. Mein Gott, dass ich das erleben darf. Jetzt kann ich wirklich beruhigt sterben, weil mich wirklich nichts mehr überraschen kann.«

Vor Ärger über seinen Heiterkeitsausbruch boxte Bloem leicht in seine Seite. Es fühlte sich an, als hätte sie auf Granit geschlagen. »Dir ist klar, dass ich dir gerade gesagt habe, wie sehr du mich verletzt hast? Und da beißt du dich an diesem dummen Wort fest. Das ist mies.«

Immerhin hatte er den Anstand, ein wenig verschämt dreinzuschauen. »Du hast mich vorhin gefragt, was ich vorhabe«, sagte er nach einer ganzen Weile. »Seit ich in einem Kinderorchester gespielt und Gershwin entdeckt habe, war es immer mein Traum, mit den New Yorker Philharmonikern Gershwin zu spielen. Dabei geht es mir nicht darum, von hier wegzukommen. Ich will einfach diese wunderbare Musik mit den besten Musikern auf die Bühne bringen. Ich will ein Teil dieses Organismus aus Tönen sein. Dieses Angebot bedeutet mir viel. Aber wenn ich in den letzten Wochen eins begriffen habe, dann, dass es mir nicht mehr bedeutet als du. Also sag mir, kannst du mir dieses halbe Jahr geben? Ist es in Ordnung für dich, wenn ich am ersten März in den Flieger steige und mir diesen Traum erfülle? Denn wenn du das nicht kannst, werde ich absagen.«

Bloem schüttelte den Kopf. »Es geht mir doch nicht darum, dir das zu nehmen? Was wäre es für eine Beziehung, wenn ich das täte. Ein halbes Jahr warte ich gern. Okay, nicht gern, aber ich tu's. Die Frage ist, wie es danach weitergeht. Ziehst du immer weiter durch die Welt, während ich hier sitze und auf dich warte?«

Hans seufzte. »Das *Conservatorium* hat mir eine Professur angeboten, die ich angenommen habe. Im Herbst bin ich zurück.«

Bloem war fassungslos. »Seit wann weißt du das?«

»Na ja, die Frage kam parallel zu dem Angebot aus New York. Allerdings sollte ich sofort in Amsterdam anfangen. Als ich gesagt habe, dass ich noch ein halbes Jahr Zeit brauche, haben sie es ziemlich spannend gemacht. Den Vertrag konnte ich erst heute unterschreiben.«

»Wieso? Wieso hast du mir das nicht schon viel früher erzählt?«

»Keine falschen Hoffnungen. Ich dachte, dass es dir gegenüber nicht fair ist, wenn ich dir etwas in Aussicht stelle, das ebenso gut schiefgehen kann«, erklärte Hans.

Dann sagte er nichts mehr, griff sacht unter ihre Arme, zog sie höher, bis seine Lippen mit ihren verschmolzen. Als er sie freigab, grinste er listig. »Jetzt wäre ein guter Moment, um auf die ›berauschende Sexnacht‹ zurückzukommen. Findest du nicht?«

»Die Nacht ist um. Es ist Nachmittag.«

»Klingt, als könntest du die Uhr lesen. Das imponiert mir. Und wo wir schon dabei sind: Uns bleibt noch eine Stunde, dann bringt Lintje meine Neffen zum Übernachten her. Und nun Zurück zum Thema. Zeig es mir, was stellst du dir vor, Blümchen?«

Sie lachte – und dann zeigte sie es ihm.

Als sie eine köstliche kleine Ewigkeit später unter die Dusche schlüpften, erzählte Jan ihr von Lintje und dem Betreuungsproblem mit Wim und Gant. »Tut mir leid, aber in der nächsten Zeit mache ich Rouven Konkurrenz – Nachtdienst!«

Er schien wirklich besorgt, dass sie das abschrecken könnte. Glücklich lächelnd schüttelte Bloem den Kopf. »Wir haben doch gerade festgestellt, dass unsere Zeit noch kommt. Bis dahin teile ich dich.«

ACHT MONATE SPÄTER.

»Hey, das ist mein Arbeitszimmer! Wie viele Koffer willst du noch da reinstellen?«

»Na, ich dachte, ich mache meine Hälfte voll. Irgendwo muss ich die Instrumente ja lassen.«

»Und der Schreibtisch? Wo stellst du den hin?«, rief Bloem hitzig.

Lustig mit den Brauen wackelnd sah Hans rüber zu ihrer Hälfte – und zu ihrem tadellos strukturierten Arbeitsplatz.

»Oh nein! Vergiss es. Meinen Schreibtisch brauche ich selber. Keine Chance!«

»Also ziehe ich in eins der Gästezimmer, bis Jan die Pläne für den Atelieranbau fertig hat?«

Bloem nickte. Der Anbau würde Monate dauern. Der war in den alten Plänen nicht vorgesehen gewesen und musste das komplette Genehmigungsverfahren durchlaufen. Aber wen störte es? Einen Dauergast erwarteten sie nicht. Nachwuchs war nicht in Sicht. Sie brauchten schließlich beide Platz, um in Ruhe zu arbeiten. Und nicht zuletzt beteiligte sich Hans an den Kosten für das Haus. Es fühlte sich an, als wären sie absolut gleichberechtigt – ein Umstand, mit dem Rouven in tausend Jahren nicht konkurrieren könnte. Schon dafür liebte sie Hans.

Bloem sah ihm dabei zu, wie er die Instrumente umräumte. Seltsamerweise hatte sie keine Angst, dass Hans und sie scheitern könnten. Lintje hatte recht schnell in die Tagschicht wechseln können. In den Wochen, die ihnen vor seinem Flug nach New York dann noch geblieben waren, hatte Hans bei ihnen auf dem Hof gewohnt. Sie hatten jede freie Minute miteinander verbracht.

Dabei war recht schnell deutlich geworden, wo ihre Grenzen lagen. Trotz ihrer Sehnsucht nach einer heilen eigenen Familie hatte Bloem lange allein gelebt. Sie war an Freiräume gewöhnt. Das Gleiche galt für Hans. Auch was die Ordnungsliebe anging, würden sie Kompromisse eingehen müssen. Aber das konnte Bloem verschmerzen. Wenn sie dafür den Mann ihres Lebens bekam, was scherte es sie, ab und an ein paar herumstehende Schuhe beiseite räumen zu müssen? Überhaupt war alles besser ohne Rouvens Ernährungsterror. Zumal Hans und Bloem miteinander lauter lachten, größer dachten und im Prinzip den gleichen Weg hatten. Hans wollte sie. Und er wollte eine Familie.

Das hatte niemandem mehr überrascht als ihn. Vielleicht lag es an den Monaten mit Jan, Jule und den Kindern. Oder an Hans' Neffen, die er seit seiner Rückkehr häufig auf den Hof geholt hatte, um seiner Schwester Lintje Atempausen zu gönnen. Bloem stieß sich vom Türrahmen ab. »Was hältst du davon, wenn wir dir erst mal den Esstisch ins Gästezimmer stellen? Wir können ebenso gut an der Kücheninsel sitzen. Wenn der Anbau fertig ist, suchen wir nach passenden Möbeln.«

»Gute Idee. Wenn du so weiter machst, bleibe ich vielleicht länger.« Hans kam zu ihr und schlang die Arme um sie.

Bloem sah zu ihm auf. »Präzisiere: Länger bleiben! «

Hans zuckte die Achseln. »Für immer – es sei denn, du hast etwas Besseres vor.«

ENDE

DANKE!

Zunächst einmal möchte ich sagen, wie ich mich über den Erfolg meiner Salzwasser-Bücher freue. Von Herzen Dank für jede Zuschrift, jede Bewertung und Rezension und vor allem für all die Zeit, die Sie den ersten beiden Bänden gewidmet haben.

Nun ist auch Bloem vergeben. Mias Geschichte wird voraussichtlich Mitte September – als Kurzroman mit etwa sechzig Taschenbuchseiten – mit dem Titel »Salzwasser-Date« über meinen Newsletter auf die Reise gehen. Damit wären die vier Freundinnen verbandelt und die Reihe komplett.

Allerdings ist mir Bens Bruder Claas beim Überarbeiten des zweiten Bandes so ans Herz gewachsen, dass seine Geschichte mich förmlich angesprungen hat. Im Urlaub habe ich mit dem Buch begonnen. Es wächst und wächst, aber ob es noch in diesem Oktober/November erscheint oder erst im kommenden Jahr ... Ich melde mich!

Dann gab es einige Menschen, die meine vermeintliche Social Media-Faulheit moniert haben. Was soll ich sagen? Ich tue mich da schwer. Und das kommt so.

Erstens: Wenn ich nun gerade über die Kö oder eine Halde latsche, interessiert das irgendwen? Ich frag mich das immer und in neunundneunzig Prozent der Fälle lautet die Antwort: Nö. Widerfährt mir dann doch das restliche mitteilenswerte gute Prozent, will ich das nicht fotografieren, sondern genießen.

Zweitens: Ich mag mein Essen – aber fotografiere es ungern.

Drittens: Ich bin in einem Alter, in dem ich meinen Friseur anflehe, etwas zu unternehmen, weil es um jedes Jahr geht. Davon will ich keine Bilder, denn dann kann ich mir nicht länger einreden, selbst kein Teil dieser entwürdigenden Szene gewesen zu sein. Fotos von so etwas scheiden also aus.

Viertens: Ich habe jahrelang mit wirklich guten Fotografen gearbeitet. Mein Auge ist kritisch – dem halten meine Schnappschüsse nicht stand.

Fünftens: Ich gebe mir künftig mehr Mühe.

Versprochen! Auch wenn tendenziell eher keine Influencerin aus mir wird – schon weil das nach einer Krankheit klingt.

Over and out!

Sie möchten keine Neuerscheinung verpassen?
Zur Anmeldung für meinen Newsletter geht es unter www.annestevens.info.

Feedback ist mir immer willkommen! Mailen Sie einfach an
post@annestevens.info

Ich freue mich aber auch, wenn Sie mir auf
Instagram,
Facebook oder über die
Amazon-Autoren-Seite folgen.

ÜBER DIE AUTORIN

Ich war siebenundzwanzig, hatte eine Ausbildung absolviert und studiert und war noch immer richtungslos, als ich mein Praktikum bei einer Tageszeitung antrat.

Ich zum Pförtner: »Ich soll mich um halb zehn bei XY melden.«

Der Pförtner: »Ha, ha, netter Witz. Die Herren kommen nie vor elf.«

Elf. In Worten: Elf! Das war der Moment, in dem ich wusste, dass ich meinen Beruf, ach, was sage ich, meine Berufung gefunden habe!

Es hat mich nie gestört, dass ein Arbeitstag, der nicht vor elf beginnt, eben auch erst um acht Uhr endet. Denn mehr als das Geldverdienen und das Ausschlafen hat mich die Qualität der Zeit, die man in diesem Beruf verbringt, begeistert.

Erster Tag, erste Begegnung mit XY: »Erwartest du jetzt von mir, dass ich dir sage, was du machen sollst? Kindchen, jeder hat eine Geschichte zu erzählen, du musst nur zuhören.«

Ich gebe zu, in meiner berufsjugendlichen Überheblichkeit habe ich das belächelt. Und es hat mich Jahre voller mittelmäßiger Geschichten gekostet, zu kapieren, dass es stimmt. Ich war im Knast, habe Vorstandsetagen und Frauenhäuser besucht, Tage mit Obdachlosen, in Flüchtlingsheimen oder in Gerichtssälen verbracht. Gala und Kaninchenzüchter. Reisen, reisen, reisen. Ein Reichtum an Geschichten, die mir niemand nimmt. Mein Fazit: Ich würde ein Abendessen mit einem humorvollen

Rassegeflügelzüchter jederzeit dem weichgespülten Marketing-Sprech eines CEO vorziehen.

Was mir dabei allerdings nie abhandenkam, ist die Liebe zum Schreiben!

Und dann wäre da noch: Ich bin Mutter, Ü50, liebe, lache, lese viel und esse gern. Was ich mag? Menschen! Meine Stärke: Sie (nicht zu) ernst nehmen. Hund oder Katze? Ersteres. Sekt oder Selters? Letzteres. Ich bin teamfähig, gern nett und – bei artgerechter Haltung – erfreulich umgänglich.

Noch Fragen? post@annestevens.info

Printed in Poland
by Amazon Fulfillment
Poland Sp. z o.o., Wrocław

10346908R00190